Princess Spider
übersetzt von Maria Dolorosa

Princess Spider

Die Herrin der Sklaven

Bekenntnisse einer Domina

Passion Publishing

Impressum

Passion Publishing Ltd.
Postfach 301152
D-53191 Bonn

Originalausgabe: © 2006 by Princess Spider and Nuala Deuel
Published by Arrangement with VIRGIN BOOKS LTD., London, UK
Dieses Werk wurde vermittelt durch die Literarische Agentur Thomas Schlück GmbH, 30827 Garbsen

Übersetzung: Maria Dolorosa

Satz: Hilga Pauli

Umschlagentwurf: ART WORK, Olaf Schumacher

Titelbild: © Princess Spider, Roman Kasperski (www.romankasperski.de)

Printed in Germany

Vertrieb: VSB, Georg-Westermann-Allee 66, 38104 Braunschweig

ISBN-10: 3-9809942-9-5

ISBN-13: 978-3-9809942-9-3

VSB-Titelnummer: 3000209

Bestellhotline: 01805/708709 Bestellfax: 0531/795939

www.passion-publishing.de

Princess Spider

übersetzt von Maria Dolorosa

Princess Spider

Die Herrin der Sklaven

Bekenntnisse einer Domina

Princess Spider

Aus dem Leben einer Domina

Leben, das Universum und das alles – für mich bist du die Antwort.
Sklave Maus

Eine Sklavin oder ein Sklave kann nichts erwarten, aber alles erhoffen.
Sklavin Daphne

1.
Die Spinne entwickelt sich

„Wenn du eine Spinne siehst, bekommst du Gänsehaut. Oder einen Angstschock oder eine totale phobische Reaktion."

Princess Spider

Der Eid auf Princess Spider
Du musst diesen Eid jeden Morgen sprechen. Du wirst bald die Anweisung erhalten, deinen eigenen Altar des Respekts einzurichten.

Ich werde Princess Spider dienen und gehorchen.
Jeden Tag werde ich meine Loyalität mit Princess Spider unter Beweis stellen.
Ich werde einzig und allein Princess Spider verehren.
Ich gehöre Princess Spider.
Ich liebe Princess Spider.
Mein Leben gehört nicht mir.
Mein Leben gehört nicht mir.

Ich sitze auf meinem Bondage-Thron – die Spinne im Zentrum ihres Netzes – und sammle mich. Kraft, Nervosität, der Adrenalinschub, all das könnte mein Absicht ruinieren und die Session in eine düstere Richtung treiben, der ich nicht folgen will. Ich atme mit geschlossenen Augen konzentriert tief ein und aus. Ich spreche ein kurzes Gebet für die Kraft, die ich benötige. Leise Musik ertönt, sanftes Licht erhellt den Raum und Räucherstäbchen sorgen für angenehmen Duft. Ich spüre das weiche Leder, das meine Brüste und meinen Hintern umschließt. Die Stiefel, die meine Beine umarmen. Die altertümlichen Folterwerkzeuge liegen im Dungeon, dieser modernen Form eines Folterkellers, bereit. Es gibt mit Seide ausgeschlagene Käfige, eine mittelalterliche Folterbank, Schaukästen gefüllt mit glitzernden geheimnisvollen Instrumenten, den „Zahnarztstuhl", der zusammen mit den an Stahlhaken hängenden Gummistrümpfen und Masken aussieht wie eine abscheuliche Krake. Butt Plugs und Dildos aus schwarzem Gummi stehen aufrecht in Reih und Glied. Ein Andreaskreuz,

Winden, Flaschenzüge, Riemen und Haken. Jede erdenkliche Variation von Schmerz, Herabwürdigung und Demütigung. Und die Waffen. Ein Arsenal, das jeden Mann und jede Frau bezwingen würde. Flogger, Rohrstöcke, Peitschen. Allein, sie nur anzusehen ist niederschmetternd. Alle liegen mir so vertraut in den Händen, als seien sie natürliche Verlängerungen meiner Arme. Diese Welt der Verdammten ist meine dunkle, ungezügelte Welt. Ich bin zu Hause. Ich spüre tiefe Ruhe und Konzentration. Ich bin bereit.

Das schüchterne Klopfen an der Tür. Eine Stimme ruft „Herein“, eine machtvolle Stimme, schneidend in ihrer Gefährlichkeit und Verlockung. Es ist ein gelinder Schock festzustellen, dass es meine Stimme ist. Sklave Twin kommt auf allen Vieren herein, die Augen geschlossen, den Kopf gesenkt, Unterwerfung gewordenes Fleisch. Er trägt eine Unterhose, ein Stück rotes Seil ist um den Bund geschlungen. Sein mit Narben bedeckte Rücken ist schön verheilt. Ich frage ihn nach den Dingen, der er mir bringen sollte. Sein Tagebuch. Seine Kette. Er hat diese Dinge in seinem Auto gelassen. Hat er das getan, um mich zu testen? Oder sehnt er sich nach Bestrafung? Wenn es so ist, wird er sie bekommen. Ich werde seiner Sehnsucht Gestalt verleihen und sie in etwas verwandeln, das ihn verletzen wird. Ich werde seine scharfen Kanten glatt schleifen.

„Geh und hol sie“, säusele ich. „Beeil dich.“

Schließlich kehrt er zurück, mit einer Kette um seinen Hals. Ich verlange, dass er sich tief vor mir verbeugt. Ich gestatte ihm, meine Stiefel zu küssen. Ich fordere ihn auf, meine Zigarette anzuzünden. Ich erlaube ihm, ein Schlückchen Wasser zu trinken. Die Zeit um uns herum bleibt stehen. Es gibt nur noch ihn und mich. Alles andere verschwimmt im Nebel. Es könnte jemand im Raum zugegen sein und ich würde es nicht bemerken. Ich bin die Spinne und hier ist meine Beute.

„Hast du mir heute irgendetwas zu beichten?“ frage ich.

Er erwidert murmelnd, er habe heute morgen den Wunsch verspürt, seinen Penis an meinem Hinteren zu reiben.

Bewusst langsam sage ich: „Schwanzinspektion.“

Er kniete nieder und präsentiert sich mir zitternd. Ich habe ihn gut erzogen. Ich befehle ihm, das rote Seil um seine Eier zu binden. Ich binde das andere Ende an einen Pfosten in der Mitte des Dungeons. Ich zwinge ihn auf alle Viere. Guter Hund. Es ist an der Zeit.

Ich verbinde ihm die Augen. Ich lasse ihn hören, wie ich im Dungeon umher gehe. Ich lege meinen Gürtel mit seinen klimpernden Anhängseln an. Ich lasse ihn hören, wie ich eine Waffe aus dieser schönen grausamen Sammlung herausziehe. Ich schüttele die Lederriemen der Flogger aus. Ich sehe, wie er seine Ohren anspannt. Nicht zu wissen, was als Nächstes kommt, welch eine köstliche Ungewissheit.

Ich schlage ihn auf den Rücken und die Eier, ziehe seine geschwollenen Genitalien an der Leine zwischen seine Schenkel und in meine Reichweite. Ich ignoriere sein Keuchen und Stöhnen. Das ist es, was du willst, das ist es, was du bekommst.

Jetzt ist es Zeit für den Rohrstock. Ein paar Trainingshiebe, um mich aufzuwärmen und die Geschmeidigkeit des Stocks zu prüfen. Und um ihn das Pfeifen in der Luft hören zu lassen, ihn wissen zu lassen, welche Art von Schmerz er als nächstes zu erwarten hat. Seine Schenkel und Pobacken spannen sich an. Ich schlage ihn, bis er auf seinen Knien von einer Seite zur anderen rutscht und vor den Bissen des Rohrs zurückzuckt. Und dann, sanft: „Geht es dir gut?"

„Ja, Herrin." Seine Stimme ist belegt vor Verlangen.

Ich komme näher und streichle sein misshandeltes Fleisch. Die Zartheit meiner Berührung ist fast ebenso schrecklich für ihn. Er windet sich erneut. Die Verwirrung in seinem Inneren hat ihn bis an die Grenze des Erträglichen getrieben. Er gehört mir, ich könnte ihn brechen.

Ich lege wieder Stahl in meine Stimme. „Auf die Strafbank!"

Er lässt sich vorsichtig wieder auf alle Viere nieder. Wieder der Stock. Immer schneller werdend, eine neue Ebene von Kontrolle, den Einsatz bis zu einem Punkt erhöhend, an dem der Schmerz ein Teil von ihm wird und dann etwas außerhalb von ihm. Der Schmerz verbindet uns. Er umschwärmt uns, setzt sich in jedem Winkel des Dungeons fest. Die Lichter scheinen heller aufzuflammen, als würden sie von diesem Gefühl genährt. Der Stock erhitzt sich mit der Berührung. Er durchschneidet die Luft. Die Geschwindigkeit steigert sich, bis der Stock wie ein Hubschrauber donnert. Twin ist steinhart, die Sehnen seiner Arme und Beine treten hervor. Schweiß glitzert auf unserer Haut. Der Stock zerbricht.

Ich trete zurück, für einen Moment bin ich draußen. Die Klarheit schwindet. Ich zwinge ihn, sich vor den Pfosten zu stellen und binde ihn daran fest. Sein Kopf fährt ruckartig herum in dem Versuch, sich zu orientieren und irgendeinen Lichthauch zu erhaschen, aus dem er schließen könnte, was als Nächstes kommt.

Ich habe Kerzen schon immer geliebt. Ihr weiches Licht gibt Haut die Farbe von blassem Bernstein und hebt glitzernde Augen und Münder hervor. Es hat etwas Magisches, wenn ein Stück Metall das Licht reflektiert. Die Flammen tanzen, wenn der Atem meiner Beute heftiger wird. Die Kerzen messen die Zeit: So und so viel, um den Wachs weich werden zu lassen, ihn zum Schmelzen zu bringen und zu Boden tropfen zu lassen. Wie die Sklaven selbst.

Ich gieße geschmolzenes Wachs über Twins Schultern, seinen Rücken und den Hintern. Er krümmt und sträubt sich, versucht, den flüssigen Fingern zu entkommen, die sich einen Weg über sein Fleisch bahnen. Ich frage Twin, wie viele Hiebe mit dem Stock er verdient hat.

„Ich bin zehntausendsiebenhundertundsiebzig Schläge schuldig“, flüstert er. Ich frage ihn, was er getan haben kann, um solch eine Strafe anzuhäufen. Wie ungezogen er gewesen sei. Wie außerordentlich ungezogen.

Ich frage ihn: „Wie vielen Herrinnen hast du in der Vergangenheit gedient?“

Ein Schlag. „Niemandem wie Ihnen, Mistress.“

Es ist nicht die richtige Antwort, aber sie gefällt mir. „Keiner mit meinem Duft?“ schlage ich vor und ziehe meinen pinkfarbenen Slip aus, den, den er so mag und fahre ihm damit durchs Gesicht. Sein abgebundener Schwanz zittert erwartungsvoll. Ich setzte Klammern an seinen Brustwarzen an. Die Kette hängt locker zwischen ihnen. „Gewichte?“ frage ich ihn.

„Wenn Sie es wünschen, Mistress.“

Ich ziehe leicht an der Kette und die Nippel richteten sich schlagartig auf. Er zeigt mir seine Zähne.

Mehr Wachs. Um ihn auf Trab zu halten. Ich liebe es, damit herum zu spielen, etwas Würze in die Mischung zu bringen, wenn es nicht wirklich nötig ist. Mein Spiel ist wie Jazz: Unvorhersehbar, fließend und rhythmisch. Er zappelt unter den Wachsspritzern so heftig, dass der Teppich unter seinen Füßen verrutscht und er auf den Boden zu gleiten droht. „Erbärmlicher Kerl!“ schreie ich ihn mit gellender Stimme an. „Hör auf, hier rum zu zappeln. Habe ich dir gesagt, dass du tanzen sollst?“

Er wird ruhig und ich lehne mich gegen seinen heißen Körper. Er spürt das Leder meines Rockes und die kühlen Beschläge meines Gürtels auf seinem angespannten Bauch. „Ich mache mir nichts aus einem Tanz mit Wachs“, sage ich zu ihm. „Mir gefällt es, dich zu bestrafen.“ Ich gehe zu dem Rauchgefäß und nehme ein Räucherstäbchen zur Hand. Ich blase vorsichtig auf das glimmende Ende, um die Glut anzufachen. Ich schlage damit leicht gegen Twins Hoden und er reagiert, als säße er auf dem elektrischen Stuhl. In seinem Schrei liegt ein Hauch ungehemmter Freude.

Dieser Sklave, Twin. Er ist einer meiner Leibsklaven. Ein Mann, dem ich in meinem Herrschaftsbereich gewisse Vorrechte einräume. Ich gestatte ihm, mich intim zu berühren. Ich gestehe ihm zu, meine Pussy zu verwöhnen. Er bettelt schließlich darum, seiner Herrin dienen zu dürfen. Doch er ist nicht gehorsam. Er hört nicht auf, wenn ich es ihm sage. Er kriecht nicht vor mir. Er braucht mehr Erziehung.

„Soll ich dich an die Luft setzen und mir jemanden suchen, der deinen Platz einnimmt? Ich werde es tun, wenn ich mit dir nicht zufrieden bin.“ Ich necke ihn. Necke ich ihn? Ich werde ihn schmoren lassen, damit er sich den Kopf über diese Frage zerbrechen kann.

Ich löse die Augenbinde. Ich streichle seinen Rücken, seinen Po. Wachs fällt in kleinen, durchscheinenden Plättchen von ihm ab, wie Bruchstücke eines zerbrochenen Engelsflügels. Ich befreie ihn. Die Session ist vorbei. Ich setze mich wieder auf meinen Thron und ordne meine Gedanken. Die Musik holt mich zurück, mein Atem normalisiert und mein Herzschlag verlangsamt sich. Es war eine gute Session. Danach wird er mich nicht so schnell vergessen. Ich werde noch für Stunden in seinem Kopf herum geistern.

Prinzessinnen warten stets darauf, eine Königin zu werden. Ich will keine Königin sein. Ich habe mir niemals Gedanken über meine Beförderung gemacht. Ich bin schon mein ganzes Leben lang auf die eine oder andere Weise eine Prinzessin genannt worden. Als ich den Namen Princess Spider zum ersten Mal hörte, wusste ich sofort, dass er zu mir passt. Er ist poetisch. Sanft, gut, freundlich, doch mit diesem dunklen Beiklang. Er spiegelt meinen schwarz-weißen Charakter. Ich habe eine fürsorgliche Seite … und den Ruf, fürchterlich grausam zu sein.

Ich bekam eine E-Mail von einem Mann namens Roberts, meinem ersten Gast. Er hatte mein Bild auf der Website gesehen, es gefiel ihm und er beschloss, dass er mich unbedingt kennen lernen wollte. Er lebte in Chiswick, so dass ich ein Treffen mit ihm dort in der Gegend arrangierte. Es war merkwürdig, sich vorzustellen, dass ich ihm jederzeit in meinem schicken Kostüm über den Weg laufen könnte, denn ich habe zu der Zeit dort gearbeitet. Er sagte, er würde einen cremefarbenen Regenmantel tragen und ich dachte: OK, jetzt werde ich also einen richtigen Perversen in die Finger bekommen. Doch dann traf ich ihn und stellte fest, dass er alt war. Wirklich alt. Er war 86. Mein erster Gast wartete schwitzend in seinem Regenmantel in der drückenden Hochsommerhitze. Und ich dachte, er wird einen Herzschlag bekommen, ehe wir es zum Studio geschafft haben.

Ich sagte: „Das Studio ist in Mile End – werden Sie das durchhalten? Sie haben einen Regenmantel an und es ist ziemlich heiß in der U-Bahn."

Er erwiderte: „Ich muss meinen Mantel anbehalten, denn darunter trage ich einen Keuschheitsgürtel und meine TV-Garderobe."

Es war eine kurze Fahrt, doch ich habe einen langen Weg zurückgelegt. Es ist kaum zu glauben, dass ich vor sieben Jahren ein Leben führte, dass sich so sehr von dem unterschied, das ich heute führe. Ich lebte in einer schwierigen Partnerschaft in den Midlands, wo ich auch aufgewachsen bin. Es wurde gewalttätig. Ich „sprach" darüber mit einer Gruppe von Frauen in einem Internet-Chatroom. Am Anfang gefielen mir die Anonymität und dieses Gemeinschaftsgefühl. Du kannst dich Menschen leichter öffnen, wenn du sie nicht sehen kannst … vielleicht gibt es da eine Parallele zu verbundenen Augen. Wir sprachen über BDSM und spielten miteinander im Netz.

Schließlich hatte ich genügend Mut gesammelt, um nach London zu kommen und mich mit ihnen zu treffen. Es endete damit, dass ich mich in eine von ihnen, Lisa, eine italienische Ärztin, verliebte. Es war wie ein Rausch. Sie bat mich, mit meinen Kindern zu ihr zu ziehen. Das Leben würde besser werden. Ich würde von einer Frau wegkommen, die mich irgendwann vielleicht einmal ernsthaft verletzen würde. Ich brauchte nicht lange, um mich zu entscheiden. Im Dezember 1999 zog ich nach London. Nachdem ich mich bei Lisa häuslich eingerichtet hatte, stellte sie mich einigen ihrer Freunde vor. Eine von ihnen hieß Simone, eine Transsexuelle, deren Frau bei einer Wohnungsgenossenschaft im Westen Londons arbeitete. Über diesen Kontakt bekam ich meinen ersten Job in der Hauptstadt, als Empfangsdame. Sie werden es kaum glauben, aber diese in Leder gekleidete Lady der Nacht begann damit, dass sie hinter einem Tresen saß und höflich den Leuten zu hörte, die sich am Telefon über den Zustand ihrer Wohnungen ausließen.

Ich stellte fest, dass ich in meinem Job sehr hart wurde. Ich komme eigentlich aus dem sozialen Bereich und habe dort ehrenamtlich gearbeitet, doch diese Genossenschaft sollte Einkünfte erwirtschaften. Ich ging zuerst mit dieser sanften Haltung an die Sache ran: wenn jemand anrief und sagte, sein Bad müsste ersetzt werden, sagte ich: Hey, ich bestelle das Beste für dich. Mein Vorgesetzter hat mich gebremst und mir gesagt, dass es hier allein ums Geld gehe. „Ich weiß, dass du dich um die Leute sorgst“, sagte er, „aber du kannst ihnen nur das Standardklo geben.“

Ich erreichte zusammen mit Roberts, mit dem in der U-Bahn nur eine zähe Unterhaltung möglich war, die Station Banks, wo wir in einen anderen Zug umsteigen mussten. Und da sagte er: „Herrin, ich trage auch mein Halsband und die Leine hier drunter“, und schon öffnete er seine Krawatte, riss sein Hemd auf und zeigte mir sein breites Halsband und die Leine. Er sagte: „Würden Sie mir die Ehre machen, mich durch die U-Bahnstation zu führen? Dürfte ich Sie darum bitten?“

Und ich dachte: Zum Teufel auch, warum eigentlich nicht? Also nahm ich seine Leine und zerrte diesen armen Kerl– in meinem schicken Arbeitskostüm – hinter mir her und all diese Leute glotzten uns an. Ich hatte die

Überwachungskameras vergessen und dachte, gleich kommt jemand, um uns zu verhaften. Doch irgendwie schafften wir es schließlich bis zum Dungeon. Der Fahrstuhl war kaputt. Graham, der Typ, mit dem ich zusammen lebte, wohnte im vierten Stock und inzwischen war es richtig heiß. Irgendwie habe ich ihn die Treppen hoch bekommen und ihn in das Spielzimmer gesetzt, während ich verschwand, um ihm ein Glas Wasser zu bringen. Graham fragte mich, ob Roberts mit mir gekommen sei und ich sagte: „Ja, aber er ist ziemlich alt und ich glaube, er wird sterben."

Ich brachte ihm etwas Wasser, Graham steckte kurz den Kopf durch die Tür und formte mit den Lippen die Worte: „Mein Gott, er ist wirklich alt."

Roberts, ein wahrer Gentleman, überreichte mir meinen Obolus in einem weißen Umschlag und fragte: „Was möchten Sie als Geschenk haben?"

Das brachte mich aus dem Konzept, denn ich hatte mir nicht klar gemacht, dass Geschenke ein Teil des Deals waren. Doch da saß er in seiner TV-Aufmachung vor mir und ich erinnerte mich daran, dass mein Fernseher kaputt war. Also sagte ich, ich wolle ein TV haben. Wir haben uns schlapp gelacht, weil er sagte, wer würde mir ein TV kaufen und er war ein TV (was auch eine Abkürzung für Tansvestit ist).

Im Grunde wollte er ein sanftes Spiel, etwas Stiefelerotik und solche Dinge. Ich hatte etwas Zeugs von Graham, das er freundlicherweise für mich gekauft hatte, ein Paar wunderbare Stiefel, kniehoch, schwarz mit schwarzen Absätzen und einer Stahlspitze. Sie hatten einen Reißverschluss an der Seite, doch an der Rückseite hatten sie ein kompliziertes Muster aus D-Ringen, die glitzerten, wenn ich das Bein drehte. Das glatte, weiche Leder schimmerte und die Ringe funkelten, während der Geruch nach Leder den Raum erfüllte. Ich sah, wie Roberts schluckte und sich die Lippen leckte.

Ich lernte sehr schnell, wie ich mit den Leuten in meinem Bürojob sprechen musste. Ich lernte, ein Gespräch zu kontrollieren und es zu beenden, wenn es sich zu sehr in die Länge zog. Ich übertrug diese Fähigkeiten auf die Welt der Sklaven. Ich war bei der Arbeit beliebt, denn wenn die Leute kamen, um ihren Ärger loszuwerden, sagte ich: „Setzen Sie sich und erzählen Sie mir alles ganz genau. Möchten Sie einen Tee haben, während Sie warten?“ Auf diese Weise habe ich sie entwaffnet. Am Ende haben die Leute immer angerufen und wollten nur mit mir sprechen.

Ich lebte zunächst in Südlondon, als ich in die Hauptstadt umsiedelte. Ich bemerkte sehr schnell, dass alle um mich herum ziemlich schick angezogen waren. Ich begriff, dass ich mir schleunigst ein paar neue Klamotten zulegen musste, wenn ich nicht in den Ruf geraten wollte, schlampig zu sein. Simone kaufte mir eine Menge Sachen, inklusive Fetischsachen, Vibratoren und das ganze Zeugs, das ich nie zuvor gesehen, geschweige denn in den Händen gehalten hatte. Wir feierten das, indem wir in einen Fetischclub namens The Fringe gingen, der von einem gewissen Master Keith betrieben wurde, der inzwischen ein guter Freund von mir ist. Ich hatte zu diesem Zeitpunkt keine Highheels, so dass ich mir welche von einer Nachbarin leihen musste.

Ich weiß noch genau, was ich anhatte. Ein Lacktop, ein kleiner, schwarzer Rock mit einer Kette, schwarze Strümpfe und geliehene schwarze Stilettos. Ich fühlte mich unheimlich klasse in diesen Klamotten. Ich habe mich immer als eine starke Persönlichkeit erlebt, doch diese Kleidung hat dieses Gefühl noch gesteigert, hat mir die Größe gegeben, die irgendwie schon immer da gewesen war, aber erst durch die richtige Aufmachung richtig heraus kam. Ich fühlte mich wie ein ganz anderer Mensch.

Der Club war faszinierend und es war eine Erfahrung, die mein Leben verändert hat. Während wir da waren, bat Simone mich, ihr den Hintern zu versohlen. Ich hatte noch nie zuvor jemanden in aller Öffentlichkeit geschlagen. Ich war nervös, aber auch ein wenig neugierig. Und es hat mich angemacht. Also machte Simone es sich bequem und ich begann, ihr mit der bloßen Hand was auf den Hintern zu geben. Schon nach kurzer Zeit kamen andere Clubbesucher und fragten, ob ich dasselbe nicht auch bei ihnen machen könnte und ich dachte: „Oh, das klingt gut. Das fühlt sich gut an.“ Es war, als wäre ein Schalter umgelegt worden. Ich hatte etwas entdeckt, was sich ganz und gar richtig anfühlte, ich war vollkommen ich selbst. Ich wusste, dass es etwas damit zu tun haben musste, wie ich aussah; mit der Macht und dem Geheimnisvollen, das ich ausstrahlte, aber es lag auch an dem erotischen Klatschen meiner Hand, wenn sie auf eine saftige Portion festen weiblichen Fleisches klatschte.

Später, als sich die Dinge wieder etwas beruhigt hatten, sagte Simone zu mir: „Wusstest du, dass es Dominas gibt, Frauen die so etwas professionell machen?“

Ich war überwältigt und sagte: „Nein, das wusste ich nicht.“

„Oh ja, und sie verdienen einen Haufen Geld. Du könntest deinen Lebensunterhalt damit verdienen. Du bist wirklich gut – ich meine, sieh dir nur an, wie du mit diesen Kerlen umgehst.“

Und das war es. Eine Tür hatte sich für mich aufgetan. Ich stand auf der Schwelle und blickte in eine Welt, die fremdartiger und zugleich vertrauter für mich war als alles, was ich je zuvor gesehen hatte. Ich wollte mehr wissen. Viel mehr. Ich wollte die Tür hinter meinem alten Leben schließen und eintauchen in diese neue Welt, was auch immer sie mir zu bieten hatte. Ich wollte die Tür ein für alle Mal hinter mir schließen.

„Gefällt dir, was du siehst?“ fragte ich Roberts.

„Ja, Mistress.“

„Würdest du gerne mehr sehen?“

„Ja, bitte, Mistress.“

Ich hob einen Fuß an und setzte ihn langsam und bedächtig zwischen seine Beine, wobei ich darauf achtete, dass ich ihn ein wenig an seinem Schenkel kratzte. Er keuchte.

„Würdest du gerne meine Stiefel küssen?“ fragte ich ihn.

„Nichts lieber als das, Mistress“, sagte er. Seine Stimme war jetzt heiser und ich konnte sehen, wie das Blut in seinen Halsschlagadern pulsierte. Sein Gesicht war rot angelaufen. Ich fragte ihn, ob mit ihm alles in Ordnung sei, ob er noch mehr Wasser haben wollte, doch er versicherte mir, dass es ihm gut ginge.

Er umfasste den Absatz zärtlich mit einer Hand, als er den Stiefel zu seinem Mund führte. Er wusste, was er tat. Er spielte seine Rolle erstklassig. Er ließ seine Lippen und seine Zunge über das glänzende Leder gleiten, atmete tief ein, als versuche er, den Duft meiner Füße durch die undurchdringliche Haut aufzusaugen. Ich streichelte seinen Kopf und ließ ihn meine Stiefel liebevoll streicheln so lange er wollte.

Er liebte es über alles. Er war einer der ersten, die sagen, ich sei zu schön, um eine Domina zu sein. Eine Menge Leute sagen das. Warum bist du eine Mistress? Du bist zu schön dafür. Und ich sage, ich bin gerne eine Mistress. Ich mag den Lifestyle.

Er war also der Erste, ein süßer alter Mann.

Ich war total aufgeregt, als ich am nächsten Tag zur Arbeit ging und begriff, dass sich meine neue Zukunft vor mir entfaltete wie die Blütenblätter einer Rose. Mein Chef hat es irgendwie heraus bekommen, aber er war großartig. Er wusste, dass ich in meiner Mittagspause SM-Gedichte und Geschichten schrieb und dass ich vorhatte, am Abend „Klapse auszuteilen", wie er es nannte. Es war großartig, ein vibrierendes Brummen und Treiben. Innerhalb kürzester Zeit wechselte ich von Hotels in Gatwick und Heathrow und dem Thistle in Marble Arch in ein echtes Studio mit Spielräumen. Ich schwebte auf Wolke sieben und verdiente fantastisch.

Ich hatte meinen Weg gefunden.

Sprecherlaubnis: Gary

Ich habe Princess Spider kennen gelernt, als sie in die Wohnung zog, die ich in Südlondon bewohne. Ich kenne sie seit etwa sieben Jahren. Wir sind ein paar Mal zusammen ausgegangen, kamen zusammen, haben ein paar Mal miteinander geschlafen, aber immer eher zufällig. Wir haben viel Spaß zusammen gehabt. Jetzt sind wir gute Freunde. Ich freue mich wirklich für sie und über das, was sie jetzt macht. Manche Leute schauen sich dieses Leben vielleicht an und denken, es sei etwas merkwürdig. Sie werden Ihren eigenen Blick und Ihre eigene Meinung darüber haben, doch soweit es mich angeht, denke ich, je mehr Spaß im Leben, desto besser. Sie war schon immer ehrgeizig. Sie ist sehr intelligent, weiß, was sie will und wie sie das bekommen kann.

Ich denke, sie ist wunderschön, charmant und ziemlich witzig. Sie hat das gewisse Etwas. Sie ist etwas ganz Besonderes, es ist, als hätte sie eine Aura um sich herum, die die Menschen anzieht. Die Tatsache, dass sie so ein außergewöhnliches Leben führt, wirkt ebenfalls anziehend. Die Menschen fühlen sich in ihrer Gegenwart nicht bedroht oder unsicher. Ihr Selbstvertrauen färbt auf dich ab. Sie hat auch eine zutiefst reife und weise Seite in sich.

Ich war schon immer neugierig auf die sozialen Aspekte von BDSM, aber ich wusste nie, wie ich Zugang dazu bekommen sollte. Also hat sie mich zu ein paar von ihren Partys eingeladen. Es ist nicht wirklich meine Szene, aber es hat mir die Augen geöffnet.

Ich war inzwischen auf einigen dieser Partys und habe dort alle möglichen Leute getroffen. Höchst wohlerzogene, erfolgreiche Leute. Jedes Milieu, das du dir vorstellen kannst. Rechtsanwälte, Ärzte, Richter bis hinunter zum normalen Durchschnittstypen. In meinen Augen sind alle höchst künstlerisch. Sexuell kreativ, eine große Auswahl an Kostümen und Rollen. Niemand hat sich um den anderen gekümmert. Es ist eine sehr freundliche Atmosphäre. Was um dich herum geschieht ist extrem surreal. Ich kann damit nichts anfangen, also habe ich auch kein besonderes Outfit, doch ich trage immer ein Paar Satinhosen, schwarze Schuhe, eine schwarze Weste und eine lange Lederjacke. Eine Party fand in einer ziemlich kleinen Wohnung in Tulse Hill statt. Ich war als eine Art Begleiter für sie mitgekommen. Es gab nichts, wo ich mich hätte verstecken können. Ich war einfach nur erstaunt über das, was da passierte. Die Szene unterschied sich von einem Raum zum nächsten. Von einer Höhlenatmosphäre ging es in einen altmodischen, traditionellen englischen Club, dann steht da jemand nackt in der Ecke und spielt an sich herum, ein anderer ist angekettet und wird ausgepeitscht und ein Paar vögelt miteinander. Es ist einfach bizarr.

Ich bin ziemlich prüde. Ich lasse mich nicht manipulieren. Mich bringt nichts so leicht aus der Fassung. Wir hatten eine normale Beziehung, sie hat nie irgendwelche Spielchen mit mir gespielt. Es würde nicht funktionieren, ehrlich. Ich glaube, sie mag mich, weil ich das Gegenteil von ihr bin. Wahrscheinlich hat sie mich einmal als Herausforderung gesehen, aber bis zu diesem Stadium ist es nie gekommen. Ich habe einen ziemlich scharfen Verstand. Ich werde mich nicht ändern. Doch unsere Beziehung hat nicht lange genug gedauert, als dass sich irgendetwas in diese Richtung hätte entwickeln können. Ich finde es lustig, anstatt es ernst zu nehmen, wenn sie sagt: „Ich werde dich auspeitschen, wenn du nicht in die Gänge kommst." Es ist ein ziemlich unbeschwerter Umgang.

Bevor das alles geschah, hatte ich mir aus der Hand lesen lassen. Ich glaube, dass es so etwas wie Schicksal gibt. Ich glaube, dass unser Leben mehr oder weniger vorbestimmt ist. Wie du dem dir vorgegebenen Weg folgst, wie du dir von deinem Schicksal helfen lässt hat Einfluss darauf, ob du Erfolg hast oder scheiterst. Ich habe Träume, die sich bewahrheitet haben, auch wenn meine Träume nichts mit Dominanz zu tun haben. Als ich mir das letzte Mal aus der Hand habe lesen lassen, war ich mir nicht sicher, in welche Richtung sich meine Beziehung entwickeln würde. Ich sah eine Ärztin und sie bildete mich aus, doch selbst mit all meinem Charisma und meinem Charme würde es mir nicht gelingen, sie zu behalten – und ich wollte sie nicht zurückhalten. Die Frau, die mir aus der Hand las, sagte, ich würde einen Ritter treffen und er würde mein Leben verändern. Nun, ich weiß nicht viel über Ritter, aber ich traf Twin, der der Sohn eines Häuptlings aus Nigeria ist.

Das erste wirklich erstaunliche, was ich auf der Party im The Fringe sah, waren Master Keith und seine Freundin. Er hatte sie an eine große Winde gebunden und eine Menge Seil um sie gewickelt. Ihre Brüste lugten zwischen zwei kleinen Löchern hervor und standen fest und geschwollen hervor. Er fickte sie mit dieser riesigen Aubergine; ich rieb mir die Augen und sagte zu Simone: „Ich kann nicht glauben, dass ich das wirklich sehe."

Und sie sagte: „Mach dir keine Sorgen um sie, er ist ein sehr guter Master, er weiß alles über Safewörter und diese Dinge."

Safewort. Es war das erste Mal, dass ich diesen Begriff hörte. Ich beschloss, etwas nachzuforschen und gab ein paar Schlüsselwörter, die ich aufgeschnappt hatte in eine Suchmaschine ein und legte mir mit der Zeit ein Dossier über BDSM an. Ich war ungeduldig. Ich wollte an den Dingen teilhaben. Lisa half mir dabei. Sie machte bei sich zu Hause Fotos von mir in jeder Menge sexy Outfits und ich legte mir bei Yahoo! ein Profil zu. Mit Informationen über meine verrückten Vorlieben, meiner Mobiltelefonnummer und ein paar Fotos ging ich online. So haben die Leute am Anfang Kontakt zu mir aufgenommen.

Tagsüber ging ich ins Büro und nahm hunderte von verzweifelten Anrufen am Tag entgegen – „Hallo, hier ist die Wohnungsgenossenschaft, was kann ich für Sie tun?" In den Pausen flitzte ich raus, um die Männer zurückzurufen, die sich bei mir gemeldet hatten. Ich musste umschalten und zu der geheimnisvollen Frau mit der befehlenden, spielerisch sinnlichen Stimme werden. Es war bizarr.

Ich schrieb auch SM-Geschichten in meinen Pausen. Ich druckte eine für meinen Chef aus, den ich sehr sympathisch fand – er hatte mich fünf Mal zum Gespräch eingeladen, bevor er mir den Job gegeben hatte. Ich hatte das Gefühl, er hätte mir den Job auch schon nach dem ersten gegeben, aber er unterhielt sich so gern mit mir.

Er sagte: „Du verschwendest deine Zeit hier, du solltest etwas Kreativeres machen."

Ich lernte Graham kennen, nachdem die Geschichte mit Lisa im Sande verlaufen war. Er stand ebenfalls auf BDSM und hatte sogar ein Spielzimmer in seiner Wohnung. Überall in seiner Wohnung gab es Dinge, die mit BDSM zu tun hatten. Ich fand, sie hatte sehr gute Schwingungen und schien ein sehr behaglicher Ort zum Leben zu sein. Es gab viele Dinge, die ich nie zuvor gesehen hatte. Ledermasken, Strafinstrumente, Ketten und Peitschen.

Er hatte eine Traumwelt um seine Besessenheit herum gebaut und nannte diese Welt Silk Planet, Seidenplanet. Er hatte eine Homepage dazu gestaltet und benutzte sie, um Sklaven zu verführen, den Herrinnen dieser Welt Geschenke zu schicken. Ich wurde eine von ihnen. Er sagte zu mir: „Ich habe da diese Persönlichkeit vor Augen, Princess Spider. Warum nimmst du nicht ihren Namen an?"

Ich war gerührt und aufgeregt. Noch nie zuvor hatte mir jemand einen Namen gegeben. Er kleidete mich in einen schwarzen Lederrock, Lederhemd, Lederkappe und steckte mir ein Bowiemesser in den Gürtel.

Graham sah mich an und sagte: „Mein Gott, du bist es."

Er machte ein paar Fotos. Damals wurde Princess Spider geboren. So sah sie aus. Ich hatte die richtige Größe und Gestalt für seine Kreation. Doch es passierte noch mehr. Ich fühlte mich, als hätte diese Rolle schon immer darauf gewartet, dass ich hineinschlüpfe, wie ein vergessener Anzug im Kleiderschrank. Als ich mich zum ersten Mal als Princess Spider kleidete, fühlte ich mich vollkommen wohl und beflügelt. Ein Teil von mir, von dessen Existenz ich bislang nichts gewusst hatte, brach durch und übernahm die Kontrolle. Doch zur gleichen Zeit war dieser Teil mir sehr vertraut. Ich vermute, Spider ist ein Mischmasch aus verschiedenen Persönlichkeiten, die ich im Laufe der Jahre entwickelt habe. Sie ist ein Teil von mir und zugleich meine Erweiterung. Und manchmal weiß ich selbst nicht, was sie tun wird. Was bedeutet, dass meine Sklaven es ebenfalls nicht wissen. Gar nicht so schlecht, denke ich …

Princess Spider entwickelte sich, als sie mit Graham zusammen war. Ich hatte nie zuvor einen Mann rasiert und er brachte mich dazu, ihm die Eier zu rasieren. Ich dachte: „Oh Gott, was ist, wenn ich ihn schneide?“ Er trug gern diese Maske mit einem am Mundteil aufgesetzten Schwanz. Er bat mich, mich rittlings auf ihn zu setzen und ich dachte: „He, auf so etwas habe ich noch nie gesessen.“ Ich lernte im gleichen Moment, in dem ich es tat. Es war diese Welt, die ich wollte und alles war aufregend. Die einzigen Grenzen in der Welt des BDSM bilden deine eigenen Vorstellungen.

Als Lehrer brachte Graham mir eine Menge bei. Wir hatten auch viel Spaß miteinander. Wir arbeiteten zusammen an einer Geschichte mit dem Titel Die Zukunft, die wir auf der Silk Planet Homepage veröffentlichten. Es ging darin um Männer, die in Zellen eingesperrt werden und auf ihre Operation warten müssen, während der ihnen das Sperma entnommen wird, aus dem dann mit Hilfe der Gentechnik eine erlesene Armee von Dominas geschaffen wird. Es war befreiend, diese Persönlichkeit zu besitzen und meine Fantasie sich entwickeln zu lassen, wie sie wollte. Es gab keine Regeln, keine Einschränkungen (zumindest nicht für mich!) und keine Grenzen.

Graham verzeichnete eine Menge Zugriffe auf seine Homepage, doch als ich ihm eines Tages mit den Mails und als Admin half, war ich sicher, dass wir das Ganze noch verbessern könnten.

Ich sagte zu ihm: „Es muss doch Leute geben, die nicht das tun, was du sagst. Oder die die Seite einmal aufrufen und dann nie wieder. Wo ist die Ausschussliste?“

Er war ziemlich gut organisiert und zeigte mir den Weg zu einer Reihe von Dateien. Hunderte von potentiellen Kunden waren hier versammelt. Männer, die eine Anzeige für Silk Planet gesehen hatten und mit einer Herrin hatten sprechen wollen, als gerade keine verfügbar gewesen war, verpasste Anrufe und dergleichen mehr. An einem Samstagmorgen schwang ich mich mit der Liste ans Telefon, ging sie methodisch durch und rief alle an. Ich hatte eine strenge, aber muntere Stimme, mehr nicht. „Hi, hier ist Princess Spider. Warum rufst du uns nicht mehr an?"

Später, als ich dann einen ganzen Schwung neuer Kunden angeschleppt hatte, bemerkte ich Grahams Lächeln und wie er leicht den Kopf wiegte.

„Was ist?" fragte ich ihn.

Er sagte: „Du bist ein Naturtalent."

Seit 1994 habe ich Dreadlocks. Ich wollte eine Veränderung. Eine Freundin von mir stand auf Rastamänner und hatte eine Menge Bilder. Ich war fasziniert und fragte mich, ob das bei meinem Haar auch funktionieren würde, weil ich Naturlocken habe. Ich habe meine Friseurin dazu gebracht, mir kleine Dreadlocks zu machen. Sie waren ziemlich funky, als sie kurz waren, doch ich dachte, sie würden mich zu männlich wirken lassen. Also ließ ich sie wachsen. Eine Freundin von mir sagte, dass sich mein Leben ändern würde, wenn ich die Dreadlocks wachsen ließe. Und sie hatte Recht.

Wie ich es definiere, dieses bitter-süße Akronym, dieses BDSM? Die Buchstaben stehen für Bondage Disziplin Sado-Masochismus.

Bondage ist eine Sache, die mich nicht allzu sehr interessiert, es sei denn es handelt sich um eine Form geistiger Fesselung. Ich hasse die Zeitverschwendung, wenn ich jemanden physisch festbinden muss. Das Ergebnis kann erstaunlich sein und sehr ästhetisch aussehen, all diese Seile und die komplizierten Knoten, die an strategischen Positionen um einen nackten Körper herum angebracht sind, doch es ist nichts für mich, insbesondere, wenn ich nur eine Stunde Zeit habe, um jemanden zu beherrschen. Ich ziehe es vor, den Geist einzuschränken. Ich glaube, der Geist ist ein viel mächtigeres Werkzeug als ein Seil. Kontrolle durch den Geist beweist deine Überlegenheit viel eindrucksvoller als ein um Hände oder Füße geschlungenes Seil.

Disziplin bedeutet für mich, Männer zu den respektvollen Gentlemen zu erziehen, die sie einst gewesen waren, wie die Ritter aus alten Zeiten. Alle loyalen Sklaven errichten einen Altar des Respekts, auf dem eine Göttinnenfigur und Kerzen stehen sollten. Sie rezitieren jeden Tag ihr Mantra oder ihren Eid oder sie wiederholen ihr Gelübde vor einem Bild von mir. Der Schrein mag vielleicht nicht mehr sein als eine Sammlung von Bildern oder was auch immer sie mit mir in Verbindung bringen, wenn sie kein Bild von mir aufstellen können, doch es wird der Mittelpunkt ihres Sklavenlebens sein.

Sadismus ist die sexuelle Lust oder Befriedigung, die daher rührt, einer anderen Person Schmerzen zuzufügen und sie leiden zu lassen. Ich genieße es sehr; dabei vergesse ich oft die Zeit. Manche sagen, ich würde die dunkle Seite des BDSM ausleben, weil ich Blut mag, wie eine böse Hexe. Ich liebe Nadelspiele und habe meine Sklaven schon bei zahlreichen Gelegenheiten durch meine Waffen oder meine Zähne bluten lassen. Für mich ist Blut kein Tabu, auch wenn ich akzeptiere, dass es das für manche ist. Meine Grausamkeit ist legendär, doch ebenso auch mein Mitgefühl, weswegen ich viele Bewunderer habe. In einer Session bin ich geistreich und meine Jungs lieben die Art und Weise, wie ich sie fliegen lasse.

Die meisten jedoch halten mich aufgrund meiner Fähigkeit zu heilen für eine gute Hexe. Vielleicht bin ich beides, manche behaupten sogar, ich sei wie Obi-Wan Kenobi (ein großartiger Lehrer). Auf mich scheinen verschiedene Beschreibungen zu passen.

Masochismus. Alle den Schmerz liebenden Sklaven lassen sich vorzüglich quälen. Leibsklaven müssen in dieser Hinsicht stark und mutig sein. So ist Twin zu seinem Namen gekommen, denn er ist, was Schmerzen angeht, mein Seelengefährte. Wir spielen hart, um alle Aspekte dieser dunklen Kunst auszuloten. Ich bin glücklich, wenn ich heftige körperliche oder psychische Schmerzen zufügen kann; als Ausdruck von Grausamkeit, als Mittel der Einschüchterung, Abschreckung oder Bestrafung oder als Mittel, um Informationen oder Geständnisse zu entlocken. All das klingt einfach göttlich in meinen Ohren – ich liebe es! Ich unterwerfe meine Leibsklaven den heftigsten Folterungen, selbst wenn es bedeutet, dass ich mir selbst dadurch das sexuelle Vergnügen entsagen muss oder sie nicht sehen kann. Denn in vielerlei Hinsicht ist das die beste Folter: überhaupt nicht zu quälen. Alle wollen es, alle flehen darum. Aber ich sitze vielleicht einfach nur da und trinke Tee und rede sinnloses Zeug, während ich höchst provozierend gekleidet bin. Das lässt sie zusammenbrechen.

All meine Sklaven haben Grenzen, doch ich quäle sie in jeder erdenklichen Weise, die ihre Fantasie und ihre körperlichen Gegebenheiten zulassen. Ich sorge mich auch um sie. Es ist immer eine Gratwanderung: „Dein Schmerz, meine Lust". Ich benutze diese Wendung häufig. Manche Sklaven fesseln sich selbst, wenn ich nicht bei ihnen bin. Weil man bei Selbstfesselungen allein ist, ist das Gefühl intensiver, ein Schauder, der ebenso von dem bestehenden Risiko herrührt wie von den anderen Reizen. Jemand, der in der Lage ist, sich selbst gut zu fesseln, kann sich die wildeste Lust verschaffen, weil die Gefahr größer ist.

Sprecherlaubnis: Sklave Twin

Ich glaube, dass BDSM dich in einem gewissen Maße zu einem besseren Menschen machen kann. Es kann dich stärker machen und dich auf bestimmte Situationen im Leben vorbereiten. Doch es kann auch schädlich sein. Es hängt alles von deiner Psyche ab, wo du stehst, wie stark du zu Beginn bist, und von deinem Charakter. Es ist wie bei Drogen und Alkohol. Es kann deine Nemesis sein. Wenn du glücklich damit bist, ist es gut für dich. Ich bin zur Hälfte schwarz, zur Hälfte weiß. Meine Mutter ist Schottin, mein Vater kommt aus Nigeria. Ich glaube, ich habe Einblick in beide Kulturen. Ich bin über beide hinaus gewachsen. Ich bin glücklich mit meinem Anderssein. Solange ich niemandem damit wehtue, ist doch alles in Ordnung. Ich möchte niemals jemand sein, der einen anderen Menschen foltert, um an Informationen zu kommen. So etwas ist mir ein Gräuel. Ich will es einzig und allein in einem spielerischen Rahmen nutzen.

Schmerz ist ein interessantes Konzept. Es fasziniert mich, dass du dagegen resistent werden kannst. Deine Fantasie ist großartig in dieser Hinsicht. Du sagst: ja, ich kann es ertragen. Doch in der Realität musst du dir das immer wieder bewusst machen. Ich hatte eine Menge gewöhnlicher Beziehungen. Ich habe eine Menge ganz gewöhnlicher Gedanken, die nichts mit BDSM zu tun haben. Ich habe mich dafür entschieden, es weiter auszuprobieren. Ich habe herumexperimentiert, bevor ich in die Szene eingetaucht bin, so dass ich eine ungefähre Vorstellung davon hatte, wie viel ich aushalte. Doch ich war bisher nur bei Dominas gewesen, die ziemlich böse waren und sofort auf einem ziemlich hohen Level mit dir gespielt haben. Zuerst wollen sie wissen, wie viel du aushältst. Sie gehen am Anfang sehr selten richtig hart ran, selbst wenn du sagst, dass du es willst. Es ist alles relativ. Oder ich sage, ich will eine harte Session und sie gehen etwas zu hart ran. Du musst eine Vertrauensebene zwischen dir und der Mistress aufbauen. Sie müssen dich kennen lernen und begreifen, wonach du suchst. Das ist mir passiert. Sie wusste, dass ich offen bin für neue Erfahrungen, und sie hat mir vollkommenes Neuland gezeigt. Sie hat mir geholfen, langsam meine eigenen Grenzen zu erkennen und diese dann zu erweitern.

Eine Sache, auf die ich nicht wirklich stand, war, so heftig eingeschränkt zu werden. Sie hat mich gefesselt und geknebelt und es hat mir nicht gefallen. Es war zu viel für mich und ich wurde ohnmächtig. Sobald ich sagte, dass mir schwindelig war und ich mich nicht gut fühlte, bekam ich großes Vertrauen zu ihr, denn sie machte mich auf der Stelle los, gab mir etwas zu trinken und kümmerte sich um mich. Von da an war ich in der Lage, weiter zu gehen, denn ich vertraute ihr vollkommen, dass sie das Richtige tun würde, das kleinste Zeichen und sie würde mich losmachen. In der Folge konnte ich mit ihr viel, viel weiter gehen, weil ich keine Angst mehr hatte zu ersticken. Die Angst vor dem Schmerz verstärkt den tatsächlichen Schmerz. Sobald du dich entspannst, kannst du mehr aushalten. Du musst einen Bereich finden, in dem du damit umgehen kannst und ihn in für dich akzeptieren kannst. Wenn du mit jemandem zusammen bist, dem du vertraust, kannst du beginnen, deine Grenzen zu erweitern und dich selbst kennen zu lernen. Ich glaube, das ganze Konzept von Schmerz beim SM unterscheidet sich gar nicht so sehr von irgendetwas anderem in der Welt. Ich habe lange Rugby gespielt und dort erträgst du in voller Absicht eine Menge Schmerzen. Wenn du zuschlägst und geschlagen wirst, stehst du auf und dir brummt der Schädel. Gib mir, was du willst und ich werde damit klar kommen. Ich glaube nicht, dass der Schmerz beim SM notwendiger Weise stärker ist, vielleicht ist er ritualisierter und direkter, doch in Bezug auf das, was du aushalten kannst und was du bereit bist zu ertragen, gibt es keinen großen Unterschied. Wenn ich als Soldat gefangen genommen und mit Folter bedroht würde, würde ich sagen: „Ich werde euch alles sagen, was ihr wissen wollt.“ Ich denke, ich würde das nicht überleben. Es ist eine vollkommen andere Sache. SM ist etwas Sexuelles für mich. Selbst wenn du nicht direkt sexuell erregt wirst, gibt es definitiv einen gewissen sexuellen Ausgleich.

Für eine andere frühe Session bin ich zu dem Kunden nach Hause gegangen. Ich war deswegen nervös, denn es war das erste Mal, dass ich überhaupt einen Hausbesuch machte und das beinhaltet immer ein gewisses Risiko, auch wenn ich den Sklaven schon verschiedene Male im Studio gesehen hatte. Ich fühlte mich zu ihm hingezogen und war sogar schon zu dem Schluss gekommen war, dass er es wert war, ein Leibsklave zu werden.

Ich gab einer Freundin Bescheid, wo ich hinging und informierte meinen Gast darüber, dass ich es getan hatte. Ich erreichte sein Haus im Süden Londons kurz vor sieben Uhr abends. Ich nahm meinen Obolus – eine beträchtliche Summe angesichts der Zeit, die ich für ihn aufbrachte - in dem üblichen weißen Briefumschlag entgegen und gestatte ihm, mich in das Wohnzimmer zu führen. Es war die letzte Anweisung, die ich für die nächsten zwölf Stunden von ihm entgegennahm.

Wir aßen zu Abend und ich entspannte mich. Ich habe eine gute Menschenkenntnis und kann andere ziemlich schnell durchschauen, also wusste ich rasch, dass diese Session gut werden würde. Wir verbrachten eine Nacht voller kreativer, erfreulicher Spiele und lernten uns immer besser kennen. Ich setzte ihn darüber in Kenntnis, dass er mein Leibsklave werden würde, mein erster, und wir schliefen zusammen in einem Bett - nicht ohne dass ich ihn zunächst zum Fußende bugsiert und mit festen Knoten gesichert hatte …

Princess Spider erwachte. Ihr Leibsklave lag am Fußende des reich verzierten gusseisernen Bettes. Er war am Abend zum Schlafen angeschlossen worden und war in den engen Fesseln kaum fähig, sich zu rühren.

Die Herrin lag eine Weile da, strich sich mit den Lederhandschuhen durch ihr goldenes Haar, fuhr mit den Fingerspitzen über den schwarzen, samtigen Saum ihrer Strümpfe. Sie lächelte und veränderte ihre Position.

Sie gab ihrem Leibsklaven einen Tritt und zündete sich eine Zigarre an.

„Hey, Schlampe, wach auf und putz meine Pussy! Es ist Zeit, dass du gemolken wirst."

Sklave Benson schaute auf die Uhr, die tickenden silbernen Zeiger standen auf halb sieben. „Ja, Mistress."

Ungeschickt wandte er sich seiner Göttin zu und schob seinen Kopf zwischen die Schenkel der Herrin.

Sie spreizte ihre Beine, schloss die Augen und zog lässig an der Zigarre. Sie tippte mit ihrer purpurroten Reitgerte auf seine Schulterblätter.

„Nur für den Fall, dass du aus dem Takt gerätst", sagte sie warnend. Lachend schlug sie ihn mit der Gerte. Sie biss dreimal in sein Fleisch. Ihre blasse Haut war so einladend und ihr Vanilleduft liebkoste ihn. Die Herrin würde Mitgefühl zeigen, doch nur bis sie ihren Höhepunkt bekommen hatte.

Er verzerrte das Gesicht unter seiner Ledermaske, während seine Herrin ihm befahl, kräftiger an ihrer Klitoris zu lecken. Sklave Benson erhöhte das Tempo und sein Penis geriet pochend außer Kontrolle. Er befürchtete, neben ihr zum Höhepunkt zu kommen, bevor es ihm offiziell gestattet wurde.

Sein Keuschheitsgürtel presste seinen angeschwollenen Penis zusammen, doch er wusste, dass er nicht aufgeben durfte.

Die silbernen Highheels der Herrin bohrten sich in sein Fleisch, als sie sich von den ersten kleinen Kräuselungen ihres Orgasmus davontragen ließ.

Sie schlug ihren Sklaven erneut, als ihr Höhepunkt seinen absoluten Gipfel erreichte. Ihre gleichförmigen Schläge tropften auf sein morgenmüdes Fleisch.

Sie streifte ihre Lederhandschuhe ab. Die Herrin befahl Sklave Benson, seinen Penis zu streicheln.

„Besorg es dir, du Abschaum. In dein Wichsglas damit."

„Ja, Mistress. Ich möchte nur, dass es Ihnen gut geht." Die Herrin führte ein strenges Regime und er begriff, dass er geprüft wurde. Die Hände fest an seiner Erektion gehorchte er und sang das Gebet seiner Herrin:

„Ich bin die niederste Kreatur in Eurem Reich. Euer Leibeigner, der Euch dient und Euch treu verehrt und aufrichtig anfleht, oh meine prachtvolle Göttin. Ich bete darum, dass ich würdig sein möge, Euch zu dienen. Meine bloße Existenz in Eurer Gegenwart ist ein Verbrechen, denn ich bin geistlos, gering und Eurer unwürdig. Wenn es Euch gefällt, werde ich freudig zustimmen, durch Schmerz von meinen Verbrechen gegen Euch geläutert zu werden. Ich flehe Euch um Gnade an, auch wenn ich kein Erbarmen verdient habe und auch keines erwarte."

Ihr Appetit war unersättlich.

Sein Höhepunkt stand kurz bevor. Sein keuchender Atem amüsierte die Herrin. Sie beobachtete seinen Höhepunkt genau und hob noch einmal die Peitsche, um seiner Fantasie mit einer scharfen, überwältigenden Salve auf den Rücken und den Po ein Ende zu setzen.

Die Herrin löste seine Fesseln. Der Sklave hatte sich in ihrem Netz verfangen und weinte beinahe angesichts ihrer Macht und des Wunders, das ihm widerfuhr.

Der Hauptgrund, warum ich mich entschloss als Domina zu arbeiten, waren meine Kinder. Als ich hierher kam, konnte ich sie drei Monate lang nicht zur Schule schicken. Ich musste alle Bücher und die Uniformen neu kaufen … mein Einkommen reichte dafür nicht aus, also musste ich mir Geld leihen. Ich wollte unabhängig und in der Lage sein, ihnen im Leben Dinge zu bieten, die ich nie hatte. Im Januar 2001 verdiente ich etwa 2000 Pfund, die Arbeit als Domina stockte mein Einkommen von 1400 Pfund auf. Meine Kinder sind meine treibende Kraft. Ich möchte ihnen etwas hinterlassen.

Was ich in meinem Leben mache, ist wirklich nichts anderes als das, was in vielen Beziehungen geschieht, es ist nur ein wenig extremer und gleichzeitig spielerischer. Es ist eine symbolhafte Handlung. Landauf, landab gibt es Beziehungen, in denen ein natürliches Machtgefälle herrscht. Eine Person übernimmt die Verantwortung, die andere nimmt sich eher zurück. So funktionieren Beziehungen nun einmal. Wenn du zwei eigensinnige Personen hast, die ständig über alles aneinander geraten, kommt es leicht zu Streitereien. In Beziehungen geht es immer darum, zu geben und zu nehmen. Um Geben und Nehmen geht es auch beim BDSM. Es ist eine perfekte Symbiose. Das Band zwischen einer Herrin und ihren Sklaven ist unglaublich stark.

Wer von uns hat noch nie die Geliebte mit einem Seidentuch ans Bett gefesselt oder dem Liebsten einen spielerischen Klaps auf den nackten Po gegeben, als er nackt an uns vorüber schlich, noch ganz feucht von der Dusche? Wann wird das zu einer erotischen Fesselung? Wann wird daraus ein echtes Schlagen? Ist es das nicht immer? Sind die Grenzen nicht fließend und die Unterscheidungen feige und lächerlich? Machen wir das nur, um uns selbst vor der Wahrheit zu schützen, dass wir im Grunde unseres Herzens alle ein paar Klapse und ein bisschen Kitzeln mögen, gleichgültig ob wir dabei einen Latexanzug tragen oder nicht? Sind wir nicht alle ein bisschen pervers? Ein wenig verrückt? Was ist falsch daran, sich auf eine alles andere als gewöhnliche Art näher zu kommen: Unanständig, aber lieb?

Bei zahlenden Kunden werde ich manchmal sexuell erregt, doch ich hole mir meine Befriedigung erst, wenn ich zu Hause bei meinem Partner bin. Eine Session macht mich wirklich eher im Kopf an. Die erste Session mit einem Sklaven ist immer fantastisch für mich. Ich verwandle ihn in ein unterwürfiges Etwas und in vielen Fällen verbessern sich dadurch sein sexuelles Leben und die Beziehung zu seiner Partnerin. In gewisser Weise ist es eine Form von Therapie. Ich hatte Kunden, die eine konventionelle Psychotherapie machten, die durch die Sessions mit mir unterstützt wurden und das hat gut funktioniert. Viele Therapeuten haben, sobald sie von mir erfahren haben, die Kunden ermutigt, weiter zu mir zu kommen, weil es ihnen geholfen hat. Ich höre ihnen zu, wenn sie von ihren Problemen erzählen. Viele von ihnen leiden unter Erektionsstörungen. Ich kann ihnen dabei helfen und rate ihnen, ihre Fantasien zuzulassen, all diese unanständigen Gedanken, die wir tief in uns verschließen: ich ermutige sie, sie hervor zu holen. Ich war niemals wirklich schockiert über das, was ich gehört habe, denn ich kann das, was sie beschreiben vor meinem geistigen Auge sehen und spüre, was sie meinen. Manche Männer zittern vor mir. Ich genieße ihre Nervosität, sauge sie in mir auf und ermuntere sie, mehr Vertrauen zu haben.

Mein neuster Kunde, Sklave Alice, hat in einem Bein keine Kniescheibe. Ich sagte ihm, er solle sich vor mich setzen, nicht knien. Er war sehr dankbar dafür und ich denke, es hat ihm geholfen, sich bei mir zu entspannen. Ich vermutete eine starke feminine Seite an ihm und ich hatte Recht. Er probierte bereitwillig Strümpfe an, doch er hatte Angst und sagte, seine Beine wären nicht gut genug für meine Augen (er hat viele Narben). Doch ich ermutigte ihn. Strümpfe waren die logische Antwort; sie würden seine Beine bedecken und ihm Selbstvertrauen schenken. Er liebte es und stolzierte zufrieden durch den Dungeon. Ich glaube, das ist eine meiner Stärken, sehr schnell zu erkennen, welche Probleme es zu lösen gilt und sie umzuwandeln, so dass daraus fast schon Vorteile werden. Alice jedenfalls hatte eine großartige erste Session und er wird wiederkommen. Es ist toll, einen neuen Sklaven zu haben und zu wissen, dass du bei ihm schon einen Schalter umgelegt hast.

Eine Session kann mich ziemlich anmachen, doch das liegt gewöhnlich an dem, was wir machen, an der Atmosphäre und dem Drumherum und nicht allein am Kunden. Manchmal sieht er echt richtig klasse aus, aber es ist langweilig, sich mit ihm zu unterhalten. Ich mag interessante Männer und die meisten sind interessant, wie ich festgestellt habe. Ich hasse starken Körpergeruch und rüffele Männer auch deswegen.

Meine Figur ist nicht mehr das, was sie einmal war. Es ist nicht mehr 90-60-90, sondern eher 90-72-105! Aber ist die Körperform wirklich wichtig? Es gibt diesen Spruch, dass große Mädchen mehr Spaß haben und ich kann nur sagen, verdammt richtig, das haben wir! Ich weiß, dass ich einen hellen Kopf habe und dass ich Lust habe, dass ich liebe; Männer umschwärmen mich noch immer und unterhalten sich gern mit mir. Es amüsiert mich und gibt mir das Gefühl, geliebt zu werden. Damit verbringe ich meine Zeit? Hey, ja, und es ist nicht die schlechteste Art und Weise. Im Moment habe ich Rooster, Master Peter, Master Simon, meinen alten Chauffeur Norman und Mistress Raven, die sich alle mit mir treffen wollen. Ist das nicht verrückt?

2.
Verschwiegene Fremde

„Princess Spider kann alles tun, was ihr gefällt, weil sie eine hervorragende Domina ist. Sie kann dir in die Eier treten und die Regeln brechen."

Princess Spider

Kontrolle spielt eine wichtige Rolle in meinem Leben, so wie ich es gestaltet habe. Ja, ich glaube an das Schicksal, doch es liegt in deiner Hand, wie du dir deinen Weg so ebnen kannst, dass der Fluss deines Lebens in ständiger Bewegung bleibt. Es gefällt mir, dass ich entscheide, wann ich arbeite, wie viel Geld ich nehme, welche Kunden ich annehme. Ich muss niemandem in den Arsch kriechen (nun, jedenfalls nicht in diesem Sinne …), keine Geschäftsinteressen, auf die ich Rücksicht nehmen müsste. Ich muss nicht dem Bus hinterher rennen oder das Mittagessen ausfallen lassen, weil ich zu viel zu tun habe. Ich muss keine Berichte schreiben und keine Quoten erfüllen. Ich sage, wo es lang geht. Ich habe niemandem Rede und Antwort zu stehen.

Typische Vorstellungs-E-Mail an Princess Spider:

Ich habe Ihre Internetseite gesehen.

Wenn ich Ihnen zu Ihrer Zufriedenheit gedient habe, könnten Sie mich vielleicht belohnen, soweit Sie mich für geeignet halten. Meine Vorlieben sind: Keuschhaltung und Bondage. Ich mag sehr gerne hohe Korsetts, Halsbänder, Highheels, Butt Plugs, Atemkontrollspiele, Leder, Latex, Lack und Stiefellecken. Schmerzen mag ich überhaupt nicht.

Meine beruflichen Fähigkeiten sind sehr vielseitig und wenn Sie mich als Haussklaven akzeptierten, hätte ich keine Probleme, einen Job zu finden, wenn ich erst einmal bei Ihnen bin und Sie wünschen, dass ich außer Haus arbeite. Ich bin Automechaniker und handwerklich sehr geschickt, seien es Maler- und Maurerarbeiten, Klempnerarbeiten usw. Ich habe mir meine komplette Bondageausrüstung selbst gebaut und wenn Sie wünschen, könnte ich etwas für Ihren Dungeon bauen oder ihn renovieren.

Ich danke Ihnen, dass Sie meine Nachricht gelesen haben. Wenn Sie irgendwelche Fragen haben oder weitere Einzelheiten wissen möchten, schicken Sie mir bitte eine E-Mail.

Ihr demütiger Diener und Gummipüppchen

Darren

Der Sklave ist auf merkwürdige Weise zugleich auch der Herr. Es ist wie bei jedem anderen Geschäft. Es sind deine Kunden, also musst du sie gut behandeln, sonst kommen sie nicht wieder. Es ist wichtig, ihnen Respekt entgegen zu bringen und auf ihre Bedürfnisse, Sehnsüchte und Fantasien zu achten. Es ist nicht gut, mit dem Rohrstock über einen neuen Gast herzufallen, wenn er es nicht mag oder wenn er vorher lieber mit Flogger, Paddle und Quirt aufgewärmt werden möchte. Meine Sklaven sind mir lieb. Ich sorge mich um sie und es ist schön, das Vertrauen bis zu dem Punkt wachsen zu lassen, wo sie sich mir vollkommen unterwerfen und wissen, dass sie sich um nichts mehr Sorgen machen müssen. Zu mir zu kommen ist für viele Sklaven wie Therapie. Besser als Therapie. Wir sind wie eine große Familie.

Aber es geht nicht allein darum, was sie aus einer Session mitnehmen. Ich will auch meinen Spaß haben. Ich genieße es, Sklaven zu beherrschen, doch manchmal gestatte ich ihnen für kurze Zeit, einen von mir bestimmten Teil meines Körpers zu verehren. Ich gewähre diese Gunst nicht jedem Sklaven. Ein Leibsklave zu werden ist keine leichte Aufgabe. Du musst dir dieses Privileg verdienen.

Sklaven kaufen sich Magazine, um sich eine Domina auszusuchen. Anhänger der alten Schule wählen Herrinnen, die ganz in Leder gehüllt sind. Lederhandschuhe, Lederkappe, Lederstiefel, das ganze traditionelle Zeugs aus den 1940ern, 50ern und 60ern. Sie mögen das. Die Zeit, in der Damen noch Handschuhe, schöne Strümpfe und passende Kostüme trugen. Das ungefährliche Doris-Day-Image. Den jüngeren Sklaven gefallen Dominas, die zäh oder schlampig aussehen, also werden sie eher nach PVC-Kleidung suchen. Ich trage PVC, wenn ein Sklave das möchte. Ich muss nicht immer nur Leder tragen, nur weil ich es bevorzuge. Wenn ich nicht anziehe, was er will, geht mir vielleicht ein potentieller Kunde verloren. Es ist wie beim Zahnarzt. Es hat keinen Zweck, den falschen Zahn zu füllen.

Manchmal trage ich Sachen aus den Fünfziger Jahren, wenn ich ausgehe. Ich mag die Art, wie sie sich damals gekleidet haben. Ich bezweifle nicht, dass der Fetisch bei einer Menge Sklaven mit ihren Tanten, Kindermädchen oder Müttern begonnen hat, die ihre Händchen gehalten haben und dabei diese schönen, eng anlegenden Handschuhe getragen haben. Eltern waren damals auch viel strenger. Ebenso die Lehrer in der Schule; körperliche Bestrafung galt als normal und wurde tagtäglich eingesetzt.

Auch Einschüchterungen waren üblich und wurden nicht so ernst genommen wie heutzutage.

Manche Sklaven sammeln Dominas. Sie kommen heute zu mir, gehen am nächsten Tag zu einer anderen Mistress und nächste Woche zu einer dritten. Sie mögen die unterschiedlichen Erfahrungen mit den verschiedenen Herrinnen. Sie kennen überhaupt keine Loyalität. Die Sklaven, die mir einmal im Monat dienen, bekommen ein Halsband und einen Sklavennamen. Sobald sie einen Namen haben, kann ich sie in mein Notizbuch aufnehmen und weiß, dass sie zu meinen regulären Sklaven gehören. Wenn einer mehr als einmal kommt, bekommt er auch einen Vertrag, der im Wesentlichen besagt, dass ich alles mit ihm machen kann und dass er, wenn ich es gestatte, etwas mit mir machen kann. Normalerweise kommen sie öfter als einmal … bis ich nicht mehr zu ihrer Fantasie passe.

Ich habe im Laufe der Jahre einige wunderbare Geschenke bekommen. Auch faszinierende Geschenke. Ich habe ein Fahrrad, das mir von einem Typen geschenkt wurde, der für die US-Marine arbeitete. Er bezahlte meinen ganzen Obolus mit seiner Kreditkarte von der US-Marine, was wahrscheinlich etwas ungehörig war, aber ich wollte mich nicht beschweren.

Ich habe ihn in einem Chatroom im Internet kennen gelernt. Er nannte sich Sailor Peter. Er erzählte mir, dass er nach London käme und dass er großes Interesse daran hatte, die Dominanz einer Frau zu spüren. Seine Frau litt unter Multipler Sklerose und konnte nicht mehr viel machen. Sie stand auch auf SM, konnte aber aus gesundheitlichen Gründen nicht mehr spielen. Wie auch immer, ihm gefielen meine Bilder im Internet. Ich arbeitete zu der Zeit noch im Büro. Meine Freundin dort kam immer mit einem protzigen amerikanischen Mountainbike zur Arbeit. Ich bin einmal darauf gefahren und war so begeistert, dass ich nach Hause kam und Sailor Peter sofort eine E-Mail schickte. Ich schrieb ihm, ich wolle so ein Fahrrad haben und dass man sie in einer bestimmten Ladenkette in den Staaten bekäme. Es war ein großes Fahrrad und ich wies ihn an, es als einen Teil meines Obolus zu kaufen. Er hat es im Flugzeug mitgenommen; dazu musste er es so weit es ging auseinanderschrauben, damit es so wenig Platz wie möglich brauchte. Wir haben uns im Thistle Hotel in Marble Arch getroffen und als ich kam, hatte er das Fahrrad in seinem Zimmer bereits wieder zusammengebaut.

Ich trug blaue, schillernde Jeans, ein abgeschnittenes Top und eine knallrote, mit Flitter besetzte Jacke, dazu flache Schuhe. Ich sah aus wie ein wunderschön schimmerndes Insekt. Er öffnete die Tür und da stand dieser große amerikanische Kerl von der Marine, viel größer als ich – und ich bin wirklich kein Hänfling. Er sagte: ‚Mach die Augen zu' und ich wollte es wirklich nicht – er war erst mein zweiter Kunde in einem Hotel und einen Moment glaubte ich, er würde mir gleich mit einer Axt eins über den Schädel braten. Doch dann führte er mich weiter in das Zimmer hinein und sagte mir, ich könnte die Augen wieder aufmachen und wow, da stand dieses Fahrrad. Ich habe es gleich im Zimmer ausprobiert. Wir gingen zum Abendessen aus und dann zeigte ich ihm was von der Stadt. Ich fühlte mich wie eine Reiseführerin und Domina zugleich, aber es machte mir nichts aus. Wir hatten einen wundervollen Abend und haben uns alle Sehenswürdigkeiten in London angesehen, bevor wir in sein Zimmer zurückkehrten und ich ihm zur Erinnerung den Hintern versohlte. Am nächsten Tag gingen wir zu Marks & Spencer, weil er sich noch etwas zu essen und Kleidung kaufen wollte, bevor er wieder abfuhr. Da war ein wirklich schönes rotes Kostüm ausgestellt und er meinte, das wäre genau die richtige Farbe für mich. Er überredete mich, es anzuziehen. Es war ein hübsches Bürokostüm im italienischen Stil. Und siehe da, es passte wie angegossen. Die Reaktionen der Männer, die vor den Umkleidekabinen auf ihre Partnerinnen warteten, waren klasse. Die Kinnladen klappten reihenweise runter. Sailor Peter sagte in diesem gedehnten amerikanischen Slang: „Das ist es, Schatz. Es gehört dir." Er zückte seine Marine-Kreditkarte und kaufte es für mich.

Mein schönstes Geschenk ist mein galatinischer Helm. Es ist eine Nachbildung, aber in der Originalgröße und Gewicht – sehr schwer. Ich wusste, dass sich der Mann, Mr. Turnbull, sich mit römischer Geschichte beschäftigte und er hatte mir schon mehrere Geschenke gemacht, Bücher, DVDs, Modelle von Gladiatoren, alles mit Bezug auf die römische Geschichte, weil er meine Leidenschaft für Militärgeschichte, Kriegsstrategie und solche Dinge kannte. Ich habe ihn immer noch nicht kennen gelernt.

Den erstaunlichsten Moment beim Kauf eines Geschenks, den ich je erlebt habe, war die Liebenswürdigkeit von Sklave Benny in Bromley. Ich rief ihn an und verabredete mich mit ihm. Er hatte mich erst einmal gesehen. Er ging mit mir in dieses sagenhafte Lederkaufhaus und kaufte mir ein schwarzes Ledercape mit zehn oder zwölf Zentimetern Fuchspelz an Ärmeln und Kragen. Ich kann mich nicht erinnern, wie teuer es genau war, aber es waren um die tausend Pfund. Es sah wirklich elegant aus. Ich dachte, das wäre genug, doch es gab da noch diesen langen, rauch-grauen gefleckten Ledermantel mit quadratischen Perlmuttknöpfen und einem dicken Kaninchenfellkragen. Den hat er mir auch noch gekauft, für siebenhundert Pfund. Er begleitete mich zu mir nach Hause zurück, bedankte sich, dass ich ihm meine Zeit geopfert hatte und ging. Er kann so viele Sessions im Studio mit mir haben, wie er will, bei der Summe, die er für die beiden Mäntel hingelegt hat …

Es ist üblich, einen Obolus an die Domina zu entrichten – das Honorar. Es wird Obolus genannt, da die ersten Dominas nicht legal arbeiten konnten und ihr Einkommen nicht angegeben und keine Steuern gezahlt haben. Wenn du also sagst, es sei ein Obolus, also eine Spende, dann ist es streng genommen keine Bezahlung. Ich bestehe darauf, dass sie mir den Obolus in einem weißen Briefumschlag überreichen. Es ist leichter in die Tasche zu stecken. Und für das Finanzamt verhalte ich mich vollkommen korrekt. Ich bin so sauber, dass es quietscht. Davon gibt es sicherlich nicht viele.

Geschenke zu kaufen ist eine Möglichkeit für Sklaven, ihre Zuneigung für mich und ihre Bereitschaft, mir zu dienen auszudrücken. Sie wollen mich zufrieden stellen. Es ist ein bisschen wie bei einem Geburtstagsgeschenk. Du gibst ihnen einen Hinweis, was dir gefallen würde und dann ist es immer interessant zu beobachten, was für ein Geschenk sie dir mitbringen. Martin, ein Sklave aus Südafrika, brachte mir eine rote Lederjacke mit schwarzem Besatz mit. Sie ist wunderschön. Die meisten Geschenke, die ich bekomme, sind unpersönliche Dinge, Wein zum Beispiel. Die praktischsten Geschenke wie zum Beispiel Strümpfe – ich brauche hunderte von Paaren pro Jahr – sind eine große Hilfe, gerade wenn es die teuersten sind. Nun, eine Mistress muss stets so gut wie möglich aussehen, nicht wahr? Aber es kostet eine Menge Geld und ist schwierig, dieses gute Aussehen aufrecht zu erhalten, also bringst du deine Sklaven dazu, dass sie ihren Teil dazu beisteuern. Sie sind nur zu glücklich, wenn sie dir behilflich sein können. Es macht sie stolz und gibt ihnen ein Gefühl von Zugehörigkeit, wenn sie wissen, dass sie diese teuren französischen Strümpfe, die mit der Naht hinten, die sie manchmal mit ihrer Zunge liebkosen dürfen, aus eigener Tasche bezahlt haben.

Als ich anfing, habe ich mir von den Kunden dabei helfen lassen, die Spielzeuge für die Ausstattung meines Dungeons zu kaufen. Das war ein weiterer Schritt nach vorn, vor allem, wenn du in der glücklichen Lage bist, eigene Räume zu haben und nicht nur einen Dungeon anmietest. Es ist wichtig, von Anfang an Klartext mit den Sklaven zu reden. Sie wissen und du weißt, dass es ein Geschäft ist. Sie bezahlen dich für eine Dienstleistung und du nimmst Geld, weil du ihnen das gibst, was sie haben wollen. Eines der ersten Dinge, über die ich spreche, ist das Geld. Ich weiß, wie lange sie für eine Session sparen müssen, Wenn sie arg zu kämpfen haben, bin ich bereit, für weniger Geld und dafür nicht so lange mit ihnen zu spielen. Oder ich nehme weniger, wenn wir außerhalb des Dungeons spielen, denn schließlich muss ich Miete für den Raum zahlen.

Ich habe ein Paar aus Irland, das regelmäßig nach London kommt, um sich mit mir zu treffen. Geld spielt bei ihnen keine Rolle und sie zahlen mir, was ich wert bin. Sie zahlen sogar mehr als sonst irgendjemand, sie wollen es so. Sie bringen etwas mit und wir trinken zusammen während der Session, weil es mit ihnen eher ein geselliges Zusammen sein ist. Sie haben mir ein paar kniehohe, enge Lederstiefel gekauft. Doch ich freue mich über alle möglichen Geschenke, Parfüm, Schokolade, Blumen. Ich habe meinen Kindern am Anfang meiner Karriere eine X-Box gekauft. Ein Großteil des Geldes, das ich zu Beginn verdient habe, ging an meine Kinder. Teure Turnschuhe und solche Sachen. Diese Art von Arbeit hat mir die Gelegenheit gegeben, ihnen Dinge zu kaufen, die wir uns sonst nicht hätten leisten können.

Jeder Sklave braucht einen Namen. Es ist eine Möglichkeit, wie sie ihre Alltagsidentität für eine kurze Zeit abstreifen können, so dass sie sich in einer ungewöhnlichen Umgebung wohl fühlen können. Es unterstützt das Eintauchen in eine andere Welt. Und sie werden zu einem anderen Menschen, wenn sie zu mir kommen. Sie schlüpfen aus ihrer Haut. In meinem Dungeon verhalten sie sich anders. Der Name hilft ihnen dabei zu vergessen, wer sie wirklich sind, und sich für eine kleine Weile ein neues Gesicht zuzulegen.

Der neue Name, den ich für sie auswähle, hat viel damit zu tun, wie sie aussehen, aber ebenso auch mit ihrer Persönlichkeit. Wenn sie nicht schon einen Namen von einer anderen Mistress erhalten haben, weiß ich für gewöhnlich nach fünf Minuten, welchen Namen ich ihnen geben werde. Sie haben keine Wahl. Es ist das Privileg der Herrin. Und wenn sie ihn nicht mögen, bekommen sie ihn trotzdem. Ich neige dazu, denjenigen einen Namen zu geben, die mir nahe sind, mit denen ich viel rede und zu denen sich ein harmonisches Verhältnis entwickelt. Maus zum Beispiel hat ein ziemlich rundes Gesicht, niedliche kleine Ohren, eine Glatze und eine Brille. Er sieht aus wie … nun, wie eine Maus. Ich habe Daphne diesen Namen gegeben, weil ich eine feminine Seite in ihm entdeckt habe. Wir haben lange darüber geredet und es ist etwas, was er jetzt unter meiner Anleitung ausprobiert. Benson hat seinen Namen erhalten, weil er ein Gentleman der alten Schule mit den Eigenschaften eines Butlers ist. Mops nahm nach einer Fernsehsendung mit mir Kontakt auf. Er wollte mein Sklave werden. Er ist genauso groß wie ich, aber ziemlich rund und dicklich, aber nett anzusehen. Er ist äußerst höflich. Twin, Zwilling, heißt so, weil er mein Seelengefährte ist, mein Geliebter, mein bester Freund.

Sie alle helfen mir, wenn ich sie brauche, zum Beispiel, wenn ich eine Bühnenshow vorbereite. Sie alle geben ihr Bestes für mich und ich kann mich darauf verlassen, dass sie da sind, wenn es nötig ist.

Sie alle haben mir, bildlich gesprochen, in größerem oder kleinerem Umfang Türen geöffnet. Maus hatte eine Beziehung zu einer Frau, die fürchterlich schief gelaufen ist. Er entschloss sich, seine schwule Seite zu erkunden und ich habe ihm dabei geholfen. Ich bin in der Schule schikaniert worden, weil ich lesbische Beziehungen hatte. Das hat mich zu der Zeit ziemlich traumatisiert. Heute wird es eher akzeptiert als damals, doch es gibt immer noch einige extrem intolerante Menschen. Ich habe mit Maus darüber gesprochen. Ich sagte: „Du musst sehr stark sein, denn ein Schwuler zu sein ist der schwierigste Weg, den du einschlagen kannst. Jeder wird dich schikanieren. Es ist freier als damals, als ich sechzehn war, aber es ist für einen Schwulen immer noch schwer, sich zu outen und dabei fest zu bleiben. Du musst die richtige Wahl aus den richtigen Gründen treffen."

Die Art und Weise, wie er damit umging half mir, mich selbst besser zu verstehen. Zwischen einer Herrin und dem Sklaven besteht eine symbiotische Beziehung. Wir profitieren voneinander. Ich bin nicht nur dafür da, sie zu schlagen, zu demütigen und sie kommen zu lassen. Manchmal bin ich eine Vertraute für sie. Eine Mutterfigur. Eine Stütze. Ich kann diesen Menschen manchmal näher sein als ihre eigene Mutter, Geliebte oder Freundin. Die Domina bietet eine ganzheitliche Therapie, die sonst niemand leisten kann.

Sprecherlaubnis: Sklave Twin

Ich interessiere mich für BDSM, solange ich mich erinnern kann. Ich kam in die Szene, als ich mit 19 oder 20 nach London kam, um hier zu leben. Eines Tages lernte ich eine Mistress kennen. Das war meine erste Erfahrung, und das Wissen, dass andere Menschen genauso dachten und fühlten wie ich, bestärkte mich. Ich habe meine Besessenheit durch meine Kunst ausgedrückt. Lange bevor ich irgendjemanden aus der Szene kennen lernte, habe ich meine Fantasien schon aufgemalt. Weil ich malen kann, konnte ich sie weiter entwickeln als es vielleicht den meisten Menschen möglich ist. Ich war in der Lage, meine Fantasien in gewisser Weise durch die Zeichnungen Realität werden zu lassen.

Ich habe nach einem Auslöser für die Fantasien gesucht und ich erinnere mich daran, wie ich mir mit neun oder zehn Jahren im Internat vor dem Einschlafen packende, ausgefeilte sexuelle Situationen ausmalte. Ich habe nie versucht, mich diesbezüglich selbst zu analysieren. Meine Mutter war eindeutig eine starke Frau, vielleicht kommt es daher. Mein Vater war ziemlich streng und ich fürchtete mich vor ihm, obwohl er in meinem ganzen Leben nie etwas getan hat, um diese Angst hervorzurufen. Doch ich bin ihm stets ehrfürchtig gegenüber getreten. Es war meine Mutter, die mich erzogen hat. Er war sehr kühl – und hat mir nur Standpauken gehalten.

Ich liebe es, wie Tagträume und Fantasien sich mit der Realität verflechten können, wenn es um BDSM geht. Die Vielschichtigkeit und das Verlangen, Erfahrungen zu machen, lässt ständig etwas Neues entstehen. Oder zu erleben, wovon andere Menschen träumen. Vieles davon stimmt ungefähr überein. Ich erinnere mich daran, wie ich mit einer Gruppe von Freunden gespielt habe, als wir etwa zehn Jahre alt waren. Wir haben viele Spiele gespielt, die bereits einen leichten Hauch von dem enthielten, was ich heute mache. Wir waren zu dritt und der Vater meines Freundes war der Schuldirektor. Wenn die Schule aus war, wurde sie zu unserem Spielplatz. Wir spielten Kontrollspiele. Er hatte eine kleine Schwester, zwei Jahre jünger, die sehr herrisch und kräftig für ihr Alter war. Wenn ich zurückblicke denke ich, dass das vielleicht auch eine Ursache für meine Interessen sein könnte.

Meine erste Session hat mich damals siebzig Pfund für eine Stunde gekostet. Eine Menge Geld. Ich konnte mir nicht häufig eine Session leisten, doch wenn ich eine Person gefunden hatte, von der ich dachte, sie wäre sehr gut und sehr erfahren (jetzt gibt es so viele, dass die Qualität darunter leidet), ging ich öfter hin. Jahre zuvor war es noch mühsam, jemanden zu finden, der wusste, was er tat. Jemanden, der ein tiefes Gespür dafür hat. Ich hatte das Glück jemanden zu finden, der mir sehr nahe kam. Sie hat sich inzwischen zurückgezogen, aber wir sind immer noch gute Freunde. Durch sie bin ich auch mehr in die Szene gekommen. Es war eine wunderbare Erfahrung für mich, denn ich war nach London gekommen und lernte all diese Leute kennen, die genauso fühlten wie ich und es gab keinen Grund, deswegen einsam zu sein oder sich dessen zu schämen. Es war unter diesen Leuten vollkommen akzeptiert und das war gut. Ich war plötzlich frei. Diese Erfahrung half mir, bis zu den Extremen zu gehen, ohne jede Hemmung.

Inzwischen sehe ich mich als einen ziemlich harten Spieler. Ich suche mir aus, was ich spielen will, aber innerhalb dieser Grenzen gehe ich gerne sehr weit. Es geht nicht nur um Schmerz, es geht auch um die psychologische Seite dabei und das ist vielleicht sogar das Wichtigste. Eine Mistress fesselt dich zum Beispiel und sagt dann: „Ich werde dich für immer hier behalten.“ Und dann beginnt dein Kopfkino. Du denkst: „Meint sie das ernst?" Bevor du jemanden sehr gut kennst, kann es sein, dass sie es wirklich ernst meint. Wenn du zu jemanden gehst, der diese Angst nicht in dir hervorrufen kann, wird es nicht funktionieren."

Manche Sklaven sind verheiratet oder leben in einer Beziehung, so dass sie ihre Besuche bei mir geheim halten müssen. Ich kann keinerlei Spuren an ihnen hinterlassen. Eine raffinierte Möglichkeit, das zu verhindern, ist, sie nasse Hosen tragen zu lassen, dann gibt es keinerlei Spuren. Manche Männer können in einer glücklichen Beziehung leben, doch sie kommen zu mir, um mit mir zu sprechen, um sich Dinge von der Seele zu reden oder über etwas zu sprechen, was sie ihrer Frau nicht erzählen können. Sie brauchen etwas anderes. Sie suchen nach einem Extrateilchen in dem Puzzle, das sie zu Hause nicht bekommen können.

Ein Typ namens Henry trägt nichts weiter als seine Unterhose, ich trage einen Ledercatsuit und eine Maske. Er will einfach nur mit mir schmusen, während ich dieses Outfit trage. Es ist sehr lehrreich, wenn du über all das nachdenkst, was ihnen gefällt. Es ist Schwindel erregend, was es alles an verdrehten Perversionen gibt. Alle wollen, dass ich sie anpisse, das ist so eine merkwürdige Sache. Sie mögen es, ich weiß nicht, warum. Ich vermute, weil sie dann einen Blick auf dich erhaschen können, auf die göttlichen Teile ihrer Mistress, was, wie ich finde, verständlich ist.

Ich hatte einmal Probleme mit einem früheren Partner, den ich in Sessions immer dominierte. Manchmal muss man die Beziehung aus dieser besonderen Welt des Dienens, die man sich geschaffen hat, herauslösen. Einmal befahl ich Benson, ein Seil von einer Strafbank loszubinden.

Er sagte: „Ich kann das nicht tun, Schatz."

Ich gab ihm auf der Stelle eine Ohrfeige und sagte: „Ich bin nicht dein Schatz, ich bin deine Herrin. Jetzt tu es!"

Und er sagte: „Ich kann nicht."

Ich packte ihn an der Kehle und sagte: „Wenn wir in einer echten Session sind, würde ich dir nicht erlauben, so mit mir zu reden. Überleg dir, was du sagst oder ich höre auf der Stelle auf."

Ich ließ ihn fünf Minuten lang allein und als ich zurückkehrte, kroch er auf allen Vieren vor mir, die Arme ausgestreckt, den Kopf auf dem Boden.

Eine althergebrachte, unterwürfige Ich-ergebe-mich-Position. Danach war er brav. Es ist sehr schwer, aus einer Beziehung heraus so zu handeln, aber es ist wichtig, wenn du dich an die Regeln des BDSM halten willst und die Macht, die du in einer Session besitzt, nicht verwässern willst. Es ist interessant zu sehen, wie manche Sklaven nicht umschalten und sich ganz dem Augenblick hingeben können. Schließlich ist einer der Hauptgründe, warum sie sich in diese Position begeben, dass sie alle Kontrolle aufgeben und sie jemand anderem übertragen wollen.

Sklaven können sich bemühen, ein Leibsklave zu werden, aber für gewöhnlich gestatte ich es nicht. Normalerweise warte ich, bis ein Sklave sechs Mal gekommen ist – als Zeichen seiner Bereitwilligkeit, mir als alleiniger Herrin treu zu sein und um eine echte, verbindliche Bereitschaft zum Dienen unter Beweis zu stellen – bevor ich in Erwägung ziehe, dass er mir körperlich huldigen darf. Vielleicht sage ich ihm, dass ich meine Meinung geändert habe und er noch weitere sechs Sessions warten muss. Oder die körperliche Anbetung bezieht sich nur auf meine Füße oder Hände. Das sind Teile meines Körpers – macht damit, was ihr wollt. Wenn er davon enttäuscht ist, dann ist er kein echter Sklave. Ein echter Sklave wird verstehen, dass er nichts bekommt, ehe ich beschließe, es zu geben und dass er dankbar sein muss für alles, was ich ihm zugestehe. Wenn sie sich wirklich hingeben, werden sie sich fügen. Das sind meine Regeln.

Leibsklaven werden auch Spielzeuge oder Jungs genannt. Viele Dominas haben Lieblinge, denen sie auch sexuell einen Gefallen tun, doch eine Mistress schläft nicht immer mit ihren Sklaven. Sie gestatten ihnen vielleicht, sie intim zu berühren, wie zum Beispiel den Po oder die Pussy zu verwöhnen, so dass die Herrin ihren Spaß hat. Doch das geschieht nur, wenn ihnen die sinnliche, körperliche Seite beim BDSM Spaß bringt – es ist wichtig zu begreifen, dass das nicht bei allen Kunden so ist. Du musst immer im Kopf haben, dass BDSM nicht notwendigerweise etwas mit Sex zu tun haben muss, was Leute, die nichts damit zu tun haben, oft ignorieren. Für viele Sklaven geht es ebenso sehr, wenn nicht noch mehr, um Züchtigung, Erziehung und Kontrolle. Sie haben überhaupt kein Interesse daran, Sexualität in irgendeiner Form einzubeziehen. Sich einen Leibsklaven auszuwählen ähnelt in mancher Hinsicht der Auswahl eines Freundes. Du fühlst dich von ihnen angezogen.

Wenn sie mir in der Öffentlichkeit dienen, in einem Fetischclub zum Beispiel, dürfen sie mit keiner anderen Frau sprechen, ohne mich vorher um Erlaubnis zu fragen. Manchmal bestehe ich darauf, dass sie einen schriftlichen Antrag einreichen. Eine Mistress kann tun, was ihr gefällt. Sie kann sich für jede Aufgabe, Routinearbeit oder Dienste einen Sklaven halten.

Ich glaube, manche Sklaven widerstehen der Versuchung, sich selbst als Leibsklaven anzubieten, weil sie fürchten, sie könnten das Interesse an mir verlieren, wenn ich nicht länger diese reservierte, unerreichbare Göttin bin. Ich muss etwas sein, das sie nicht haben können, um die Spannung zu bewahren und die magische, geheimnisvolle Trennung aufrecht zu erhalten. Ich bin nicht wie andere Frauen. Das weiß ich mit Sicherheit. Die sexuellen Fantasien, die ich bei ihnen erwecke, sind intensiv. Ich bin ihre Hure und Geliebte, Herrin und Mutter. Die meiste Zeit höflich und damenhaft, doch ich töte sie langsam mit meinen Worten. Wie einer einst zu mir sagte: „An meinem Arm bist du eine Dame und in meinem Bett eine Hure." Es gibt keine Grenzen für mich; ich mache beim Sex all das, wovon die meisten Ehefrauen noch nicht einmal zu träumen wagen. Es bereitet mir größtes Vergnügen, mit ihnen zu spielen. Manche würden sagen, das sei liederlich, doch ich weiß, dass das nicht wahr ist. Männer bekommen eine Erektion, wenn sie nur dabei zuschauen, wie ich meine ledernen Opernhandschuhe anziehe.

Ich bin sehr im Reinen mit meinem Körper und ein sanftes Kitzeln meines Halses kann vier oder fünf Stunden voller Leidenschaft auslösen. Ich stelle mir gerne vor, ich wäre gefährlich, dass ich aber zugleich auch viel Spaß dabei habe. Ich liebe gefährliche Spiele und probiere alles aus, selbst Strangulationen; einer meiner Ex-Freunde hat mich manchmal gefickt, während wir so taten, als würde er gehängt.

Aus dem Tagebuch von Sklave Benson:

Wachte auf und war sehr erregt, aber ich musste aufstehen, um an einem Meeting in der City teilzunehmen. Den ganzen Tag über ständig halb-steif. Die Übungen meiner Herrin haben zweifellos das Blut wieder fließen lassen.

Die sexuelle Frustration führte dazu, dass ich beim Meeting nicht aufmerksam war. Schaffte es schließlich nach Hause und mich vor dem Tee aufs Bett zu legen, ich zwirbelte meine schmerzenden Nippel mit der linken Hand, dachte an den Körper meiner Herrin und die Lust, die sie durch mich empfand. Die Art wie sie gekleidet war, von Kopf bis Fuß in schwarzem Leder, und wie sie mich anspornte, sie zu befriedigen. Ich lag vor ihr, war ihrer Gnade ausgeliefert, während sie mit mir spielte, mich verhöhnte und quälte. Ich stelle sie mir als eine Schlossherrin vor, ihre ganzen Sklavenjungen in Ketten an einem Balken hängend. Sie nimmt mich mit ihrem doppelseitigen Dildo. Echte Erfahrungen vermischen sich in meinem Kopf mit Fantasien. Ich komme nicht, da sie mir befohlen hat, meine Milch für sie aufzusparen und ich frage mich, wie ihr Dungeon aussehen wird und welche Kleidung sie wohl tragen wird.

Strafen:

Versäumt, der Herrin Wein nachzuschenken – Nippelklammern

Vergessen, der Herrin Blumen zu kaufen – Stiefel lecken

Frech geworden – Ohrfeige

Über eine andere Mistress zu sprechen - 50 Stockhiebe

Eine Frau im aufreizenden Outfit hinterher schauen – 20 Schläge mit dem Paddle und eine halbe Stunde im Trockenschrank

Die Strümpfe der Herrin ohne Erlaubnis streicheln – Schwanz- und Hodenfolter

Bensons Hausaufgaben:

In einem Brief, den ich bekommen habe, wurde mir befohlen, am Freitag exakt um 19:30 Uhr eine Mobiltelefonnummer anzurufen. Ich nannte das Passwort.

„Bewerber, bitte beantworte diese Frage." Dann gab es eine Pause. Die Anweisung lautete, dass ich zu schweigen hatte. Nach einer kurzen Pause fuhr die Stimme fort.

„Willst du das Camp X-ray besuchen?"

„Ich will."

„Codewort?"

„Spider", antwortete ich.

„Du willst dich bewerben und bist mit dem Honorar einverstanden?" fragte sie weiter.

„Ich will."

Mir wurden weitere Anweisungen und Einzelheiten mitgeteilt.

Drei Tage später wartete ich an dem vereinbarten Treffpunkt. Ich sah mich nervös um. Der Park war vollkommen leer, doch dann sah ich eine Frau auf einer Parkbank sitzen. Als ich mich ihr näherte, stand sie auf und kam mir entgegen. Sie war von Kopf bis Fuß in schwarzes Leder gekleidet.

„Guten Abend, Benson", sagte sie.

Ich nickte. „Commander."

Sie schob ihren Arm unter meinen und ich spürte, wie etwas hartes und metallisches gegen meine Rippen stieß. Als ich herunter schaute, sah ich, dass sich eine Pistole gegen meine Rippen schmiegte.

„Komm mit", sagte sie und wir marschierten auf einen Wohnblock zu. Während des Spaziergangs überprüfte sie alle Einzelheiten, die ich zuvor hatte mitteilen müssen. Schnell erreichten wir die Eingangstür, die sich öffnete. Sobald wir eingetreten waren, wurde ein blauer Nylonbeutel über meinen Kopf gestülpt und das Zugband festgezogen. Ihre behandschuhten Hände führten mich weiter.

„Zieh dich aus", kommandierte sie. Ich hörte es rascheln und dann klang es, als würde etwas Klebriges vorbereitet.

Ein kalter Schlagstock berührte meine Schulter.

„Willkommen im Camp X-ray. Ich bin sicher, wir werden eine sehr interessante Zeit miteinander verbringen. Knie nieder."

Sie öffnete das Zugband und zog die Maske gerade weit genug nach oben, dass meine Lippen zu sehen waren. Mit ihren schwarzen Lederhandschuhen klebte sie drei Streifen Klebeband über meinen Mund. Sie nahm meinen Ellenbogen und führte mich zu einem mit Latex bezogenem Bett. Erst als ich mit den Beinen gegen eine Metallstrebe schlug begriff ich, dass ich mich in einer Zelle befand. Ihre Hände berührten meine Haut, als die Herrin mich an Händen und Füßen fesselte. Schließlich schob sie mir ein Paar Kopfhörer über die Ohren. Merkwürdige Musik ertönte aus ihnen. Ich spürte, wie jemand näher kam und eine mit Leder verhüllte Hand stülpte etwas über meinen Mund und meine Nase, durchtränkt mit einer stechenden Chemikalie, die mir die Sinne raubte …

Wenn ein Kunde zum zweiten Mal zu mir kommt, muss er ein Buch mitbringen, mit seinem Sklavennamen auf der ersten Seite. Es dient dazu, dass er seine Fantasien hineinschreibt. Ich füge Bestrafungen hinzu oder mache Anmerkungen zu seiner Arbeit, wie eine sehr ungewöhnliche Lehrerin. Zum Beispiel schreibe ich, dass er seine Eier für vier Stunden abbinden soll und über meinen ersten Besuch bei ihm zu Hause etwas schreiben soll. Das macht, so weit ich weiß, keine andere Mistress. Das ist von den Erfahrungen übrig geblieben, die ich bei Graham mit dem Silk Planet gesammelt habe.

Aus dem Tagebuch von Sklave Benson:
Während ich mit Handschellen an die Wand gefesselt bin, lässt die Herrin ihre Gerte niedersausen. Sie versichert mir, dass ich leiden werde. Sechshundert und einen Schlag später liege ich unter ihren in Stiefeln steckenden Füßen und flehe um Erbarmen. Ich unterdrücke mein Verlangen, denn ich beginne den Schmerz zu genießen und ich hab erst vor kurzem eine unübertreffliche sexuelle Erlösung erlebt. Sie verspricht mir, dass ich belohnt werde. Ihr Vanilleduft vermischt sich warm und feucht mit dem Ledergeruch meiner Maske. Ich sauge an meinem Knebel; mit verbundenen Augen und an den Händen gefesselt lässt sie mich allein, um über mein Schicksal nachzusinnen.

Ich bin aus Geldgründen auf die Idee mit dem Buch gekommen. Eine Session bei mir kostet 150 Pfund und wenn du nicht gerade wohlhabend bist, kann ein Besuch pro Monat schon eine ziemliche Belastung sein. Als ich mein eigenes Spielzimmer hatte, in meiner Wohnung in Bromley, sind die Leute mit ihrem Obolus gekommen und anstelle der üblichen einen Stunde habe ich sie zwei oder drei Stunden lang dabehalten, weil ich einfach Lust darauf hatte. Ich würde es auch umsonst machen, ich habe es auch schon getan. Ich habe mich gefragt, was ich tun kann, um sie bei Laune zu halten und sie dazu zu bringen, weiter an mich zu denken, selbst wenn die Session vorbei ist. Denn wenn sie an mich denken, werden sie sich früher oder später für eine weitere Session anmelden. Ich will, dass sie erregt und neugierig sind und versuche, sie ständig auf Trab zu halten. Wenn sie ihr Tagebuch führen, müssen sie an dich denken, an die Sessions, die sie bereits erlebt haben oder an die, die noch kommen werden. Während sie mit ihrer Frau und den Kindern fernsehen, denken sie darüber nach, was sie in das Buch schreiben müssen. Vor allem anderen verlange ich, dass sie Berichte schreiben. Jeder bekommt von mir einen bestimmten Tag und Uhrzeit genannt, zu der sie irgendwie mit mir Kontakt aufnehmen müssen. Sie müssen mir einmal in der Woche eine SMS oder E-Mail schicken, mich einmal wöchentlich anrufen – so dass sie auf die eine oder andere Weise ständig in Kontakt zu mir stehen. Auf diese Weise haben sie mich immer im Kopf.

Manchmal, wenn ich mit meinem Partner Liebe mache, rufe ich einen der Sklaven an, manchmal drei an einem Morgen und sie müssen zuhören, wie ich gefickt werde. Normalerweise bekomme ich eine SMS zurück wie „Herrin, das war fantastisch. Danke für Ihren Anruf letzte Nacht."

Ich liebe es, mit solchen kleinen Tricks zu spielen. Ich schicke einem zum Beispiel am Morgen eine SMS, in der ich ihn anweise, zehn Minuten lang wie ein Hund zu bellen oder sein Halsband und seine Maske zu tragen oder Wäscheklammern an seine Nippel zu setzen. Jemand wie Sklavin Daphne - ein vollkommener Sklave, den ich zur Zeit feminisiere – wird immer tun, was ich sage.

Dies ist eine Hochzeitszeremonie, durch die Daphne sich für immer dem Netz von Princess Spider anschließt.

Willst du, Daphne, von nun an in lebenslanger Keuschheit, versprechen, Princess Spider zu lieben, zu respektieren, zu ehren und ihr zu gehorchen solange du lebst?

Ich will, Herrin.

Daphne, willst du, indem du zu einer Braut von Princess Spider wirst, deine vormalige männliche Identität vollkommen ablegen und deine Verwandlung zur Frau vervollständigen?

Ich will, Herrin.

Als meine Braut, Daphne, versprichst du dem Netz für den Rest deiner Tage ergeben zu dienen?

Ich will, Herrin.

Sprich mir nach:

Ich, Daphne, verspreche als Braut des Netzes dem Netz in seiner Ganzheit für den Rest meiner Tage ohne einen Gedanken an meine eigenen Bedürfnisse treu zu dienen.

Von der Geburt der Sklavin Daphne:

Alles begann etwa dreißig Jahre zuvor, als mein Leben komplett umgekrempelt wurde. Zu dem Zeitpunkt (und aus Gründen, die mir unbekannt waren), fühlte ich den Zwang, eine Domina aufzusuchen und mich von ihr beherrschen zu lassen. Das war mir damals so fremd, doch im Laufe der Zeit wurde der Drang immer stärker. Schließlich fand ich eine Mistress, was damals nicht einfach war, verabredete mich mit ihr und besuchte sie. Nach einem kurzen Gespräch fand ich mich schnell entkleidet wieder und mein Hintern bekam den Rohrstock zu spüren. Zu meiner Überraschung machte es mir großen Spaß und ich fühlte mich sehr erleichtert.

Ich suchte nach anderen Dominas. Ich fand sie und ich stellte fest, dass ich immer unterwürfiger wurde, bis ich begriff, dass ich einfach nur die Überlegenheit der Frauen über die Männer anerkannte.

Mit den Jahren kamen und gingen die Herrinnen und ich lernte weitere Behandlungen kennen, so wie Peitschen und die Folter meiner Nippel und meiner Genitalien. Es wurde zu meinem Leben. Gelegentlich machte ich Fehler wie zum Beispiel zu sagen, dass ich mehr Strafe vertragen würde als ich tatsächlich aushielt. Versuche es und du wirst schnell eines Besseren belehrt. Ich fand, dass manche Herrinnen gut waren und einige von ihnen habe ich mehr als einmal besucht. Es gab welche, die eher zurückhaltend waren und welche, die absolut schrecklich waren.

Es gab da welche das waren echte Sadistinnen, die davon aber nichts in ihren Anzeigen geschrieben hatten und bei mehr als einer Gelegenheit fand ich mich in einer bedrohlichen Situation wieder. Das Hauptproblem war, dass über lange Jahre keine einzelnen Männer in die Clubs gelassen wurden und so gab es niemanden, mit dem ich sprechen konnte. Es war ein einsamer Pfad, den ich zu gehen hatte. Ich versuchte, wählerischer bei der Suche nach Herrinnen zu sein und meine Bedürfnisse genauer zu beschreiben, wenn ich mit ihnen telefonierte. In so einer Situation kann Respekt schon eine Menge wert sein.

Dann lernte ich vor achtzehn Monaten Princess Spider kennen. Bei unserem ersten Treffen wusste ich instinktiv, dass ich die perfekte Herrin für mich gefunden hatte. Wir entdeckten bald, dass wir beide gerne hart spielen und es gibt noch viele andere Dinge, die bei uns einfach zusammen passen. Wir setzten rasch einen strengen Sklavenvertrag auf, ein Vertrag, durch den ich zum vollkommenen Besitz meiner Prinzessin wurde und den ich mit solch großer Freude unterschrieben habe, weil es bedeutete, dass wir uns gemeinsam auf eine großartige Entdeckungsreise begeben konnten. Welche Grenzen es auch immer gegeben hatte, wenn ich zuvor gespielt habe, sie existierten nicht länger.

Sobald ich den Vertrag unterzeichnet hatte, bekam ich den Namen Daphne, aber ich begriff nicht warum. Eines Tages wurde es mir klar. Von Anfang an hatte meine Prinzessin eine extrem starke feminine Seite in mir gesehen und war dazu übergangen, mich zu feminisieren. Meine alte, männliche Art zu leben ist inzwischen verschwunden. Stattdessen trage ich jetzt hübsche Kleider und schminke mich. Man kennt mich nur noch als Daphne, meinen alten Männernamen habe ich abgelegt.

Ich trage auch permanent einen Keuschheitsgürtel, denn das, was ich zwischen den Beinen habe ist vollkommen überflüssig. Ich bin wirklich eine weibliche Sklavin meiner Prinzessin und darauf bin ich stolz. Früher war ich stets einsam und allein. Das war nicht leicht für mich, aber jetzt gehört es der Vergangenheit an. Ich bin zufrieden und habe meinen Frieden gefunden. Ich habe die Perfektion gefunden, nach der ich mich gesehnt habe und ich habe sie in meiner Herrin, Prinzess Spider gefunden.

Sklavin Daphne

Die Art und Weise, wie ich einen Sklaven behandle, kann etwas mit seiner Herkunft zu tun haben. Ich liebe es, etwas über die Kindheit des Sklaven und seine Interessen heraus zu finden. Es scheint vielleicht nicht wichtig zu sein, doch manchmal kannst du auf diesem Weg Zugang zu einem Fetisch oder einer Sehnsucht bekommen, was vielleicht noch kein anderer Mensch versucht hat. Das kann für mich zum Beispiel eine recht interessante Falte sein. Sie sind sich dieser Facette ihrer Persönlichkeit vielleicht noch nicht einmal bewusst. Ich liebe es, Türe zu öffnen. Ich liebe es, Menschen Möglichkeiten aufzuzeigen, an deren Existenz sie niemals geglaubt hätten.

Ich habe den Sklaven, den ich Benson nenne, kennen gelernt, als er verheiratet war. Er sehnte sich inständig nach harten Sessions, doch er konnte an keiner teilnehmen, da er keine Spuren davontragen durfte. Einmal kam er zu mir und einer anderen Mistress, wir haben ihn uns geteilt. Ich wusste, dass er früher einmal beim Militär war, also beschloss ich, ihn einem groben, ritualisierten Verhör zu unterziehen. Ich fesselte ihm die Hände hart auf dem Rücken und klebte einen Müllbeutel auf seinen Rücken, den ich mit Eiswasser füllte. Ich ließ ihn Messer küssen, steckte ihm Pistolen in den Mund, behandelte ihn wirklich brutal. Als er sich umdrehte, wurde er vom Eiswasser durchnässt. Es war sehr spannungsgeladen. Er sagte, es sei die beste Session, die er jemals erlebt hatte. Die andere Mistress war ziemlich nervös, weil ich ihn so hart behandelte und sagte, sie hätte noch nie zuvor jemanden auf diese Weise behandelt.

„Aber er ist ein Ex-Soldat", sagte ich. „Er kann das ab."

Benson ist ein Beispiel für einen Sklaven, der sich einen Platz ganz oben in meiner Liste erobert hat. Ich bin keine eiskalte Queen. Ich verliebe mich und wenn ich einen Sklaven anziehend finde, kann ich nichts Falsches darin sehen. Er hat das gewisse Etwas. Ich dachte, er wäre wirklich nett. Ich sah ihn noch einmal bei einem Hotelbesuch. Er wünschte sich ein Entführungsszenario. Also klebte ich ihm seinen Mund mit einem Klebestreifen zu und fesselte ihn. Ich mache gerne seltsame Sachen, sie helfen dabei, die Sklaven zu entwaffnen, und bringen sie durcheinander, also zog ich ihm einen gelben Strumpf über das eine und einen pinkfarbenen über das andere Bein. Ich setzte mich und beobachtete ihn, fesselte ihn auf das Bett, ließ ihn liegen und dachte, yeah, den werde ich vernaschen. Ich ging in das Badezimmer, zog mich bis auf die Unterwäsche aus. Ein schwarzer BH und Slip. Strümpfe. Ich ging in das Zimmer zurück, setzte mich breitbeinig auf ihn – er war inzwischen ziemlich erregt – und riss das Klebeband von seinen Lippen. Ich küsste ihn und dachte, dass ich daran, wie er den Kuss erwiderte, würde erkennen können, ob er mich auch wollte. Und er gab mir einen absolut sexy Kuss. Also sagte ich: „Ich habe beschlossen, dass das Vergnügen heute Nacht umgedreht wird. Nicht du, sondern ich werde mein Vergnügen haben." Und ich nahm ihn. Es war verblüffend.

Ich hatte schon früher versucht, ihm zu verstehen zu geben, dass ich ihn mochte. Wir waren abends zusammen Essen gegangen und ich hatte seine Hand gehalten. Ich gewährte ihm sexuelle Intimitäten, die ich nur wenigen gestatte.

Später sagte er: „Dominas sitzen nicht Händchen haltend mit ihren Sklaven im Restaurant. Ich wusste, dass da irgendwas im Busch war."

Der Sklave befindet sich in einer merkwürdigen Position. Er (oder sie) muss für ein oder zwei Stunden seine/ihre Alltagshaut abschütteln und zu etwas werden, das dem wahrnehmbaren Selbst vollkommen fremd ist. Die Mistress ist, wie sie ist oder sein will. Der Sklave muss sehr schnell in seine Rolle schlüpfen, damit die Sache gelingt und er es genießen kann. Er muss seine Alltagsexistenz hinter sich lassen. Für eine kurze Zeit betritt er eine völlig neue Welt. Nichts aus seiner alten Welt sollte ihm hierher folgen. Es ist ein Schritt vom Alltäglichen zum Bizarren. Um vier Uhr sitzt er vielleicht am Telefon und verabredet sich oder leitet eine Bürositzung. Um fünf Uhr ist er im Dungeon und heißer Wachs läuft ihm in die Arschfalte. Es ist schwierig hinzubekommen, doch damit er völlig eintauchen kann, muss er lernen, sich vorzubereiten und sich gestatten, die Schönheit der Unterwerfung zu erkennen. Er muss sich eine Sklavenmentalität aneignen.

Sprecherlaubnis: Sklave Rooster

Auf Rooster konnte ich mich schon immer verlassen. Wir haben eine Firma zusammen, Spifilms, es ist also keine normale Herrin/Sklave-Beziehung. Er ist auch kein typischer Sklave … tatsächlich ist er ein schlechter Sklave. Er tut nie, was man ihm sagt. Aber wenn ich deprimiert bin, kann er mich wieder aufmuntern.

Wir haben uns vor ein paar Jahren kennen gelernt, als ich an einer Fernsehserie arbeitete, in der sie mitspielte – ich führe Regie bei Fernsehfilmen. Damals habe ich nichts mitbekommen, aber sie hat sich offensichtlich für mich interessiert. Danach haben wir uns einige Monate nicht gesehen, bis ich zu dieser TV-Serie über Fetisch hinzugezogen wurde und nichts darüber wusste. Ich hatte es von einem anderen Regisseur übernommen, es war also nicht mein Projekt. Doch ich habe etwas recherchiert, der Film wurde gedreht und hatte Erfolg und Princess hat in einigen Episoden mitgespielt. Doch erst nach einem halben Jahr, nach einer ganzen Reihe von E-Mails, sagte ich mal im Spaß: „Ich muss das echt mal ausprobieren."

Wir sind das Ganze Schritt für Schritt durchgegangen. Dann habe ich einen Termin bei ihr gebucht und dachte, ich wüsste, was ich zu erwarten hätte, denn außerhalb meines eigenen Terrains war ich ziemlich ängstlich. Ich kannte sie gut genug um zu wissen, dass sie mich nicht verletzen würde oder so etwas. Als ich für die Session zu ihr kam, geschah überhaupt nicht das, was ich erwartet hatte. Ich wurde verführt. Ich dachte, ich wäre einfach nur für eine Session gekommen. Ich war sehr nervös und begriff nicht, dass sie mich wollte. Es war keine normale Session. Ich habe mich ein paar Mal gesträubt, weil ich verheiratet war. Wir wurden ein Liebespaar.

Die Beziehung und die Arbeit vermischten sich, wodurch unser Zusammensein sehr intensiv wurde. Wir machten uns daran, verschiedene Dinge auszuprobieren. Wir hatten die Idee für eine TV-Serie, aus der dann Dominatrix Reloaded entstand.

Ich habe stets an ihre Fähigkeiten geglaubt, nicht nur als Domina, sondern auch in dem Sinne, dass sie ein sehr spontaner Mensch ist. Sie hat eine sehr schöpferische Fantasie. Es war unglaublich, wenn wir filmten, wir hatten die ganze Zeit über neue Ideen. Wir haben jeden Tag hart gearbeitet, aber wir hatten auch die ganze Zeit über jede Menge Spaß. Sie war meine Mistress, meine Geliebte und meine Geschäftspartnerin, eine ziemlich außergewöhnliche Kombination.

Meine Sessions mit ihr waren überhaupt nicht steif. Zu der Zeit brauchte ich mir keinen Termin geben zu lassen, da ich mit ihr zusammen lebte. Der Reiz bestand schon darin, dass sie mich am Hals packte und mir befahl, nach unten zu gehen. Da wusste ich schon, was sie wollte. Sie würde mir befehlen, mich auszuziehen. Oder mich auf die Knie zwingen. Oder sie schlug mich, aber sie wusste immer, was mir gefiel und was nicht.

Ich hatte schon immer viel mit starken Frauen zu tun. Doch in einer Herrin-Sklave-Beziehung, so wie bei Princess Spider und mir, ist die Hierarchie formalisierter als mit jemandem, der mit BDSM nichts zu tun hat. Die Grenzen verschwimmen leichter.

Wir haben viel Zeit zusammen verbracht, so dass die meisten Sessions Verlängerungen des Arbeitstages waren. Ich habe sie zu verschiedenen Partys begleitet und oft brauchte sie jemanden, der ihr bei ihren Vorführungen half. Bei einer Gelegenheit haben wir in Südfrankreich gedreht und ich unterhielt mich mit einem Sklaven, der in dem Film mitspielte. Er zeigte Interesse an der Quirt, hatte sie aber noch nie gespürt. Er wollte von mir, dass ich Spider fragte, ob sie ihn damit schlagen würde. Als er sah, wie Spider etwas später meinen Rücken zu Demonstrationszwecken damit bearbeitete, machte er einen Rückzieher. Das Ding mit der Quirt ist, dass es schlimmer aussieht als es ist.

Ich bevorzuge erotische Spiele. Ob sie daraus in irgendeiner Form Macht für sich gewinnt, weiß ich nicht. Ich weiß aber, dass sie nie etwas mit mir gemacht hat, was ich nicht mochte. Es ist eine sehr sanfte Erfahrung für mich, weil es nicht so formal ist.

In Hinblick auf die gesamte Fetischszene muss ich sagen, dass ich es auch sein lassen könnte. Mein Interesse daran und an den Leuten ist eher gering. Es gibt eine Menge großartiger Menschen und es ist faszinierend anzusehen. In einer Session kann ich alles loslassen und betrete für eine Stunde diese Welt und bin ein Teil von ihr. Doch wenn man es mir morgen wegnehmen würde, würde ich es nicht vermissen.

Daraus ergibt sich die Art und Weise, wie sie mit mir spielt. Sobald ich das Spielzimmer betrete, verbindet sie mir die Augen und versetzt mich in einen Zustand der Verwirrung. Sie benutzt meine Aufgewecktheit gegen mich und neckt mich oft. In einem Moment flüstert sie mir etwas ins Ohr und im nächsten spricht sie mich von der anderen Seite des Raumes an. Dialoge sind sehr wichtig. Sie spricht immer mit mir, führt mich aufs Glatteis. Sie hat diese sanfte Stimme und eine grobe Stimme und ein teuflisches Lachen. Es ist faszinierend zu hören, wie sie diese Bandbreite ihrer Stimme einsetzt. Ich glaube nicht einmal, dass sie bewusst damit arbeitet oder sich vorher einen Aktionsplan ausdenkt. Ich glaube, sie ist einfach ein Naturtalent. Sie ist gut daran, einen Spannungsbogen zu erzeugen, wie jemand, der eine Geschichte schreibt. Sie weiß, wie man eine Session strukturieren muss. Sie ist sehr verspielt und sehr gut, wenn sie sich auf ihrem Terrain befindet. In den Sessions geht es gar nicht so sehr um mich als vielmehr um sie. Wenn mir die Augen nicht verbunden sind, ziehe ich großes Vergnügen daraus, ihre Reaktionen zu beobachten, wenn sie etwas macht. Wenn sie mir zum Beispiel Nadeln setzt, beobachte ich ihr Gesicht, weil sie von diesem Moment so in Anspruch genommen ist, dass es faszinierend ist sie anzuschauen. Es ist ein fürsorglicher, neugieriger Gesichtsausdruck, ziemlich ungewöhnlich. Sie ist stets mit ganzem Herzen bei der Sache, was immer sie auch gerade tut.

Sie liebt Männer sehr. Das mag komisch klingen, wenn du daran denkst, wie brutal sie mit ihnen umgehen kann, doch es ist die Wahrheit. Sie respektiert sie. Sie ist nicht wie viele Dominas, die Männer wie Scheiße behandeln. Sie ist streng zu Männern, doch sie lässt ihnen das Recht zu zweifeln.

Wechselseitigkeit ist ihr sehr wichtig. Sie will, dass sie die Session genau so genießen kann wie ihre Sklaven. Es ist ihr wichtig dass sie selbst in das, was sie tut, eintauchen kann, denn das bedeutet, dass das Erlebnis für die Sklaven viel intensiver wird. Sie macht es nicht des Geldes wegen. Es ist ihr Leben. Sie geht ganz und gar darin auf.

Darüber hinaus bilden die Leibsklaven, diese ausgewählte Gruppe von Männern, meine Prätorianergarde. Meinen ganz besonderen Kreis. Es sind fünf Sklaven, die alle eine ganz besondere Beziehung zu mir haben. Mein Liebhaber ist einer von ihnen, mein Ex-Liebhaber ein anderer. Die anderen drei Sklaven haben bewiesen, dass sie mir vollkommen ergeben sind; sie widmen sich und ihr Leben mir allein und sind bereit, mir in außergewöhnlichem Maße zu dienen, zu jeder Tages- und Nachtzeit, 365 Tage im Jahr. Sie sind darauf vorbereitet, ihr eigenes Leben auf Eis zu legen oder ihm sogar den Rücken zuzukehren, wenn es mir gefällt. Ein Sklave verließ nach vierzehn Jahren Ehe seine Frau für mich. Ich fordere solch ein extremes Verhalten nicht, doch diese Form der Hingabe ist nötig, um jemanden in mein inneres Heiligtum zu lassen. Jeder von ihnen muss seinen eigenen Altar des Respekts errichten.

Twin hat eine kleine Buddhafigur und ein zeremonielles Messer und wenn wir in seiner Wohnung spielen, brennen wir Räucherstäbchen ab. Daphne hat einen riesigen Schrein, denn er lebt allein. Er hat die ganze Wand mit Bildern von mir förmlich tapeziert. Er tut wirklich zu viel des Guten. Es ist fantastisch.

Sprecherlaubnis: Sklave Rooster

Bevor ich Princess Spider kennen lernte, wusste ich, dass diese Welt existiert und ungefähr, was es bedeutet. Doch wenn du mir einen Monat vorher gesagt hättest, dass ich die Quirt zu spüren bekommen und es genießen würde, hätte ich dich für verrückt erklärt. Der einzige Unterschied ist, dass ich niemals einer anderen Herrin gedient habe und das auch nie tun werde. Wenn ich Princess Spider nie wieder sähe, täte ich es nie wieder. Ich denke, von diesem Standpunkt bin ich als Sklave Rooster ein sehr schlechter Sklave, aber auch ein sehr hingebungsvoller.

Es ist sehr schwierig. Tatsächlich ist es ein fürchterliches Durcheinander. Ich liebte sie, liebe sie immer noch und ich bin begeistert von ihr. Ich sehe persönlich nicht die Grenzen, die sie vielleicht sieht. Der Unterschied ist, dass in einer Session meine Hingabe als Sklave so groß ist, dass ich ihr vollkommen vertraue. Ohne Frage kann sie dich mit der Quirt umbringen. Sie ist körperlich sehr stark. Auch geistig, sie ist in der Lage, dich vollkommen zu verwirren, selbst jemanden wie mich, der, wie ich glaube, sehr logisch und sehr organisiert ist, sie kann mich metaphorisch fesseln. Es ist ganz und gar eine Sache des Vertrauens und ich persönlich glaube nicht, dass ich es so sehr genießen würde, wenn es nicht sie wäre.

Wir sind seit achtzehn wilden Monaten zusammen und bei vielen Dingen geben wir richtig Vollgas. Ich denke - genau wie sie auch – dass wir geschäftlich eng miteinander verbunden sind. Mit meinen 53 Jahren kann ich mich an niemanden erinnern, mit dem ich innerhalb so kurzer Zeit so viel geteilt habe. Ich habe nach vierzehn Jahren Ehe meine Frau für sie verlassen. Ich liebe meine Frau und sehe sie immer noch, doch es war ein großer Umbruch. Die Entscheidung, sie zu verlassen war die größte Sache, der ich je ins Gesicht schauen musste. Doch mein Gefühl sagte mir, dass ich es tun müsste.

Ein Vorstellungsschreiben eines Sklaven:

Liebe Princess Spider,

ich mag Bondage, Hilflosigkeit, benutzt werden, aber keine verbalen Beschimpfungen/Demütigungen.

Mir gefällt die Vorstellung, in dein Netz zu kommen und überwältigt und gefangen genommen zu werden (Tritte, Schläge, Knüffe, mit dem Lasso eingefangen), gewaltsam ausgezogen und verschnürt zu werden.

Ich würde gerne verhört werden, vielleicht um herauszufinden, was ich in der Armee gemacht habe. Es tut mir leid, dass ich mich nicht mehr daran erinnern kann, welche Nummer ich hatte, aber ich weiß noch meinen Dienstgrad.

Ich halte Gewichte an meinen Eiern oder direkte körperliche Züchtigung meines Arsches nicht gut aus, aber vielleicht macht es Ihnen Freude, meinen Bauch oder die Brust zu peitschen. Es tut mir leid, aber jedes Zeichen, das nicht am nächsten Tag wieder verschwunden ist, wäre sehr unangenehm für mich.

Ich erwarte, dass ich in den Hintern gevögelt werden würde, vielleicht mit einer Zigarette gezeichnet werde. Meine Nippel, da bin ich mir sicher, werden ebenfalls etwas Aufmerksamkeit bekommen.

Ich liebe „good guy – bad guy"-Spiele und reagiere sehr gut auf Fürsorge und liebe Worte nach dem Schmerz und Leid. Ich rede eine Menge, so dass ein Knebel manchmal nötig sein wird. Nicht sprechen zu können und Atemkontrolle sind einige der Dinge, die Sie anwenden können.

Vor allem bin ich gerne in verschiedenen Positionen gefesselt. Ich bin sicher, es gibt Dinge, die Ihnen viel Spaß machen, bitte tun Sie sich keinen Zwang an und genießen Sie es.

Sklave John

Ich lächle immer, wenn ich mitten in einer Session bin. Ich mache es professionell, aber es macht mir auch großen Spaß. Weil es so sehr ein Teil meines normalen Lebens ist. Manchmal bin ich nach einer Session richtig geil, abhängig davon, wer es ist, ein anderes Mal ist mein Hirn wie leer geblasen. Normalerweise fühle ich mich nach einer Session ausgelaugt. Es ist harte Arbeit. Ich höre mir an, was sie auf dem Herzen haben, sorge während der

Session für sie, habe ein Auge auf sie, während ich sie gleichzeitig fürchterlich verdresche. Ich mache drei Sessions und muss dann erst einmal drei Stunden schlafen. Es ist eine geistig und körperlich anspruchsvolle Tätigkeit.

Jedes Mal, wenn ich Twin sehe, spielen wir. Entweder ich dominiere ihn oder er dominiert mich. Es ist wie eine Droge. Du willst mehr und mehr und mehr. Manchmal haben wir Vanillasex, doch dann umklammere ich ihn mit den Schenkeln, werfe ihn auf den Rücken, kneife seine Nippel und sage: „So ist es gut, Kleiner …“ und er sagt: „Mein Gott, wir machen's schon wieder.“ Doch Twin ist ein kreatives Kerlchen und er hilft mir, durch die Spiele, die wir miteinander spielen, mehr über mich selbst heraus zu finden. Es ist aufregend und ich liebe Abenteuer.

Twin fühlt sich nach einer Session oft wie nach einem anstrengenden Training. Er ist energiegeladen und euphorisiert. Für mich gilt das Gleiche. Manchmal haben wir zu Hause eine Session, die bis sechs Uhr in der Frühe dauert. Wir experimentieren mit unseren Schmerzgrenzen und spielen in so viele verschieden Richtungen wie nur möglich. Er testet auch meine Grenzen, aber er hat immer noch Angst, er könnte mich wirklich verletzen. Doch ich sage ihm, dass er so brutal sein kann, wie es ihm gefällt. Ich spiele jetzt schon seit vielen Jahren hart und ich kann eine Menge wegstecken. Was er die Hälfte der Zeit über mit mir macht ist nicht mehr als ein Kitzeln. Wenn du mich mit etwas schlagen willst, dann tu es einfach.

Es ist wie zehn Orgasmen auf einmal, wenn unsere Sessions in den Bereich kommen, wo sich alles neu und richtig und wahr anfühlt. Twin ist manchmal ganz benommen. Wir haben nur einen kleinen Bereich, in dem wir in seiner Wohnung spielen können und manchmal ist es besser, auf begrenztem Raum zu spielen, weil du selbst kontrollierter bist. Du musst erfinderischer sein. Unsere besten Sessions fanden an solchen Orten statt, weit entfernt von einem gut ausgestatteten, stimmungsvollen Dungeon.

Sprecherlaubnis: Sklave Twin

Wir haben uns auf einer Party kennen gelernt. Ich half der Mistress, die die Party organisiert hatte. Ich illustrierte und gestaltete eine Anzeige für sie und sie schickte mir Bilder von den Dominas, die mitmachen würden. Eine von ihnen war Princess Spider. Sobald ich sie sah, dachte ich, dass sie nett sei. Ich fühlte mich auf der Stelle zu ihr hingezogen, aber ich habe nicht zu viel darüber nachgedacht. Es ist ein Riesenschritt, eine Mistress kennen zu lernen und ihr dann auf einer anderen Ebene näher zu kommen, so dass ich es zu diesem Zeitpunkt gar nicht in Betracht zog. Ich wollte die Anstandsregeln nicht verletzten, das erleben sie wahrscheinlich oft genug. Ich wollte nicht einfach noch einer sein, der sich aufdrängt.

Als die Party losging, waren sechs Dominas da und ich schaute mich nach Princess Spider um. Ich dachte, sie sähe etwas streng aus und hoffte, sie würde mich an dem Abend nicht erwischen, weil ich dann Ärger bekäme. Ich sah, wie sie herumwanderte und das erste, was ich sie sagen hörte war: „Wo ist mein Strap-on?" Und ich dachte, mein Gott, ich muss mich von ihr fern halten.

Ich spielte woanders und ging raus zum Badezimmer, als ich plötzlich in das Zimmer geschoben wurde, in dem sie sich befand. Ich wurde auf eine Bank gelegt und die Dinge nahmen ihren Lauf. Ich schaute sie an und sie sah erstaunlich aus. Sie hat etwa an sich, etwas sehr Sinnliches, was mich zutiefst anzog. Ich denke, ich gefiel ihr auch, denn für den Rest der Party waren wir vollkommen unzertrennlich.

Als ich ging, hatte ich ihre Telefonnummer, aber ich war mir nicht sicher, ob ich die Sache weiter verfolgen sollte. Ich war in erster Linie von ihr als Person fasziniert, nicht von ihr als Mistress. Und so wollte ich sie sehen. Ich war mir ihres Status in der Szene nicht bewusst, weil ich nicht wirklich ein Teil davon war.

Als wir uns wieder trafen, war ich mich nicht sicher, ob sie Interesse an mir hatte. Ich wollte ihr ein Ständchen bringen. Also ging ich zu ihr, nachdem ich einen Termin für eine Session mit ihr vereinbart hatte. Das war mein Notfallplan, für den Fall, dass es mit meinem Plan, ihr etwas vorzusingen, nicht klappte. Ich kaufte ihr Parfum und Blumen und war ziemlich nervös, als ich ankam. Unsere SMS waren immer schärfer geworden, es gab unzählige Andeutungen. Also hatten wir eine kleine Session, dann führte ich sie zum Abendessen aus.

Sie hatte ein regelrechtes Gefolge. Später gingen wir als Gruppe aus und erst da begriff ich ein bisschen, wer sie war. Ich wusste nicht, wie bekannt sie in der Öffentlichkeit war. Aber ich konnte sehen, dass sie etwas ganz Besonderes an sich hatte. Ich wusste auch, dass sie den Ruf hatte, sehr streng zu sein, und das war sowohl gut als auch schlecht, da ich nicht wusste, wie weit ich gehen wollte, auch wenn ich nach jemandem Ausschau hielt, der mich wieder ein Stückchen weiter trieb. Ich brauchte jemanden, der fähig war, mich zu kontrollieren. Darüber hinaus ist sie unglaublich sinnlich und kann mit deinem Geist spielen. Sie sucht die ganze Zeit nach deinen wunden Punkten, an denen sie ansetzen kann. Du unterhältst dich mit ihr und sie macht sich im Geist Notizen, was sie davon in der nächsten Session verwenden kann. Sie beobachtet, wie deine Augen oder dein Körper reagieren. Es ist eine kleine Verhörtechnik. Sie war schon dort, wo Submissive hinwollen, also kennt sie sich aus.

Sie ist eines der besten Dinge, die mir je passiert sind. Manche ihrer Ideen, wie z.B. das Hausaufgabenbuch, sind einfach großartig. Weil du dann selbst, wenn du nicht bei ihr bist, unter ihrer Kontrolle stehst. Sie ist eine verrückte Frau. Aber sie ist auch sehr sensibel und fürsorglich. Sie ist die freizügigste Frau, die mir je begegnet ist. Sie hat einen großen Appetit. Es ist ein harter Job …

Mit einem Partner zusammen ist BDSM klasse, weil es eine faszinierende Bereicherung für den Sex ist. Es kann sehr erotisch sein. Einmal nachts mit Twin trug ich weiße Pantoffeln, was nicht wirklich mein Ding ist, aber er sieht mich gern darin, und ein schwarzes Nachthemd. Er hatte seinen Schwanz und seine Eier mit Lederriemen abgebunden und ich legte ihm eine Hundeleine an und ließ ihn Dinge zu tun, während ich ihn an der Leine hielt. Ich befahl ihm zu masturbieren, er versuchte es und ich ermunterte ihn, indem ich ihm meinen Fuß in den Mund schob, so dass er meine Zehen lecken konnte. Ich fragte ihn, ob er etwas noch Besseres sehen wollte, dann stellte ich mich über ihn, so dass er unter mein Nachthemd schauen konnte. Und ich sagte zu ihm: „Ich will, dass du für mich kommst. Ich will dir dabei zuschauen." Quälereien wie diese sind intensiv und erregend – am Ende musste ich meinen Fuß auf seinen Schwanz stellen, damit er kommt, denn er ist ein Fußerotiker. Er ging so darin auf, dass er ganz durchgeschwitzt war. Ich kann sehen, was er will, wenn ich ihm in die Augen schaue. Hinterher sagte er: „Mein Gott, du hast all meine Lieblingssachen gemacht." Es ist keine Wissenschaft. Es geht nur darum, in dem Menschen zu lesen, mit dem du zusammen bist.

Kunden sind das Lebenselixier für eine Domina. Aber mindestens die Hälfte von ihnen verarscht dich manchmal. Ich bekomme eine Menge unzumutbarer Anfragen, insbesondere von neuen Kunden. Meistens haben sie etwas mit Sex zu tun.

Was Sklaven von sich geben, und ich bekomme es immer wieder mit, sei es am Telefon, per SMS, E-Mail oder was auch immer, ist: Herrin, ich will dieses, ich kann das ertragen, ich möchte jenes tun.

Ein Typ namens Michael trat mit mir in Kontakt und sagte, er wollte überall Nadeln gesetzt bekommen, aber vor allem im Gesicht. Er wollte während der Session trinken, worauf ich überhaupt nicht scharf bin und was ich nicht gestatte, bis ich die Person kenne und überzeugt davon bin, dass er damit klar kommt. Ich willigte ein, dass er einen Wodka bekäme – obwohl er offensichtlich schon getrunken hatte, bevor er zu mir kam. Er betrat also den Dungeon, ich legte ihm ein Halsband und Handfesseln an und ließ ihn niederknien.

Ich dachte daran, dass ich ihn im Gesicht zeichnen sollte, also lockerte ich das Halsband und legte ihn einen Sling um, der an der Decke hing. Er hatte mir all diese E-Mails geschickt, immer und immer wieder diese fantastische Fantasie beschrieben, im Gesicht mit jeder Menge Nadeln gestochen zu werden, doch ich hatte so eine Ahnung, dass er das nicht durchhalten würde. Zumindest hatte er für diese ungewöhnliche Session mehr als den üblichen Obolus bezahlt, also musste ich ihm geben, was er verlangt hatte. Ich hatte etwa 200 Nadeln besorgt – sieben Zentimeter lange, subkutane Nadeln – medizinischen Alkohol und Unmengen von Papiertüchern und Tupfern, weil man nie wissen kann, wie viel Blut fließen wird. Ich stülpte ihm eine OP-Maske übers Gesicht und versuchte ihm zu helfen, sich zu entspannen.

Ich begann als behutsam mit ihm zu spielen, zwickte ihn in die Nippel, schlug ihn leicht mit der Flogger, um ihn abzulenken, und er sagte ungeduldig: „Mistress, können Sie jetzt mit den Nadeln anfangen?"

Und ich sagte: „Ich habe hier das Sagen. Ich habe den Überblick und ich weiß, was du willst. Aber zuerst musst du dich entspannen. Es ist wichtig, dass du den Kopf frei hast."

An der Art, wie er sich an den Fesseln festklammerte sah ich, dass er immer noch sehr angespannt war. Doch nach einer Weile löste er sich ein wenig, so dass ich mich sicher genug fühlte, um ihm die erste Nadel im Gesicht zu setzen, dicht an seiner Augenbraue. Ich setzte zwei weitere, alle nah beieinander und plötzlich wurde er damit nicht mehr fertig. Er hatte für eine zweistündige Session bezahlt und war erst seit etwas mehr als eine Stunde da. In gewisser Weise war es ärgerlich, weil ich einfach nicht verstehen konnte, warum er versuchte mehr auszuhalten als er ertragen konnte. Er wusste eindeutig überhaupt nicht, wo seine Schmerzgrenze lag. Für mich war es ziemlich offensichtlich, dass er kneifen würde. Eigentlich bin ich froh, dass er es tat, denn mir war nicht ganz wohl bei der Sache. Ich würde mich weigern, so etwas noch einmal zu tun. Bei diesen extremen Spielen musst du vorsichtig sein. Ich hatte Jungs, die den Rohrstock nicht ertragen und andere, die fünfhundert Hiebe einfach so wegstecken. Für Michael war es nur eine Fantasie und hätte eine Fantasie bleiben sollen. Es war ein närrischer Einfall, sie umsetzen zu wollen.

Ein anderer Sklave namens Ray rief an und fragte, ob ich ihn betäuben könnte. Ich sagte: „Ja, gib mir einen Baseballschläger und ich schlage dich liebend gern damit bewusstlos."

Doch natürlich meinte er nicht das. Ich sollte ihm eine Aderpresse – ein Bein einer Latexhose – anlegen und dann eine Tüte mit einem mit Poppers getränkten Baumwollball über seinen Kopf ziehen. Ich sagte, wir müssten es erst ausprobieren, um zu sehen, was passiert. Sein Gesicht wurde rot, dann blau und er war fast weggetreten, so dass ich die Latexhose wieder losmachte. Jetzt wusste ich also, was passieren würde. Ich brachte ihn sanft wieder zurück, massierte ihn und achtete auf seinen Herzschlag. Er war etwas schneller als gewöhnlich, so dass ich beschloss, ihn etwas in Ruhe zu lassen, bevor ich wieder anfing. Ich brachte ihn dazu, mit mir zu sprechen und ich sagte: „Wenn du ohnmächtig wirst, werde ich dir leicht ins Gesicht schlagen. Wenn du nicht reagierst, werde ich kräftiger schlagen. Und wenn du heute stirbst, dann weiß ich, wie ich eine Leiche loswerden kann, also mach keinen Scheiß."

Ich hatte schreckliche Angst, denn es war die erste Session, in der jemand wiederholt das Bewusstsein verlieren würde. Ich habe schon vorher Jungs umkippen lassen, aber nicht als Dauerzustand. Als ich die Aderpresse ausprobierte, verschwand die Angst. Es hat mich angemacht. Das Risiko war minimal, aber es war da. Das Leben eines Menschen lag in meinen Händen; er war davon abhängig, dass ich ihn im richtigen Moment wieder wach werden ließ. Plötzlich genoss ich es; ich weiß, dass ich diesen Kerl hätte umbringen können, wenn er nicht gesund gewesen wäre, aber er war ein Bodybilder und arbeitete als Rausschmeißer, so dass er ziemlich gut in Form war. Ich machte es etwa vier Mal und dachte: Das ist es. Dann hatte ich genug. Also sagte ich ihm, ich bräuchte eine Pause. „Ich will ehrlich sein, ich habe das noch nie zuvor gemacht", sagte ich zu ihm. „Ich brauche einen Moment, um darüber nachzudenken, was gerade passiert ist."

Ich habe ihn nie wieder gesehen, ich denke, weil das Risiko zu groß war. Im Nachhinein betrachtet war es eine gute Erfahrung. Es war interessant zu sehen, wie der Körper reagiert, wenn du Bewusstlosigkeit hervorrufst. Es war ein Machtrausch, das mit einem großen, starken Mann zu machen. Er sagte, er könnte das wieder und wieder haben und ich sagte zu ihm: „Ja, ich weiß, das du es könntest, aber ich kann nicht." In dieser Situation musste ich eine Grenze setzen. Und versucht das bloß nicht zu Hause …

Die lästigen Anrufer, die nur nach Sex fragen, tun es, weil sie schlecht erzogen sind. Sie wissen nicht wirklich, was eine Domina macht. Sie können sich eine Menge Geschichten über mich aus dem Internet runterladen, in denen sie lesen können, wie ich meinen Leibsklaven gestatte, meine Pussy, meinen Hintern, die Schenkel oder Brüste zu verwöhnen. Sie denken, dass es ein normaler Bestandteil einer Session ist, wenn sie mit mir allein sind. Aber was sie nicht begreifen ist, dass das, was in einem Club passiert, wenn die Mistress ihren Spaß hat, keine private Session ist. Sex spielt dabei keine Rolle. Und wenn doch, dann benutze ich Sex häufig als eine andere Form von Bestrafung oder Dominanz.

Aus dem Tagebuch von Sklavin Daphne:

Samstag

Ich war mir nicht sicher, was ich an diesem Abend zu erwarten hatte.

Ich wusste, dass ich zum ersten Mal meinen neuen Rock tragen würde und das machte mich ziemlich an. Meine Prinzessin hatte mir schon vorher gesagt, dass ich viele Schwänze lutschen würde und zu meiner Überraschung war ich deswegen sehr aufgeregt. Ich grübelte darüber nach, ob es eine andere Seite in mir gab, die nur darauf wartete, endlich herauskommen zu dürfen und ob es heute Abend so weit sein würde.

Ich traf meine Prinzessin in East Croydon und wir waren schnell am Ort des Geschehens. Ich wurde den anderen Damen vorgestellt, die mir das Gefühl gaben, willkommen zu sein. Obwohl ich nicht wusste, was auf mich zukam, fühlte ich mich völlig entspannt, doch das war ich immer in der Gegenwart meiner Prinzessin. Sehr bald bekam ich den Befehl, mich umzuziehen. Ich fühlte mich so wohl, als ich meine halterlosen Strümpfe und den Rock anzog. Am Ende folgten noch die Hand- und Fußfesseln und das Sklavenhalsband.

Nachdem ich die anderen Sklaven kennengelernt und meinen Rücken vorgezeigt hatte, so dass sie die Spuren der Züchtigung, die mir meine Prinzessin verabreicht hatte, sehen konnten, gab es ein kurze Besprechung, in der geklärt wurde, was wir können und was nicht. Wir wurden unter den Damen aufgeteilt. Angesichts dessen, was dann folgte, war ich froh, dass meine Prinzessin dafür sorgte, dass ich mit ihr und Mistress Alicia zusammen war.

Ich wurde den Strap-ons vorgestellt, indem ich sie lutschen und sie tief in meinen Mund nehmen musste. Dann wurde mir befohlen, den Schwanz des anderen Sklaven zu blasen. Irgendwie schien das so eine natürliche Sache zu sein und ich genoss es, den Schwanz in meinen Mund zu nehmen. Dann sagte meine Prinzessin etwas, was für mich jetzt magische Worte sind: „Ich werde Daphne ficken."

Als ich auf der Bank lag spürte ich, wie mein Loch mit Gleitcreme befeuchtet wurde und dann drang meine Prinzessin tief in mich ein. Ich begriff, dass es das war, wonach ich mich insgeheim immer gesehnt hatte, während meine Prinzessin den Strap-on tief in mich hinein stieß und mich zu ficken begann. Als meine Prinzessin noch tiefer ging, schaltete sich mein Kopf vollkommen aus. Es war so ein wunderbarer Augenblick.

Nach einer Weile hörte meine Prinzessin auf, mich zu ficken und überließ mich Mistress Alicia. Sie befahl mir, weiterhin den Schwanz zu lecken und während ich gehorchte, drang sie mit einem Dildo in mich ein, der, wie ich später entdeckte, gut 20 Zentimeter lang war. Später erfuhr ich, dass er bis zum letzten Zentimeter in mir drin gewesen war. Während ich gefickt wurde, lutschte ich nicht nur den Schwanz, sondern ich lutschte ihn gierig.

Schließlich war der Fick zu Ende. Mistress Alicia holte einen anderen Dildo hervor und begann ihn vor meinen Augen in ihre Pussy zu schieben. Nach einer Weile wurde ich angewiesen, den Dildo sauber zu lecken. Inzwischen hatte ich das Gefühl, ich wäre gestorben und befände mich im Himmel. Der Fick mochte zu Ende sein (zu meiner großen Enttäuschung), aber das Schwanzlecken ging weiter. In den folgenden zwei Stunden gab es kaum einen Moment, in dem ich keinen Schwanz im Mund hatte und ich lutschte so kräftig, dass mir die Kiefer wehtaten. Ich stellte fest, dass ich mir wünschte, ein Schwanz möge in mir explodieren und seinen Saft in meinem Mund abspritzen, doch leider geschah es nicht.

Wir machten eine Pause, um wieder runter zu kommen. Das heißt, die Damen machten Pause, während die Sklaven weiterhin leckten und lutschten. Dann ging es wieder nach oben, weiter lecken und geleckt werden. Es gab einen unvergesslichen Moment, als einer der Sklaven mir einen blies und ich einen wundervollen Blick auf meine Prinzessin hatte, die gerade Mistress Alicia fickte. Es war einfach perfekt. Es war wunderbar, meine Prinzessin so glücklich zu sehen. Ich war ganz erfüllt von Freude.

Der Abend neigte sich viel zu schnell dem Ende zu und ich geriet in Panik. Ich fing an, meine Prinzessin anzubetteln, mich zu ficken und zu meiner großen Erleichterung sagte sie, sie würde es tun. Ich kann die ungeheure Lust und Zufriedenheit gar nicht beschreiben, die ich verspürte, als sie in mich eindrang und mit jedem Stoß tiefer ging. Ich wollte, dass dieser Moment niemals zu Ende ging. Trauriger Weise tat er es doch, aber meine Gefühle waren zu diesem Zeitpunkt so intensiv.

Der Abend war noch lange nicht zu Ende, als meine Prinzessin beschloss, sich mit ihrer Quirt an mir auszutoben. Nach alldem, was zuvor geschehen, war auch das noch – ich fühlte mich wie im Himmel und wunderbare Gefühle überschwemmten mich. Nach einer Weile gesellte sich

Mistress Wolf zu uns, doch sie hatte nicht dieselbe Finesse wie meine Prinzessin. Nach 76 Schlägen war alles vorbei. Es war Zeit, die Party zu beenden. Es war Zeit, sich anzuziehen und nach Hause zu gehen, was ich in einem unglaublichen Hochgefühl tat.

Bisher war ich für meine Prinzessin ein totaler Schmerzsklave, doch an diesem Abend ist noch etwas geschehen. Meine Prinzessin hat die weibliche Seite in mir befreit. Es ist eine Seite, derer ich mir gar nicht bewusst war, doch ich vermute, dass meine Prinzessin sie erkannt und beschlossen hatte, sie zum Vorschein zu bringen. Ich war so glücklich über diese Wendung der Ereignisse und wusste endlich den Sklavennamen Daphne wirklich zu würdigen.

Meine Prinzessin hat zu mir gesagt, es sei eine gute Idee, die ganze Zeit über Frauenunterwäsche zu tragen. Ich malte es mir wunderschön aus, einkaufen zu gehen und dass mir meine Prinzessin dabei hilft, Mädchenkleidung auszuwählen, nicht nur für den Tag sondern vielleicht auch für die Nacht, wenn ich im Bett liege. In einem Geschäft Kleider anzuprobieren wäre in der Tat eine öffentliche Demütigung, insbesondere, wenn die Verkäuferin wüsste, dass die Kleidung für mich bestimmt ist.

Diese Befreiung meiner weiblichen Seite passt zu allem, was geschehen ist und brachte etwas Neues hervor. Es hat sich gezeigt, was für eine vollkommene Schlampe ich bin. Eine Schlampe, die, zusätzlich dazu, dass sie mit dem Rohrstock geschlagen, gepeitscht und gequält wird, auch noch von Strap-ons, Dildos und Schwänzen gefickt werden will und Schwänze bis zum Höhepunkt lutschen will.

Ich muss dem Bericht über diesen Abend noch etwas hinzufügen. Am folgenden Tag erhielt meine Prinzessin eine E-Mail von einer anderen Mistress, in der diese die Stimmung an dem Abend kritisierte, die vor allem von Princess Spider und Mistress Alicia ausging. Nach dem, was ich gehört und gesehen habe, gab es während des Abends keine Beschwerden von irgendeinem anderen Sklaven. In der Tat waren alle ohne Ausnahme höchst entzückt. Wenn meine Prinzessin und Mistress Alicia nicht dort gewesen wären, wäre der ganze Abend sehr zurückhaltend gewesen und es hätte viele niedergeschlagene Gesichter gegeben. Es schien mir, als stünde bei den anderen Damen Unerfahrenheit hoch im Kurs.

Es gibt auch die geringfügige Möglichkeit von Gefahr. Als ich mein Dungeon in Südlondon hatte, ein großer Raum über einem Fetischgeschäft, das heute noch existiert, leitete ich eine Session mit Sklave Maus und Sklave Benson. Es war ein Rollenspiel, in dem Benson einen Richter spielte und Maus wie ein Mädchen in einem süßen, roten PVC-Outfit mit einer Maske gekleidet war.

Maus lag auf dem Gynstuhl und Benson trug einen Harness. Da kam plötzlich dieser Typ rein. Ich habe ihn zuerst gar nicht bemerkt, doch er hatte schon seinen Schwanz rausgeholt und rubbelte daran herum. Er sagte: „Mistress, ich hätte gern eine Session."

Ich sagte: „Erstens, pack das weg. Zweitens, du kannst meine Sessions hier nicht einfach unterbrechen oder ohne Termin hier hoch kommen. Wer hat dich rein gelassen?"

Er sagte, es sei die Lady unten aus dem Laden gewesen.

Ich sagte: „Nun, du kannst jetzt nicht länger hier bleiben. Raus hier – hier gibt's keine sexuellen Dienstleistungen. Diese Leute haben für meine Zeit bezahlt und du störst." Ich formulierte es noch gehässiger, als ich es hier wieder gebe, aber band ich die beiden Jungs los und ging nach unten, um herauszufinden, was es mit der Frau auf sich hatte, die im Laden stand. Es gab keine verschließbare Tür zu dem Dungeon, das war das Problem. Ich sah, wie der Typ geradewegs aus dem Laden verschwand, die Frau hatte ihn niemals nach oben geschickt. Es gab nur eine Zwischentür und er ist einfach hinein gegangen. Es hätte ziemlich böse enden können.

Nicht ganz so gefährlich, aber dennoch ärgerlich sind die Leute, die nicht so stehen bleiben, wie sie sollen, wenn ich sie bestrafe. Manche Leute zappeln herum, wenn sie mit dem Rohstock geschlagen werden, so dass der Stock vielleicht ihren Rücken anstelle ihres Hinterns trifft, und das kann gefährlich werden, insbesondere, wenn du sie in der Nierengegend erwischst.

Der erste Besuch eines Kunden kann eine nervenaufreibende Angelegenheit sein. Das erste, was ich mache, wenn ich weiß, ein neuer Junge ist im Anmarsch? Ich rauche wie ein Schlot! Normaler Weise bin ich ziemlich nervös. Im Dungeon nehme ich mir zehn bis fünfzehn Minuten Zeit und wische alle Oberflächen ab, die von einem menschlichen Körper berührt worden sein könnten. Insbesondere die Peitschen, denn wenn die nicht sauber sind und du jemanden damit blutig schlägst, nachdem du auch in der letzten Session schon jemanden damit verletzt hast, können alle möglichen Krankheiten übertragen werden. Ich habe von dem neuen Kunden bereits einen Brief oder eine SMS bekommen, in der er mich über seine Vorlieben informiert hat. Ich lege Musik auf, die zu seinem Fetisch passt, ein paar Stunden, bevor er kommt, damit ich in die richtige Stimmung komme. Welche Musik das ist, hängt von seinen Vorlieben ab. Wenn er geschlagen werden will, lege ich etwas Schnelles auf, wenn er ein Fußerotiker ist, etwas Leiseres, Ruhigeres. Wenn er ein absoluter Neuling ist, lege ich mir eine ganze Auswahl an CDs zurecht, denn die Chance ist groß, dass er alles ausprobieren möchte.

Wenn sie mich in Leder sehen wollen, gehe ich meine Ledersammlung durch und wähle das bequemste Stück für diesen Tag aus, je nachdem, wie ich mich fühle. Ich wurde schon gebeten, bei 30° C im Schatten einen Ledercatsuit zu tragen. Es ist die Hölle. Manchmal mache ich Kerzen an, manchmal nicht. Jedem das Seine.

Mit manchen gehe ich direkt in den Dungeon, mit manchen rede ich zuerst. Früher, als ich meine Zeit noch flexibler einteilen konnte, habe ich mit ihnen in ihrer Straßenkleidung gesprochen und sie dann losgeschickt, damit sie sich umzuziehen. Im Dungeon habe ich dann wieder mit ihnen darüber gesprochen, was sie mir zuvor gebeichtet haben, um heraus zu finden, ob sie glücklich waren mit dem, was ihnen bevor stand. Ich ließ sie alles aufschreiben, was sie nicht ausprobieren wollen, wogegen sie allergisch sind und alles, was sonst noch wichtig ist oder worum sie sich Sorgen machen. Es ist eine Art Überprüfung. Aus dem, was sie sagen oder schreiben, kann ich schließen, ob ich ihnen einen Sklavennamen geben will oder ob sie normale Sklaven werden. Es hängt davon ab, wie hingebungsvoll und höflich sie sind.

Ich versuche, eine Runde durch den ganzen Raum zu drehen, oder eine Acht nachzuzeichnen. Ich nehme der Reihe nach alles dran, um die Sache interessant zu machen, ich halte sie ständig in Bewegung, benutze den

Pranger, den Käfig, den Boden, die Kreuze und die Bänke. Es ist ein gutes System, wenn du viele Geräte benutzen willst. Die Session bleibt dadurch im Fluss und geradlinig.

Als ich mein eigenes Studio hatte, habe ich nie auf die Uhr geschaut. Es hat mir viel zu sehr gefallen, als dass es mir etwas ausgemacht hätte, wenn ich die vereinbarte Zeit überzog. Doch jetzt, wenn ich ein Studio für eine Stunde miete, muss ich stets die Uhr im Blick haben. Ich hasse es, denn ich kann gerne auch mal sechs Stunden lang spielen, wenn es sich ergibt.

Jeder Sklave will sich auf eine Reise begeben, wenn er seiner Herrin dient. Bei den Sessions mit Maus kommt überhaupt kein Sex vor, doch er hat mir gelegentlich dabei zugesehen, wie ich Sex mit einem Leibsklaven hatte, so dass er diese qualvolle Nähe ohne jede Berührung erlebt hat. Er liebt es, von seiner Herrin gezeichnet zu werden. Es ist wie eine Trophäe, die er mit nach Hause nehmen kann. Daphne ist glücklich, wenn sein Arsch noch Tage später glüht, nachdem ich ihn mit dem Rohrstock geschlagen habe.

Ich vertraue auf meine Gespür, doch im Allgemeinen gilt die einfache Regel: Die Kerle wollen eine Erektion bekommen und am Ende der Session abspritzen. Oder sie wollen nicht kommen dürfen, obwohl sie immer wieder kurz davor stehen und dann genau am Ende kommen. Oder sie wollen mehrer Male bis an den Rand getrieben werden und dann zu Hause bei ihren Frauen kommen.

Manchmal kommen auch welche, die das nicht möchten. Sie wünschen sich, dass du sie so viel wie möglich quälst, aber sie sind fest entschlossen, keine Erektion zu bekommen. Obwohl es das ist, was sie wollen, habe ich das Gefühl, versagt zu haben, wenn sie keinen Steifen bekommen. Ich versuche, zu verstehen, wie sie funktionieren.

Manchmal kommen sie nicht wieder, weil ich äußerlich nicht ihren Ansprüchen genüge. Wenn du eine Brünette willst oder eine Chinesin oder eine Rothaarige, werde ich nicht mit dir arbeiten. Für gewöhnlich kommen sie zu mir, wenn ihnen meine Art, mich zu kleiden, gefällt, wenn sie mich im Fernsehen gesehen, etwas Nettes über mich gelesen oder einen meiner Berichte im Internet gelesen haben. Wenn jemand mit einer amerikanischen Reitpeitsche, der Quirt, geschlagen werden will, kommen sie zu mir, weil ich die

Beste mit dieser besonderen Peitsche bin. Ich bin nicht enttäuscht, wenn ich bei jemandem keinen Schalter umlegen kann. Beim nächsten Jungen kann es wieder passieren. Das ist das Schönste daran: die Abwechslung.

Manche Sklaven möchten ihre eigenen Grenzen austesten. Wenn ich gepeitscht werde, sage ich: Hör nicht auf bevor ich blute. Und dann, wenn ich blute, will ich ohnehin mehr. Es ist ein wunderbarer, strahlender Schmerz, der unwiderstehlich ist. Jeder testet jeden, in allen Lebensbereichen. Ich bin eine Zicke, denn auch in Beziehungen teste ich die Männer gerne, ich treibe sie an ihre Grenzen und schaue, ob sie zusammenbrechen. Ich weiß, dass es falsch ist, besonders, wenn sie mich lieben. Es ist dumm, weil du auf diese Weise Menschen verlieren kannst, aber so bin ich nun mal. Lieben sie mich oder die Rolle, die ich spiele? Damit quäle ich mich ständig.

Einer Menge Sklaven gefällt das Spiel mit den Worten, diese Kunst, sie so richtig beschissen zu behandeln. Rooster liebt es, doch er sagt, dass ich es immer übertreibe.

Aus Sklave Twins Tagebuch:

Die Mistress schreibt:
Du wirst ohne Safewort bestraft werden,
400 x Rohrstock
2000 x Quirt
CBT
Elektrofolter
Schlampenerziehung
Analdehnung

An einem Tag, den ich auswählen werde, wirst du nur Wasser trinken und dein Schmerz wird wie ein Regenbogen sein. Du wirst lernen, mir zu gehorchen und du wirst leiden, Sklave Twin.

Donnerstag

Meine Nippel sind fast verheilt. Sie bluten immer noch, da wo die Herrin ihre Nägel tief hinein gegraben hat.

Freitag

Unter Schmerzen getanzt, angezogen und vorgeführt. Eier und Schwanz abgebunden und geklammert. Köstlich. Highheels, Strümpfe und Ketten. Maske. Ohrring. Ein Ballet der Qual. Habe mir vorgestellt, Princess sei mein Publikum. Am Ende auf den Knien masturbiert, dabei an der Leine um die Eier gezogen. Erschöpft …

Samstag

Als wir nach Hause kamen, hat die Mistress keine Zeit vergeudet, mich zu unterwerfen und sobald ich nackt war, wollte sie mich für verschiedene Missetaten mit dem Rohrstock züchtigen. Ich musste mich vornüber beugen und ich wollte meine Strafe voller Demut annehmen, langsam begann ich es zu genießen. Mir gefällt, dass die Mistress immer sehr streng beim Austeilen ist und mir immer mehr gibt. Ich bekam fünfzig und dann noch einmal fünfzig für meine Widerspenstigkeit. Dazu noch weitere zwanzig, weil ich mich bewegt hatte. Ich nahm sie alle entgegen, wie ich sollte und als sie fertig war, glühte mein Hintern vor Hitze und ich war in diesem erstaunlichen Zustand, in dem ich mich so demütig und ihr vollkommen ergeben fühle. Ich wollte auf den Boden fallen, mich niederwerfen und die Sohlen ihrer Füße küssen.

Sonntag

Ich hatte Klammern an meinen Schwanz, die Eier und Nippel gesetzt, wie sie mir befohlen hatte und lag mit ausgestreckten Armen und Beinen im Bett. Das Gewicht des Federbetts drückte auf die Klammern und verdrehte sie. Ich schwelgte in dem langsam stärker werdenden Schmerz, wobei ich an meine Mistress dachte, die auf dem Sofa lag, so weit von mir entfernt, während ich still litt und mein Schwanz anschwoll, so dass die Klammern noch stärker zwickten. Ich wollte es für Princess Spider ertragen und dann schickte sie mir eine SMS und erlaubte mir zu kommen. Nass und klebrig schlief ich ein.

Wenn ein Kunde zum ersten Mal zu dir kommt, muss er an dein Können glauben, auch wenn er es nie zuvor erprobt hat. Denk daran, dass es ein großer Schritt für einen Mann ist, zu einer Domina zu gehen und sein nacktes Fleisch zur Züchtigung anzubieten; zu gestatten, dass er gebrochen und in eine unterwürfige Kreatur verwandelt wird. Deine Blicke, dein Auftreten und deine Fähigkeiten sind die Schlüssel. Vertrauen ist für jede Art von Beziehung unentbehrlich und das ändert sich auch nicht, wenn die Kleidung abgelegt und die kniende Position eingenommen wurde. Ein potentieller Sklave will seine Herrin in der Pose einer Königin sehen, als majestätisches Himmelswesen gar. Er will, dass sie die Dinge verkörpert, denen er im Leben unterworfen ist: Macht, Schönheit, Gefahr, Liebe. Er sucht jemanden, der genug Selbstbewusstsein für beide ausstrahlt. Ich bin sicher, dass ich ihm das bieten kann, wonach er verlangt, selbst ihn körperlich zu überwältigen. Eine Kriegerin, eine Amazone. Für eine kurze Zeit gehe ich über das hinaus, was Menschsein bedeutet. Für eine Stunde bin ich ein Wesen seiner Fantasie, sein Traum, sein Alptraum. Ich bin unerreichbar. Ein Engel, ein Dämon. Ich öffne die Tür und er duckt sich, unabhängig von seiner Größe, seinem Reichtum oder seiner sozialen Stellung. Er ist nicht fähig, mir in die Augen zu blicken. Seine Stimme zittert. Ich zerquetsche ihn in dem Augenblick, in dem wir aufeinander treffen, so dass er weiß, wo sein Platz in der Hackordnung ist – ganz, ganz weit unten – wann immer er sich in meiner Gegenwart befindet. Doch er will es so. Er will in der Lage sein, die Macht und Kontrolle abzugeben, die er in seinem normalen Arbeitsalltag genießt oder erträgt. Ich muss seine Erwartungen erfüllen oder sogar noch übertreffen. Nach wenigen Minuten, in denen ich einen ersten Eindruck von ihm bekomme, wird er nervös, vielleicht voller Angst im Dungeon knien. Ich muss ihn bereits dazu gebracht haben, dass er seine Unterjochung durch mich akzeptiert, doch ebenso muss er wissen, dass er das Tageslicht wieder sehen wird. Es ist ein tolles, berauschendes Gemisch. Du musst die richtige Balance hinbekommen. Wenn er mir nicht vertraut, werde ich ihn wahrscheinlich nie wieder sehen. Also darf ich die goldene Regel nicht brechen und nichts tun, was ihm psychisch oder physisch schadet, insbesondere, wenn er es ausdrücklich auf seiner Tabuliste vermerkt hat. Sein Vertrauen in mich muss durch meine Verantwortung für ihn ausgeglichen werden. Es ist ein grundlegendes Zusammenwirken. Wir brauchen einander, um uns lebendig zu fühlen.

Bericht eines Debütanten:

Endlich, nach einiger Zeit, war der Augenblick gekommen und ich nahm den Anruf entgegen. Mir wurden gesagt, wo ich hinkommen sollte und wurde aufgefordert, sie bei meiner Ankunft anzurufen.

Ich glaube, der Moment bevor du deine Herrin zum ersten Mal triffst, ist ein aufregender Teil der Session und dazu ein sehr wichtiger.

Ich hatte mein Ziel erreicht und rief sie an. Sie wollte wissen, was ich anhatte, so dass ich davon ausging, dass sie mich ganz aus der Nähe beobachtete. Ich beschrieb ihr meine Kleidung und ich erinnere mich, wie sie sagte: „Ah ja", als würde sie mich in ihre Welt aufnehmen.

Dann befahl sie mir, mich umzudrehen und den Weg zurück zu gehen, den ich gekommen war. Sie gab mir den Befehl, anzuhalten und mich um 45° nach rechts zu drehen. Dann fragte sie mich, ob ich eine Spinne sehen könnte und da war sie, der Türklopfer einer Eingangstür. Sie sagte mir, ich sollte zum Haus hinüber gehen. Ich klopfte nervös an die Tür und sie öffnete sich. Princess Spider stand da, in PVC gekleidet. Sie bat mich herein. In Wirklichkeit sieht sie noch besser aus als auf ihrer Website, und das will schon was heißen.

Ich trat ein und wir plauderten eine Weile über unwichtige Dinge. Ich wurde nach unten in ihren Dungeon gebeten, wo ich ihr meinen Obolus aushändigte. Sie befahl mir, mich auszuziehen und niederzuknien. Dann legte die Herrin mir Hand- und Fußfesseln an. Ich machte den Fehler, mich umzudrehen und der Herrin meinen Rücken zuzukehren. Ich wurde auf der Stelle zurechtgewiesen und sie befahl mir, meine Position zu überdenken. Schließlich saß ich auf dem Boden, die Beine vor mir ausgestreckt. Dann nahm Princess Spider zwei Gegenstände von einem Bord und frage mich, was das sei. Ich sagte, ich wüsste es nicht. Es stellte sich heraus, dass es sich dabei um Gummibeschläge von den Spitzen von Spazierstöcken handelte. Sie wurden auf die Nippel gequetscht und erzeugten ein gutes Gefühl, als sie wieder entfernt wurden und die Nippel unheimlich in die Länge zogen.

Sie verband mir die Augen und sagte mir, ich solle mich zu einem Tisch in der Ecke des Raumes begeben. Ich war sehr langsam, was sich als Fehler herausstellte. Ich bekam einen kräftigen Klaps auf mein Hinterteil, bevor ich den Tisch erreicht hatte. Sie sagte, ich solle mich beeilen. Ich legte mich auf den Tisch, mit den Händen über dem Kopf.

Der nächste Gegenstand, den sie mir vorführte, war ein Cockring, der an meinem Schwanz herunter bis zur Basis glitt. Ich spürte auch, wie zwei Gummibänder um meine Hoden geschlungen und festgezogen wurden. Das war echt ein schönes Gefühl und ich wurde schon fast steif. Nachdem der Cockring angepasst war, spürte ich, wie ein Nadelroller an meinem Schwanz und meinen Hoden hin und her geführt und schließlich über meinen ganzen Körper gerollt wurde.

Danach folgte heißer Wachs, der auf mein Fleisch tropfte, zweimal, wobei mein Schwanz und meine Hoden am empfindlichsten darauf reagierten. Mein Schwanz zuckte die ganze Zeit über.

Während sie mich mit Wachs beträufelte, feuerte Princess Spider eine Menge Fragen auf mich ab. „Was ist deine Lieblingsstellung? Warum magst du diesen Fetisch? Was ist deine Lieblingsfarbe? Hast du schon einmal einer anderen Mistress gedient?" Es waren so viele Fragen und sie kamen so schnell, dass ich mich kaum konzentrieren konnte. Ich antwortete so gut ich konnte, während mein Geist sich auf einem anderen Stern befand. Ich spürte, dass ich die Session bereits viel zu sehr genoss. Ich konnte spüren, wie ein Gummidildo über meinen eigenen Schwanz und meine Hoden entlang glitt und dann weiter nach unten zu meinem Anus. Sie stellte ihn zur Seite und sagte: „Der wird später noch in deinem Mund landen."

Princess Spider fragte mich, ob ich schon einmal etwas von ihrem Inferno gehört hätte. Ich sagte nein, aber dass ich Interesse hätte, mehr darüber zu erfahren. Ohne einen Moment Verzögerung spürte ich, wie eine kühle Flüssigkeit in meinen Bauchnabel gegossen wurde, kurz danach spürte ich kleine Wachstropfen auf meinem Bauch, jeder Tropfen kam dichter an meinen Nabel heran. Als der Bauchnabel erreicht war, ergoss sich ein ganzer Fluss aus Wachs über mich. Ich konnte spüren, wie dieser Fluss in meinen Bauchnabel lief und explodierte. Die Hitze war fast unerträglich. Doch der Schmerz verblasste rasch und ich stellte fest, dass ich mehr wollte. Princess Spider bedeckte mich langsam mit Wachs und nach kurzer Zeit spürte ich etwas Eiskaltes an denselben Stellen. Die Kombination von Hitze und Kälte überall an meinem Körper ließ mich vor Erregung zittern. Einmal zitterte ich so heftig, dass die Herrin fragte, ob alles in Ordnung sei. Ich erwiderte, dass es eine Reizung der Nerven sei. Diese Nervenreizung dauerte mindestens eine halbe Stunde an. Schließlich bekam ich meinen Körper wieder unter Kontrolle.

Ich konnte hören, wie sie sich um mich herum bewegte. Sie sagte: „Das ist mein Dildo. Glaubst du, dass ich ihn sauber gemacht habe, seit er das letzte Mal benutzt wurde?"

Sie hielt ihn mir unter die Nase.

Ich erwiderte: „Nein."

„Das ist richtig", sagte sie. Sie zeichnete mit dem Dildo meine Lippen nach. Ich fand das sehr erregend und entschied, dass ich mehr wollte. Ich bog meinen Hals, so dass der Dildo, anstatt meine Lippen zu berühren in meinem Mund verschwand. Ich begann ihn zu lutschen wie eine gute Schlampe. Ich habe einen Haufen Zeit damit verbracht und jede Spur von dem entfernt, was die Herrin darauf hinterlassen haben könnte. Ich habe es ungeheuer genossen. Princess Spider zog den Dildo weg.

„Du hast zu viel Spaß dabei", sagte sie.

Dann gab ich zu, was ich immer gewusst hatte: „Ich bin eine dreckige Schlampe", sagte ich.

„Ja, das kann ich sehen."

Sie stellte mir eine Frage, die mir einen ungeheuren Schrecken einjagte: „Oben wartet ein anderer Sklave, willst du, dass er herunterkommt und deinen Schwanz lutscht?"

Ich erstarrte auf der Stelle. Ich wusste nicht, was ich sagen sollte und selbst als ich es wusste, konnte ich nicht sprechen, da ich einen Knebel im Mund hatte. Also schüttelte ich den Kopf. Die Herrin versuchte, weiter in mich zu dringen und mich dazu überreden, ja zu sagen, doch ich war noch nicht bereit dazu. Ich war schließlich noch ein blutiger Anfänger.

Während der Session drohte die Herrin immer wieder, mich zu versengen und zu zeichnen. Sie drohte auch damit, mich zu enthaaren, aber ich musste jedes Mal nein sagen. Nächstes Mal vielleicht.

Nach der Hälfte der Session begann Princess Spider mich leicht mit einer Peitsche aus künstlichem Gras zu schlagen. Sie zielte damit auf meinen Schwanz, meine Hoden und meinen Bauch. Das war ein Genuss! Ich denke, ich hätte es gut noch etwas härter haben können, doch ich hatte Angst, darum zu bitten. Sie nahm den Knebel aus meinem Mund und gönnte mir einen kurzen Moment der Freiheit.

Die Herrin fragte mich, ob ich schon mal Nadeln ausprobiert hätte. Das hatte ich nicht, aber ich war bereit, es zu versuchen. Ich hörte, wie sie eine Schutzhülle aufriss. Ich fühlte das eiskalte Nass des Desinfektionssprays auf meinem Hoden, dann bewegte sie die Haut langsam hin und her, um nach der richtigen Stelle zum Stechen zu suchen. Schnell stach sie eine Nadel in mich hinein. Sofort verspürte ich ein angenehmes Wärme-Kälte-Gefühl im Bereich der Nadel. Es gefiel mir und ich werde es definitiv ausgiebiger erforschen. Die Nadel blieb an Ort und Stelle, während wir mit der Session weiter machten.

Ich konnte jetzt Zigarettenrauch riechen und obwohl ich selbst nicht rauche, roch er sehr angenehm und ich sog ihn glücklich ein. Der Cockring war nun schon eine ganze Weile an seinem Platz und die Herrin begann ihn leicht nach oben zu ziehen. Sie zerrte auch kräftig an meinem Schwanz, ich weiß nicht aus welchem Grund, aber ich glaube, es hatte begonnen, aus meinem Penis zu tropfen und das war wie ein rotes Tuch für einen Bullen. Als nächstes tropfte Wachs auf die Spitze meines Schwanzes.

Sie sagte: „Das wird dein Loch stopfen."

Und als mein Penis mit Wachs blockiert war, war es an der Zeit, auch meinen Mund wieder zu knebeln.

„Halt das gut fest", sagte sie, während sie sie mir ihre Unterhose in den Mund stopfte.

Das war großartig. Ich hatte die Unterhose von Princess Spider im Mund, ich fühlte mich ziemlich dreckig, aber das war eine feine Sache für mich. Die Unterhose blieb bis zum Ende der Session in meinem Mund, so dass ich sie völlig auslutschen konnte.

Sie stellte mir eine weitere Frage: „Weißt du, was das ist?"

Ich konnte hören, wie eine kleine Dose geöffnet wurde, dann begann sie, etwas auf meiner Schwanzspitze zu verreiben. Ich erwiderte: „Tigerbalsam."

„Sehr gut."

Ich hatte Recht gehabt. Mein Schwanz hatte bereits wie Feuer gebrannt, bevor sie ihn mit dem Zeugs eingerieben hatte. Es war kein großer Unterschied mehr, doch es war einfach alles sehr angenehm.

Ich begann mich zu fragen, wie lange die Session noch weiter gehen würde. Es schien mir, als hätte die Herrin eine erstaunliche Anzahl von Sachen mit mir gemacht, seit wir angefangen haben und ich wusste nie, was als nächstes kommen würde. Jetzt sagte sie mir, ich solle die Beine anheben. So konnte sie mir einen Rock anziehen und ihn bis zur Hüfte hochziehen. Ich fühlte mich wie eine richtig geile Lady. Ich stellte mir vor, ich würde aufstehen, mich leicht nach vorn beugen und den Rock an einer Seite hochschieben, so dass mein Po und mein Arschloch zu sehen waren, während ich leise, stöhnende Geräusche von mir gebe und jeden anmache, der mich vielleicht beobachtet.

Princess Spider befahl mir, vom Tisch herunter zu kommen, was ich so schnell ich konnte tat. Dann befahl sie mir, zur Mitte des Raumes zu gehen und auf die Knie zu gehen. Ich tat es und die Herrin schob den Rock langsam über meinen Hintern, auf ähnliche Art und Weise, wie ich es mir gerade ausgemalt hatte. Ich reckte meinen Hintern in die Höhe. Ich hoffte da-rauf, dass sie mich anal penetrieren würde. Die Herrin begann, einen Butt Plug in mich einzuführen, doch der Plug, den sie benutzte, war zu groß und verursachte ziemliche Schmerzen. Sie versuchte es mit einem kleineren, doch ich hatte immer noch Probleme damit, ihn aufzunehmen. Einen noch kleineren konnte ich schließlich aufnehmen. Sie stieß ihn in meinen Arsch hinein und zog ihn wieder heraus und obwohl das angenehm war, war es nicht das, was ich mir erhofft hatte.

Das Telefon klingelte. Die Herrin nahm das Mobiltelefon und antwortete. Es war ihr nächster Kunde. Sie sagte ihm, dass er noch warten müsste, da sie gerade soviel Spaß hätte und da wusste ich, wie sie sich fühlte.

Sie fuhr fort, den Butt Plug noch eine Weile hin und her zu schieben und in dieser Zeit teilte ich ihr mit, dass ich gerne ihren Arsch lecken würde. Sie hatte Lust dazu und fragte, ob mich meine Partnerin schon einmal geleckt hatte.

Ich sagte: „Nein, das musste ich bisher immer entbehren."

Dann fragte mich die Herrin, ob ich meine Ladung loswerden wollte.

Ich erwiderte: „Nein."

Sie ließ mich sagen „Ich bin ein Dreckskerl, der seiner Herrin seinen Saft vorenthält."

Ich sagte es einmal, aber Princess Spider schrie mich an: „Hör nicht auf, es zu sagen! Noch einmal: Ich bin ein Dreckskerl, der seiner Herrin seinen Saft vorenthält."

Also wiederholte ich es immer wieder und wieder. Während ich so auf dem Boden kniete, den Hintern hoch in der Lust, spürte ich noch einmal ein Rinnsal heißen Wachses, das in meine Arschfalte gegossen wurde und schließlich den empfindlichsten Punkt erreichte. Meine Backen krampften sich zusammen, als das Wachs über die empfindliche Haut lief.

Princess Spider fragte mich, ob ich die Handfesseln abgenommen haben wollte.

Ich sagte: „Nein, ich habe viel zu großen Spaß daran."

Sie lachte. Dann sagte sie mir, ich sollte aufstehen und begann dabei, mir die Hand- und Fußfesseln abzunehmen. Während dieser Phase, in der wir langsam wieder runter kamen, plauderten wir über die Session, die wir gerade erlebt hatten. Ich sagte der Herrin, dass es großartig gewesen war und dass ich es wirklich genossen hatte. Ich war angenehm überrascht, als die Herrin bemerkte, es sei auch für sie eine der besten Sessions gewesen.

Wir sprachen über jeden Gegenstand, den sie benutzt hatte und was mir davon am meisten gefallen hatte. Sie zeigte mir ein paar andere Spielsachen, die sie nicht benutzt hatte, die sie mir aber stolz präsentierte. Princess Spider bot mir an, das ich mich duschen könnte. Ich nahm das Angebot gerne an, zog den Rock aus, den ich immer noch anhatte und wikkelte mich in ein Handtuch. Dann folgte ich der Herrin die Treppe hinauf zum Badezimmer. Sie zeigte mir ein paar gerahmte Fotografien. Die Bilder zeigten verschiedene Damen und Subs während Sessions sowie Princess Spider. Das Bild einer weiblichen Sub, die mit einer Menge Seil gefesselt worden war, regte meine Fantasie an. Ich duschte und ging zurück in die Raum, wo ich Princess Spider wieder sah. Während ich mich anzog, unterhielten wir uns weiter und schließlich ging ich wieder nach oben, um zu gehen. Ich schüttelte ihr die Hand, dankte ihr für die großartige Zeit und wünschte ihr noch einen schönen Abend. Und die Krönung des Ganzen war, dass ich, wie ich bei einem Blick auf meine Uhr feststellte, eine zweistündige Session erlebt hatte. Ich bin ein echter Glückspilz.

Am Anfang war ich etwas besorgt, ich könnte jemandem Schmerzen verursachen oder ihn verletzen. Selbst das Wissen um das Safewort, mit dem die Sklaven die Session beenden können, indem sie es aussprechen - ein leicht handhabbares Sicherheitsventil - hat nicht viel geholfen. Es ist ein großer Unterschied, ob du nur darüber nachdenkst oder ob du die Waffe zur Hand nimmst und sie tatsächlich gegen einen Menschen einsetzt. Ich könnte jemanden mit der Quirt töten, glaub mir. Doch die Angst währte nicht lange. Es gibt keinen großen Unterschied zwischen den Schmerz, den ein Lederriemen verursacht, der sich in dein Fleisch schneidet und einem Faustschlag, den du beim Boxen einsteckst oder einem Foul beim Fußball. Es ist fast so schnell vorbei wie es begonnen hat. Sicher wirst du dich hinterher heiß anfühlen oder es wird wehtun, doch der anfängliche Schock, das Schlimmste und das Beste daran, stellt sich augenblicklich ein. Du musst dir klar machen, dass sie genau dafür zahlen. Dieses Brennen, dieser Kick. Die Gefahr und der Selbstschutz des Körpers angesichts des Schmerzes: das Wohlgefühl, das sich einstellt, wenn Endorphine ausgeschüttet werden. Sie wollen es. Sie brauchen es. Und ich brauche es auch. Ich glaube, es ist wichtig, hin und wieder die Rollen zu vertauschen und zu switchen, wenn du eine gute Domina werden willst. Wie kann eine Mistress, die nie selbst den Stock auf ihrem nackten Hintern gespürt hat wissen, wie kräftig sie bei jemand anderem ausholen kann? Schmerz ist ein großer Gleichmacher. Ich habe große, kräftige Kerle erlebt, die keine sechs kräftige Schläge aushielten und schwächliche kleine Männchen, die ihre Mistress bis zur Erschöpfung getrieben haben. Ich spiele hart, weil ich es liebe, aber auch, weil ich mehr über Grenzen und Schmerzschwellen herausfinden will. Es ist ebenso wichtig für mich wie das Wissen um die Lieblingsfarbe eines Menschen oder was er gerne isst oder welche Musik er hört. Durch den Schmerz erfahre ich eine ganze Menge über jemanden. Ich kenne Schmerz so gut, dass ich mich manchmal fühle, als hätte ich ihn erfunden …

Es stimmt, dass es im Studio oft zu Rollenspielen kommt. Wenn du genauer darüber nachdenkst, ist es eigentlich nur ein schön gestaltetes Theaterstück, in der die Mistress und der Sklave tragikomische Szenen nachspielen. Wir alle sind verhinderte Schauspieler und Schauspielerinnen. Und wir sind gut. Wir alle nehmen zu Hause bei unserer Familie, in der Schule oder bei der Arbeit eine Rolle ein. Wir wechseln mit atemberaubender Geschwindigkeit von einem Charakter zum nächsten. Wir kennen unsere Rollen und verpatzen sie nie. Wir reagieren wie Profis auf unsere Stichworte und lieben es, wenn wir in Großaufnahme erscheinen. Ich bin eine Regisseurin, wirklich. Ich schreibe die Drehbücher, mache die Lichttechnik, arrangiere die Szenen und verteile die Rollen. Durch meine ungeduldigen Augen sehe ich alles in prächtiges Technicolor getaucht. Ich gestalte die Szenen. Ich mache den Schnitt.

Ich habe mir nie große Sorgen darum gemacht, wie ich in einer speziellen Situation reagieren sollte. Ich überlasse das meiner Intuition. Es gibt keinen Grund, sich Sorgen zu machen, wenn du feststellst, dass du geil wirst während du jemandem den Arsch peitschst oder Wachs auf einen muskulösen Rücken gießt. Es ist natürlich. Du kannst es nicht kontrollieren. Du kannst diesen Moment ebenso gut genießen und ihn das Stichwort für deinen nächsten Schritt geben lassen. Bei dieser Arbeit geht es ebenso sehr um animalische Impulse wie um die Geschicklichkeit im Umgang mit Peitschen und Paddles. Du kannst eine Session nicht einfach beenden, wenn du geil wirst. Ich bin ein Mensch und ich reagiere auf verschiedenartige körperliche Eigenschaften und Erscheinungen. Es gibt nichts, was an das Machtgefühl heranreicht, das du spürst, wenn ein Schwanz anschwillt aufgrund dessen, was du mit ihm gemacht hast. Und natürlich spornt es dich an, weiterzumachen. Der Sklave und die Herrin befriedigen einander und weiden sich aneinander. Der einzige Unterschied ist, dass ich die Kontrolle habe und dass der Sklave zahlt, um die Macht aufzugeben, die er oder sie in der Realität besitzt. Ich habe nie viele Gedanken daran verschwendet, was das in Bezug auf meine eigene Sexualität bedeutet. Bin ich lesbisch, hetero oder bi? Ja und nein in allen Punkten. Ich bin weder homosexuell noch heterosexuell. Ich bin sexuell. Punkt.

Ein Vorstellungsschreiben eines Sklaven:

Sie baten mich, Ihnen einen kurzen Einblick in meine Fantasien zu gewähren. Ich bin sehr kitzelig. Ich stelle mir vor, mit gespreizten Armen und Beinen dazuliegen, während Sie mich mit Ihren Fingernägeln bearbeiten. Ich würde liebend gern Ihre bestrumpften Füße verwöhnen. Ich träume davon, dass Sie die Unterhose, die Sie am Mittwoch vor meinem Besuch getragen haben, am Donnerstag immer noch tragen (vielleicht sogar über Nacht anbehalten haben). Sobald Sie mich gefesselt haben, ziehen Sie sie aus und wickeln sie um mein Gesicht, während Sie mich die ganze Zeit kitzeln. Ich freue mich wirklich sehr darauf, Sie zu besuchen. Ich bin 100% Sub und authentisch.

Demütig, Ihr Keith.

Aus dem Tagebuch von Sklavin Daphne:

Die Nacht des Rohrstocks

Vielleicht sollte ich es lieber Die Nacht der Erinnerung nennen …

Ich hatte mich darauf gefreut, seit meine Prinzessin mir gesagt hatte, dass es mir bevorstünde, doch ich greife vor … ich werde mit den Ereignissen früher am Nachmittag beginnen.

Ich hatte meine Prinzessin wie verabredet in der Stadt getroffen. Um genauer zu sein, sie traf mich, als ich mit meinem Daumen im Hintern und meinem Kopf im Leerlauf dastand. Meine Prinzessin lachte und genoss den Augenblick offensichtlich. Wir tranken einen Kaffee und sie befahl mir, die Klammern zu entfernen, was eine sehr schmerzhafte Angelegenheit war. Ich zeigte meine Nippel vor, damit meine Prinzessin sie inspizieren konnte. Dann gingen wir einkaufen, um ein Paar kurze Hosen zu besorgen (Ich finde, es ist nur ein Hauch von Stoff, der sich als Hose verkleidet hat …) und kehrten zum Haus zurück, wo meine Prinzessin ein ausgezeichnetes Essen vorbereitete. Nachdem wir gegessen hatten, wurde es Zeit, mich zurecht zu machen und in das Schuljungen-Outfit zu schlüpfen, das bei mir noch um ein Paar halterlose Strümpfe ergänzt wurde. Ich war so aufgeregt und hoffte wirklich, dass ich an diesem Abend mit dem Rohrstock geschlagen würde. Wie wenig ich doch wusste …

Wir kamen am Ort des Geschehens an und ich wartete an der Bar, während meine Prinzessin eine Runde drehte und allen möglichen Leuten Hallo sagte. Bevor ich wusste, wie mir geschah, befahl mir meine Prinzessin, in den Boxring zu steigen. Nicht, weil ich jetzt drei Runden boxen sollte, sondern damit meine Prinzessin genug Platz hatte, um mir den Rohrstock zu geben.

Kurz bevor es losging sagte meine Prinzessin mir, dass ich 1000 Schläge bekommen würde. Ich stützte mich auf die Seile, präsentierte meine Kehrseite und die Züchtigung begann. Als die ersten Schläge mich trafen und ich sie zählte wurde mir rasch klar, dass das keine gewöhnliche Rohrstock-Session werden würde. Jeder Hieb war wesentlich härter als alle, die ich zuvor von meiner Prinzessin bekommen hatte. Auch die Anzahl der Schläge, die ich in schneller Abfolge bekam, war von zehn bis zwölf auf zwanzig bis fünfundzwanzig gestiegen. Ich war mir keiner anderen Person im Raum bewusst außer meiner Prinzessin, die mir während der Session zu einer neuen Dimension der Klarheit und des Schmerzes verhalf.

Während die Anzahl der Schläge zunahm, fühlte sich mein Hintern an als stünde er in Flammen. Was ich erlebte war so wundervoll und ich wünschte meiner Prinzessin inbrünstig, dass sie ungeheures Vergnügen bei dem, was sie tat, empfinden möge. Wir hatten mehr als die Hälfte geschafft und waren bei sechshundert Schlägen angelangt, als meine Prinzessin eine Pause einlegte, weil ich zu bluten begonnen hatte. Die Enttäuschung, die ich verspürte galt nicht mir, sondern der Tatsache, dass das Vergnügen für meine Prinzessin kurz unterbrochen war und ich das Gefühl hatte, es wäre mein Fehler. Eine Sache, die mir zu diesem Zeitpunkt gar nicht bewusst war, war, dass mein Rücken fotografiert und die Bilder zu Schlüsselanhängern verarbeitet worden waren. Ich habe schnell zwei Stück gekauft.

Es gab jedoch nichts, was ich in Bezug auf meinen Rücken unternehmen konnte, außer mich selbst gründlich zu reinigen und zum Geschehen zurückzukehren. Meine Kehrseite stieß auf großes Interesse und wurde viele Male untersucht, so dass viele Menschen das Ergebnis der fachmännisch ausgeführten Handarbeit meiner Prinzessin bewundern konnten. Ich glaube, meine Hosen wurden hoch und runter geschoben wie ein Jojo bei der Weltmeisterschaft.

Dann kam der Rohrstock-Wettbewerb. Meine Prinzessin war von der Teilnahme ausgeschlossen worden. Der Grund dafür war leicht zu verstehen. Die Schläge, die verteilt wurden, wären gerade mal etwas zum Aufwärmen gewesen, wenn meine Prinzessin sie ausgeteilt hätte. Sie hätte haushoch gewonnen.

Nach dem Wettkampf war meine Prinzessin sehr gefragt bei Leuten, die ihren Hintern von der Nummer eins unter den Herrinnen gezüchtigt bekommen wollten. Also präsentierten sie ihre Ärsche, der Rohrstock flog nur so durch die Luft und meine Prinzessin zauberte ein Lächeln auf ihre Gesichter und ließ die Backen rot anlaufen. An eine Sache erinnere ich mich; jedes Mal, wenn meine Prinzessin zu spielen begann, bildete sich eine kleine Traube aus Zuschauern um sie herum. Das passierte nie, wenn andere Leute spielten. Ich habe es noch nie bemerkt, wenn meine Prinzessin mit mir spielt, denn wenn das geschieht, kann ich mich genauso gut mit meiner Prinzessin auf einem fremden Planeten befinden.

Dann kam ein Moment, den ich zu Beginn des Abends nicht erwartet hätte. Rooster und ich mussten in den Ring steigen und meine Prinzessin fungierte als Schiedsrichter. Wir versuchten zu vermeiden, den Boxhandschuh des anderen mit unserem Kinn zu treffen, was ein hartes Stück Arbeit war. Nach jeder Runde war ich völlig geschafft und als Schiedsrichter war meine Prinzessin sehr streng. Sobald wir uns umklammerten, um uns eine Pause zu gönnen, brach sie ab. Einmal ging Rooster zu Boden und meine Prinzessin setzte sich rittlings auf ihn und begann, auf und nieder zu springen. Bei der nächsten Gelegenheit ging ich ebenfalls zu Boden, weil ich das auf jeden Fall auch haben wollte. Zu meiner großen Freude setzte meine Prinzessin sich auf mich und machte das Gleiche. Aus irgendeinem Grunde wurde ich zum Sieger erkoren. Vielleicht, weil ich am meisten schwitze oder als Zugeständnis an das Alter.

Als der Abend voranschritt, wanderten wir in den Bereich, in dem die Bühne und einige Spielmöbel waren und meine Prinzessin befahl mich in den Pranger. Die Hochstimmung, die ich verspürte, war überwältigend, also runter mit der Hose und der Unterhose und rein in den Pranger.

Während ich dort stand und auf meine Prinzessin wartete, spürte ich plötzlich, wie ich mit dem Rohrstock geschlagen wurde und begann sofort mitzuzählen. Bei sieben hörten die Schläge auf, doch schon beim zweiten war klar, dass es nicht meine Prinzessin war, die da zuschlug. Sie hatten nicht diesen perfekten Schwung wie die Schläge meiner Prinzessin. Ich konnte nicht sehen, wer den Stock führte, doch ich hatte das starke Gefühl, dass, wer immer es sein mochte, nicht die Erlaubnis meiner Prinzessin dazu hatte.

Dann traf mich ein erneuter Schlag und dieses Mal wusste ich, dass er von meiner Prinzessin kam. Etwas jedoch war anders an diesem Schlag. Was ich früher am Abend bekommen hatte, war das Härteste, was ich je in meinem Leben erlebt hatte, doch es wurde noch von dem übertroffen, was ich jetzt erhielt. Es gab kein Nachlassen. Wenn überhaupt, wurden die Schläge im weiteren Verlauf der Züchtigung noch heftiger.

Es ging weiter und als mich der Rohrstock wieder und wieder traf, wogte der Schmerz durch meinen Körper. Ich hoffte, dass alle zusahen und es bemerkten, denn sie wurden Zeugen, wie eine wahrhaft erfahrene und perfekte Mistress ihren Sklaven züchtigte, der ihr so inbrünstig dienen wollte und ihr extremes Vergnügen bereiten wollte.

Mit der Anzahl der Schläge wuchs auch ihre Härte sowie der Schmerz, den ich verspürte. Ich wollte nicht, dass es aufhörte, aber es musste sein. Offenbar waren die Blutungen zu stark geworden. Meine Prinzessin war auf zweihundertundachtzig Schläge gekommen und jeder von ihnen war ein wahres Wunder gewesen. Als ich losgemacht wurde, griff ich mit der Hand auf meinen Hintern und stellte fest, dass er blutüberströmt war, aber ich war ungeheuer stolz darauf. Meine Prinzessin hatte mich an einen wundervollen Ort geführt, von dessen Existenz ich nie etwas geahnt hatte. Später erfuhr ich, dass die Partyveranstalter ohnehin kurz davor gewesen waren, die Session zu beenden, was sehr schade gewesen wäre, denn hundertzwanzig Schläge mehr und meine Prinzessin hätte die magische Zahl 1000 an diesem Abend erreicht.

Als ich mich schließlich gereinigt hatte, war es Zeit zu gehen. Zu Beginn des Abends hatte ich es wie jeder Sklave gehalten, nämlich auf alles zu hoffen, aber nichts zu erwarten. Was mir gegeben wurde, hatte meine Hoffnungen und wildesten Träume bei Weitem übertroffen. Ich hatte die härteste Züchtigung meines Lebens bekommen und ich war stolz auf die Spuren, die ich davon getragen hatte.

Während ich das schreibe, wandern meine Gedanken zu der Frage, was mich wohl in meinem Strafbuch erwartet. Im Moment stehe ich mit 1350 Stockhieben in der Schuld, diejenigen nicht mitgerechnet, die für Vergehen hinzukommen, die ich seitdem begangen habe. Da es sich dabei um wirkliche Bestrafung und nicht um ein Spiel handelt, habe ich nach dieser Nacht des Rohrstocks eine Vorstellung davon, was mich erwartet.

Ein paar Wochen später ...

Donnerstag

Ich habe den größten Teil des Tages unten am Fluss verbracht, denn dort im Schatten sind die kühlsten Plätze zu finden. Ich hatte mir ein Buch mitgenommen, doch es fiel mir schwer, mich darauf zu konzentrieren, denn meine Gedenken schweifen immer wieder ab zu den achthundert Schlägen, die ich in zwei Wochen als Strafe erhalten soll. Ich freue mich auf die Zeit, die ich in Gegenwart meiner Herrin verbringen kann, doch dieses Gefühl vermischt sich mit Beklommenheit angesichts der bevorstehenden Züchtigung.

Freitag

Der Abend im Club wurde lebhafter, als meine Herrin ankam. Ich war so glücklich, sie zu sehen. Was mich anging, so stellte sie jede andere dort in den Schatten. Im Laufe des Abends hatte ich die Gelegenheit, mit meiner Herrin zu plaudern und sie zeigte mir ihren neuen Rohrstock. Es war nicht viel Intelligenz nötig um zu begreifen, dass die achthundert Hiebe äußerst schmerzhaft werden würden. Ich sprach sie darauf an, doch sobald ich ein Wort gesagt hatte, sah ich an ihrem Gesichtsaudruck, dass ich gar nicht mehr zu sagen brauchte. Meine Herrin hatte bereits entschieden, dass sie noch einmal auf 1000 Schläge hinarbeiten wollte. Sie sagte mir, dass sie es tun wollte und das ist etwas, worauf ich gehofft hatte, obwohl ich begriff, dass ich eine Ebene erreichen würde, von der ich nicht einmal gewusst hatte, dass sie existiert. Wird die Züchtigung in einem Schwung stattfinden oder wird mir nach der Hälfte eine Pause gegönnt? Werde ich alle zweihundert zusätzlichen Schläge mit der Quirt bekommen? Wird meine Herrin wirklich bei 1000 aufhören oder weitermachen? So viele Fragen, auf die allein meine Herrin die Antwort wusste, da sie das absolute Recht hat, mit mir zu machen, was sie will. Als ihr Sklave muss ich alles bereitwillig und dankbar annehmen, was sie tut. Alles, was ich weiß, ist, dass es außerordentlich schmerzvoll sein wird.

Montag

Nicht einen Moment lang höre ich auf, an meine Herrin zu denken. Zu behaupten, sie hätte die totale Kontrolle über mich, wäre eine Untertreibung. Sie kontrolliert mein gesamtes Denken. Sie hat mich fest in der Hand. Ich habe eine SMS von meiner Herrin erhalten, in der sie schreibt, sie hoffe, ich denke viel an ihren Rohrstock. Ich habe nicht aufgehört, daran zu denken, seit ich ihn letzten Freitag zum ersten Mal gesehen habe. Ich versuche ständig, mir auszumalen, wie stark der erste Schlag sein wird. Der Schlag, der als Vorlage für die folgenden 999 Schläge meiner Bestrafung dienen wird. Meine Herrin und ich werden uns schon bald auf eine Entdeckungsreise begeben. Es ist, was mich anbelangt, eine Reise ins Ungewisse. Ich wurde angewiesen, meiner Herrin telefonisch Bericht zu erstatten. Das werde ich ganz bestimmt tun, denn die alleinige Aufgabe in meinem Leben ist es, meiner Herrin absolut zu dienen und ihr zu gehorchen. Es gibt keine andere Mistress, die an meine Herrin heranreicht und ich spreche aus über dreißig Jahren Erfahrungen, während derer ich über sechzig getroffen und mit ihnen „gespielt" habe.

Ich liebe es, morgens um vier oder fünf zu ficken, wenn alles still ist und mein Leibsklave noch schläft. Ich lausche seinem Atem und er sieht so friedlich aus. Ich ziehe die Bettdecke weg und lecke ihn, bis er eine Erektion hat. Er bewegt sich, ich liebkose seine Eier und lecke seinen Schwanz. Ich ziehe mein Nachthemd über die Brüste, so dass die kühle Luft vom Fenster über meine Haut streicht; er liebt es, wenn meine Nippel aufgerichtet sind. Er ist da, um mir zu dienen. Gleichgültig, wie spät es ist, er hat zu gehorchen! Wenn er groß genug ist und sein harter Schwanz in meiner Hand liegt, lasse ich mich auf meinen Leibsklaven gleiten und ficke ihn langsam, sauge an seinen Nippeln, spucke ihn behutsam ins Gesicht, um ihn aus dem Schlaf zu erwecken; dann wende ich mich wieder seinem Schwanz zu und koste wieder davon, ich sauge und lecke, bis ich beschließe, ihn noch einmal zu besteigen. Ich werde energischer, schlage ihm ein paar Mal ins Gesicht. Ich hämmere auf ihn ein, kratze ihn und beiße in seine Nippel. Ich bin eine Narbe in ihren Köpfen und ihrem Fleisch; ich bin eine Wunde, die nicht heilen kann.

3.
Die Kunst der Spinne

„Die Fähigkeiten, die ich jetzt beruflich nutze, waren die ganze Zeit über im Hintergrund da, wegen meines Trainings bei der Territorial Army[1] und weil mein Vater und mein Großvater bei der Armee waren. Ich kenne mich mit Disziplin aus. Ich hatte eine ziemlich strenge Erziehung."

Princess Spider

Mops' Hausaufgaben: Ein Fetisch Alphabet

A - Akzeptiere, was deine Herrin für dich entscheidet.
B - Benimm dich! Wo auch immer du bist. Was auch immer du tust.
C - Charakter. Sehr scharfsinnig, ein sehr gutes Image, sehr auf deine Bedürfnisse eingestellt und davon angemacht. Unter schätze die Herrin nicht!
D - Dungeon. Dies ist die Welt deiner Herrin und nicht deine Welt.
E - Ehrlichkeit. Sehr wichtig für die Herrin, damit sie mit der notwendigen Erziehung fortfahren kann. Sehr wichtig für den Sklaven, denn es kostet viel Mühe, bis zur Herrin vorzudringen.
F - Freiheit. Vergiss deine Ansichten. Sie spielen keine Rolle. Die Herrin hat dich während der Session und in früheren Sessions davon befreit
G - Gehorche.
H - Herrin und sonst nichts.
I - Intuition. Die geheime Waffe der Herrin.
J - Ja, die einzig annehmbare Antwort, Herrin.

1 Territorial Army: Teil der Britischen Armee, der der Landesverteidigung dient und sich in erster Linie aus Reservisten zusammensetzt

K - Knie nieder.
L - Lugen, aber nicht berühren, ehe es dir gestattet ist. Denke daran, was du gelernt hast.
M - Meisterin der Strategie, aber immer auf deiner Seite.
N - Nein. Dieses Wort darf nie benutzt werden. Du hast stets mit Ja zu antworten.
O - Ohnmacht auf deiner Seite. Kontrolle auf der Seite der Herrin.
P - Princess Spider. Die Beste. Das Ende der Geschichte.
Q - Qual. Die Quelle der Dankbarkeit, die du deiner Herrin entgegenbringst.
R - Respektiere und achte deine Herrin.
S - Sehnsucht nach deiner Herrin.
T - Tue alles, was sie von dir verlangt und stelle sie nie in Frage. Niemals!
U - Unterwirf dich die ganze Zeit während einer Session.
V - Vertraue deiner Herrin.
W - Wahrhaftigkeit versus Falschheit. Die Herrin steht für Ersteres.
X - X-Kreuz. Das Andreaskreuz und die Peitsche.
Y - die Liebe, die sie deinem Y-Chromosom gibt.
Z - Zähl die Tage, bis du deine Herrin wieder siehst.

Außerhalb des Militärs und der Unterwelt bin ich wahrscheinlich eine der am besten mit Waffen ausgestatteten Frauen, die du treffen kannst. Ich habe Gegenstände hier, die jede Art von körperlichen Bedürfnissen befriedigen können. Ich habe Dinge in meinem Besitz, die die stärksten, kräftigsten Männer in plärrende Wracks verwandeln können.

Ich bin konservativ. Ich trage viel Leder, wenn ich rausgehe. Alles passt zusammen: Mantel, Stiefel, Tasche, manchmal eine Kappe. Ich sehe anders aus. Ich kann Dummköpfe nicht leiden. Menschen halten mich für bösartig, weil ich Sklaven aufreibe, aber ich kann diese Waffen sehr gut handhaben. Eine Domina, die ihre Waffen vollkommen beherrscht und im Fluss ist, ist ein unglaublicher Anblick. Und das ist das Paradoxe: die Vorstellung eines Engels mit Blut an seinen Händen.

Es gibt ziemlich viel Snobismus in der Welt der Dominas. Eine Menge

Damen ärgern sich, wenn ich einen Raum betrete und die Herren kommen auf mich zu und sprechen mit mir. Ich habe großen Respekt vor Männern. Wenn andere Dominas Männer dominieren, tun sie es oft nur aus Wut. Die Damen können nicht verstehen, warum sich all die Herren für mich interessieren. Einmal standen neun Kerle um mich herum und wir unterhielten uns über die Schlacht von Agincourt. Mistress Devastation fragte mich, ob ich vorhätte, die ganze Nacht über mit den Jungs zu reden und war eindeutig eifersüchtig auf die Aufmerksamkeit. Wir zogen weiter ins Napoleon, verbrachten zwei weitere Stunden dort und sprachen über Geschichte. Es geht nicht immer nur um Peitschen und Rohrstöcke. Es geht darum, ein Netz zu spinnen, Beziehungen herstellen, einen Eindruck beim Gegenüber hinterlassen, so dass sie, wenn sie eine besondere Form von Aufmerksamkeit brauchen, sofort an dich denken.

Ich hatte schon immer Appetit auf verrückten Sex. Woher kommt das? Ich erinnere mich, mit Twin darüber gesprochen zu haben, um zu entdecken, warum ich tue, was ich tue, doch ich habe es noch nicht herausgefunden. Ich schätze, es muss entstanden sein, als ich die Sexualität erkundet habe. Es ist einfach nett, jemanden zu quälen und ihm dann eine Belohnung zu geben. Es ist so wie als Kind, wenn du unartig warst und dafür einen Anschiss bekommst, aber du weißt, dass du danach ein Eis bekommst. Seit ich mit Twin zusammen bin, probiere ich mehr aus, weil er ebenso fasziniert ist wie ich. Es ist schön, dass er mich so sehr begehrt, wie er es tut. Andere haben gesagt, sie würden mich begehren, aber sie waren doch nur Eintagsmänner. Twin ist jede Ausrede recht, um mir an den Rock zu gehen. Ich werde seiner niemals müde, wenn er versucht mich aufzumuntern. Und ich mag es, wie wir in das Spiel hinein und wieder heraus gleiten. Ein Mann schaut sich am Tag vielleicht hundert Mal den Hintern seiner Freundin an, doch wenn ich Twin dabei erwische, fordere ich ihn heraus: „Starrst du mir auf den Hintern?“ Und er sagt ja und ich tadele ihn oder er sagt nein und ich tadele ihn trotzdem. „Warum nicht?“ frage ich ihn dann. Du musst ihnen die ganze Zeit über einfach nur solche Fallen stellen. Wenn wir einkaufen und er geht vor mir, zum Beispiel um zur Kasse zu gehen, dann blickt er jäh auf und begreift, dass er einen Fehler gemacht hat und senkt seinen Kopf in einer Geste des Respekts und mit der Bitte um Verzeihung. Es ist großartig. Es ist wie ein geheimes Spiel zwischen uns, wenn wir uns in der Öffentlichkeit bewegen.

Ich bin sehr wissbegierig. Es gefällt mir, alle Bereiche des Lebens zu erforschen. Ich überrede all meine Leibsklaven dazu, in einem Rapegame die aktive Rolle zu übernehmen. Ich liebe die Vorstellung, meine sexuelle Macht für eine kurze Zeit an sie abzugeben, an die Schwachen. Sie alle brauchen mich. Ich liebe es, im Bett unterlegen zu sein und dennoch alle Fäden in der Hand zu halten. Ich liebe es, sie mit sexuellen Fantasien zu verführen; ich lasse sie in ihrer Vorstellung die wildesten Affären mit mir haben. Sie alle wollen meine perfekten Sklaven sein. Aber sie scheitern alle, weil ich sehr hohe Ansprüche stelle.

Ich rede hinterher gerne über die Sessions. Ich schätze, das ist mein militärischer Hintergrund, der da durchkommt. Nach unserer ersten offiziellen Session im Dungeon habe ich mit Twin darüber gesprochen, wie viel oder wenig ich den Stock benutzt habe. Gewöhnlich gebe ich ihm zwischen zweihundert und dreihundert Stockhiebe. Ich habe eine Schlagtechnik, bei der ich die Geschwindigkeit ständig variiere und die sehr beliebt ist. Oder wir reden vielleicht darüber, welche Fortschritte seine Erziehung mit der Quirt gemacht hat – er ist immer noch ganz erschöpft davon, also benutzen wir sie nicht, weil sein Rücken immer noch Spuren von der letzten Session trägt. Nach der ersten Session kamen wir zu dem Schluss, dass die Zeit, die wir miteinander verbracht hatten, zu kurz war. Und witziger Weise stellten wir fest, dass wir beide ziemlich nervös gewesen waren. Ich weiß nicht warum, denn ich habe schon Männer vor Zuschauern dominiert, vor zwei oder zweihundert Menschen, und habe mich nie so merkwürdig ängstlich gefühlt. Die Spannung hatte sich vor der Session aufgebaut und uns durch die eigentliche Session getragen. Auch heute noch sprechen wir über die verschiedenen Nuancen einer Session und was wir beim nächsten Mal besser machen können. Wir sind zu dem Schluss gekommen, dass wir beide lieber zu Hause spielen. Es ist entspannter und wir können nackt oder in Seilen herumlaufen.

Sprecherlaubnis: Sklave Rooster

Was uns Sklaven allesamt gemeinsam ist, ist, dass wir ihr ergeben sind. Ich würde es Bewunderung nennen. Sie hat etwas Außergewöhnliches an sich, das dich völlig in ihren Bann schlägt. Die Tatsache, dass sie eine Domina ist, ist erregend, aber es ist auch etwas in ihrer Persönlichkeit, dass äußerst verführerisch ist. Es ist wirklich unheimlich. Ich betrachte mich selbst als ziemlich vernünftig, denke, dass ich mich nicht so leicht beeinflussen lasse, aber es ist schwer zu beschreiben. Es ist ihr Blick, ihre Stimme … vielleicht ist es eine Art Verletzlichkeit. Wenn sie dominiert werden möchte – was ich nicht tun kann und nicht tun werde – ist es das genaue Gegenteil. Macht und Verletzlichkeit. Es zieht dich einfach zu ihr.

Es ist wichtig, den Kunden ein gewisses Maß an Respekt und sogar Angst einzuflößen. Ich habe es erlebt, das Sklaven in Clubs vor mir davon gelaufen sind. Es ist alles eine Sache des Vertrauens, Charakters und der Ausstrahlung. Ich hatte einen eigenen Schulclub, St. Thrashmore[2], in dem ich die Präfektin war und mit all den unartigen Jungen und Mädchen spielte. Den Menschen gefällt es, dass ich jeder Situation gewachsen bin. Ich habe eine Zeitlang als Domina im Club Wicked[3] gearbeitet und die Leute sind zu mir gekommen und haben mich um Rat gefragt. Ich habe auch an dem Sicherheitskonzept mitgearbeitet und dem Besitzer geholfen, das richtige Image für seinen Club zu entwerfen. Es geht darum, Mumm zu haben. Raus zu gehen, zum Beispiel, oder Klinikspiele im Club zu machen. Die Dinge zu machen, nach denen man sich umschaut, die die Leute umhauen; zu reden und in der BDSM-Welt interessant zu werden.

Die Spielarten und Szenarien, die sich in einem Studio arrangieren lassen, sind unendlich. Die einzige Grenze ist deine Vorstellungskraft. Hier sind ein paar meiner Fähigkeiten. Wenn dich eine von ihnen neugierig macht, melde dich … und stell dich ordentlich hinten in der Schlange an.

---

2 Thrash = Prügel; more = mehr
3 wicked = böse, verrucht

Mumifizierung

Es ist eine Form des Bondage, aber es ist auch ein Erstickungsspiel. Du umwickelst den Sklaven wie eine ägyptische Mumie mit Bandagen oder sogar mit Klebeband, was zwar nicht die besondere Assoziation hervorruft, aber auch ein sehr nettes, fremdes Gefühl erzeugt. Manche Sklaven mögen es, vollkommen eingewickelt zu sein und völlig hilflos vor ihrer Herrin zu liegen. Es ist ziemlich therapeutisch. Es geht darum, völlig verhüllt zu sein und sich absolut nicht mehr rühren zu können. Es ist eine der einfachsten Sessions. Denn du steckst sie in einen Ledersack und verschnürst sie kreuzweise mit einem Seil, verpasst ihnen entweder eine Maske oder verbindest ihnen die Augen und der Sack hat bereits eine Maske, so dass sie komplett eingeschlossen sind. Ein Reißverschluss gestattet es dir, die Genitalien zu foltern. Ich habe in einem dieser Ledersäcke gelegen und glaub mir, es ist gut gegen Stress. Mit der Hilfe von Düften und Gras kann dein Geist in andere Dimensionen abdriften. Manche Sklaven wollen einfach nur die ganze Session über als Mumie daliegen. Es ist ein wenig so, als würdest du unter Hypnose stehen, eine Zeit, in der du dich entspannen und deinen Geist von allen Spannungen und Traumen leeren kannst.

Es ist sehr bequem. Man kann davon driften und es ist, als wärest du wieder in der Gebärmutter, sicher und warm und gemütlich. Ich mache vielleicht etwas Musik an oder rede mit ihnen oder spiele eine vorher aufgenommene Geschichte mit geilen Stellen ab … oder sie können mit Hilfe eines elektronischen Geräts eine weitere Art sinnlicher Erfahrung machen, bei dem verschiedene Geräusche abgespielt und wilde farbige Muster in die Augen projiziert werden. Sie verschwinden für die gesamte Session in ihrer eigenen Welt. Ich habe nichts weiter zu tun, als sie zu beobachten und gelegentlich ihren Puls zu überprüfen. Es ist extrem entspannend für sie. Sie können einfach daliegen, ihrem Atem lauschen und diese in Leder gekleidete Herrin beobachten, die um sie herum werkelt, bis die Session vorüber ist. Für gewöhnlich rede ich mit ihnen, wenn sie es wollen und nutze die Gelegenheit, um etwas aufzuräumen. Anders als ein offen sinnliches Spiel ist es wahrscheinlich die entspannendste Session für mich.

Ein Kunde, Henry – er ist Steuerberater – sieht mich am liebsten von

Kopf bis Fuß in Leder, mit Maske und auf dem Kopf noch eine Schirmmütze. Ich bin vollkommen anonym. Und er mag es, wenn ich mich überall an seinem nackten Körper reibe. Im Grunde hänge ich die ganze Stunde auf ihm drauf. Sein großer Traum ist es, anal vergewaltigt zu werden, doch wenn es tatsächlich soweit kommt, kann er es nie aushalten. Eines Tages ist er vielleicht dazu in der Lage, doch im Moment gefalle ich ihm einfach in meiner Rolle als Kommandantin. Er hat eine spezielle Vorliebe für mein russisches Halfter.

Andere mögen Erstickungsspiele der unterschiedlichsten Art. Beim „Facesitting" sitzt du auf dem Gesicht deines Opfers, so dass dieses keine Luft mehr bekommt. Im Englischen wird der Begriff „Queening" benutzt, keiner weiß so recht, wie er entstanden ist, aber er ist sehr beliebt. Gleiches gilt für die Technik, das Gesicht gegen deine Brüste zu quetschen. Ich kann nur vermuten, dass es Erinnerungen an das Gestillt-Werden weckt oder an eine Tante, die sie zu sehr geknuddelt hat, als sie klein waren.

Viele Leute mögen Klebeband, weil es eine ziemliche Wärme erzeugt. Wenn dir kalt ist und du spielst, sind deine Sinne sonst wo, aber nicht beim Spiel. Du denkst die ganze Zeit nur daran, wie kalt es ist und wie sehr du fröstelst. Auch wenn du mit irgendetwas geschlagen wirst tut es höllisch weh, viel mehr als sonst. Kälte verändert die Wahrnehmung von Schmerz. Es ist besser, wenn es im Dungeon etwas zu warm als zu kalt ist. Schläge mit der bloßen Hand oder der Peitsche oder Wachs fühlen sich durch einen Klebestreifen sehr ungewöhnlich an. In gewisser Weise verteilt es sich mehr und hält die Hitze länger, so dass du sie nicht nur an einer Stelle spürst.

Analerziehung

Gründliche vorherige Darmspülung ist sehr wichtig. Es kann ziemlich unangenehm werden, wenn dein Sklave es nicht macht. Manchmal kann es sogar ausgesprochen eklig sein. Im Wesentlichen geht es darum, einen Mann daran zu gewöhnen, immer größere Dildos aufzunehmen, bis hin zu regelrechten Monstern. Männer können weiter gedehnt werden als Frauen, so dass sie sie besser aufnehmen können als wir. Ich beginne mit einem dünnen, zehn Zentimeter langen Dildo mit einem Durchmesser von ein bis zwei Zentimetern, der sich nach oben hin verjüngt. Normalerweise lasse ich sie ein Mittel kaufen, das die Muskeln entspannt und weise sie an, es einzunehmen, bevor sie zu mir kommen. Sie sind nervös und ich lasse sie sich ausziehen. Ich gebe ihnen ein paar Klapse auf den Hintern, um sie etwas aufzuwärmen, dann lasse ich sie sich über einen Tisch oder eine Bank lehnen und versuche mein Glück mit dem Kleinsten. Zuerst reibe ich sie mit einer Wundcreme oder einem Öl ein. Es nervt mich, wenn sie sich vorher nicht rasiert haben, weil es dann viel sauberer und hygienischer ist. Ich würde meinen Strap-on dann nicht benutzen, sondern nur meine OP-Handschuhe anziehen. Ich habe dabei oft meine Schwesterntracht an, das hängt vom Kunden ab, aber normalerweise steht es für sie im Zusammenhang mit Kliniksex. Ich mache Musik an, sorge dafür, dass sie sich entspannen, ziehe ein Kondom über den Dildo, befeuchte ihn und führe ihn ein.

Es gibt einen Trick dabei. Ich will ihren G-Punkt finden, also muss ich etwas in ihnen herumwühlen. Wenn sie nicht zu schwer sind, kann ich unter sie greifen und gegen den Bauch drücken und ihnen dadurch zusätzliche Stimulation verschaffen. Normalerweise weiß ich, dass ich es richtig gemacht habe, wenn sie dann eine Erektion bekommen. Es geht nicht nur darum, immer dickere Dildos zu nehmen, sondern natürlich geht es dabei auch um die Lust. Doch der Sklave will alles haben, was du nur in ihn hinein stopfen kannst. Sie trachten immer danach, der perfekte Sklave zu sein, aber sie werden es nie sein.

Du zeigst ihnen den Großen und sagst: „Eines Tages wirst du den hier bekommen, Dreckskerl." Und sie sehen dich mit Entsetzen in ihrem Blick an und du sagst: „Aber heute werden wir mit diesem hier anfangen" und zeigst ihnen einen, der ein kleines bisschen kleiner ist. Ich necke sie immer wieder auf diese Weise, spiele mit ihren Ängsten. Ich beschere ihnen das reinste Kopfkino, weil sie denken, ich werde ihnen dieses Monster in den Arsch rammen. Manchmal nehme ich den großen, ziehe ein Kondom drüber und sage: „OK, los geht's, heute wirst du dieses Vieh bekommen." Dann trete ich hinter sie und habe dabei den kleinen in meiner anderen Hand versteckt. Es ist ein großartiger Trick und es macht sie wirklich an. Manchmal benutze ich einen Dildo mit Vibrator, er lenkt ihre Aufmerksamkeit vom eigentlichen Geschehen ab. Zudem ist es ihnen unheimlich, wenn ich in der anderen Ecke des Raumes bin und ihre Empfindungen manipuliere. Oder ich sage zu ihnen, ich würde meinen benutzen und das macht sie fast wahnsinnig, weil sie vom Dildo ihrer Herrin gefickt werden. Manchmal lasse ich sie Mr. Pinky oder Mr. Blacky anbeten … meine eigenen Dildos. Ich lasse sie daran lutschen, manchmal während sie anal gefickt werden. Das ist klasse. Ich habe Sinn für Humor, ich liebe es, sie zu erniedrigen und noch die letzte Scheiße aus ihnen herauszulocken. Viele von ihnen haben so etwas noch nie zuvor getan. Viele Männer haben ein deutliches Bild einer Frau in Lederhosen, kniehohen Stiefeln, Lederhemd, Mütze, Gürtel und Handschuhen vor Augen und wollen auf die Knie sinken und an meinen Strap-on lutschen. Ich weiß nicht, wo es her kommt, aber hey, wenn sie vor mir knien und meinen Gummischwanz anbeten wollen, dann ist das in Ordnung für mich. Sie wollen so gehorsam wie möglich sein.

Manche sind bisexuell. Sie kommen zu mir, wenn sie keinen Freund finden können. Es ist kein großes Problem. Es gibt ihnen einen Kick. Die Erektionen, die manche bekommen, wenn man ihnen einen Dildo rein schiebt sind wirklich unglaublich.

Da war mal ein Typ im Club Wicked, der gesehen hat, wie ich eine Klinikvorführung gemacht habe – ich habe die Brustwarzen eines Sklaven mit sterilen Nadeln durchbohrt – und wie vorsichtig ich dabei war. Er kaufte sich diese durchsichtigen Plexiglasdildos aus Holland, sehr apart. Er hatte ein großartiges Outfit und ich gab ihm zehn von zehn möglichen Punkten. Er trug oben und unten hautfarbene Strumpfhosen; er hatte sie an den Armen und Beinen und über dem Kopf und war ganz und gar in Strümpfe gehüllt. Es wird ihn nicht viel gekostet haben und er sah großartig aus. Er war absolut sauber rasiert und sagte zu mir, er wolle keine Erektion haben, er wollte nicht, dass ich seinen Penis berühre, er wollte nur Analspiel. Ich nahm immer größere Dildos bis hin zum Monster und sie gingen einfach rein, ohne dass er auch nur einmal grunzte. Er liebte es über alles. Ich hatte ihm befohlen, sich auf den Rücken zu legen, die Beine weit gespreizt, wie die Frau bei der Missionarsstellung. Ich habe ihn auch knien lassen. Er hat alles mit sich machen lassen. Es war wirklich ein großartiges Erlebnis für beide von uns. Es inspirierte mich. Er war einer der Besten.

Manche Typen jedoch versagen. Da war dieser Mann namens Ryan, der ziemlich enttäuscht darüber war, dass er es nicht ausgehalten hat. Es gibt welche, die eine extravagante Session haben wollen. Daphne, von dem hier schon die Rede war, ist ein prima Beispiel. Er wollte eine harte Session mit dem Rohrstock, will nie ein Safewort haben, wünschte sich Klammern an den Brustwarzen mit Gewichten dran. Ich setzte ihm die Klammern an – nicht die mit dem Gummistopper, sondern die grausamen mit den Krokodilzähnen – dann musste er runter auf die Knie und ich wies ihn an, die Gewichte hin und her schwingen zu lassen, damit sich die Zähne richtig schön in sein Fleisch bissen. Der Schmerz muss schauderhaft gewesen sein. Dann wollte er den Stock. Er war das erste Mal bei mir. Er muss bei einigen Dominas gewesen sein, die immer ganz sparsam nur sechs Stück auf einmal ausgeteilt haben. Aber ich mache das nicht. Mein Durchschnitt liegt bei fünfunddreißig in einem Durchgang. Das war ein ziemlicher Schock für ihn. Es haute ihn glatt um und da entschied er sich dafür, mir dienen zu wollen. Es gibt nicht viele Dominas, die bis zu diesem Punkt führen können. Ich kann dich bis an deine Grenzen treiben.

CBT

Die einfachste Form von „cock and ball torture“, also Schwanz- und Sackfolter ist das Abbinden mit Lederriemen. Du kannst ziemlich fest zuziehen und beobachten, wie der Schwanz erst rosig, dann karminrot wird und schließlich in einem wunderschönen Purpur leuchtet. So lange er nicht schwarz wird, brauchst du dir keine Sorgen zu machen. Orgasmen im abgebundenen Zustand können extrem eindrucksvoll sein. Es gibt auch Ledergeschirre, an die sich auch Gewichte hängen lassen. Die Kerle können sich darin nicht mehr selbst berühren und darum geht es hauptsächlich. Es gibt Lederhüllen mit kleinen Metallspikes darin. Wenn sie eine Erektion bekommen, tut es weh, weil sich die Dornen in das Fleisch bohren. Es ist wie eine kleine Eiserne Jungfrau. Nach der vierten Session verlange ich von ihnen, einen Cockring zu tragen und zwar wann immer es möglich ist. Ich liebe es, sie persönlich auszusuchen, sobald ich erst einmal ausgemessen habe, wie groß sie sind. Ich bringe ihnen bei, stets an mich zu denken, wenn sie ihn tragen. CBT kann alles bedeuten: mit einem Nadelrad darüber zu rollen, mit den Nägeln zu kratzen, Wachs oder Nadeln zu benutzen, ihn zu schlagen. Alles ist möglich, wenn es um den Schwanz und die Eier geht. Sandpapier, ansengen, Holzlöffel … einfach alles. Es ist eine der beliebtesten Sachen. Du kannst es sehr sinnlich machen, mit einem feinen Pinsel und Federn. Oder du kannst weiche Lederhandschuhe benutzen, die ein ganz anderes Gefühl erzeugen als nackte Haut. Ihre Partnerinnen werden vermutlich keine Lederhandschuhe tragen, wenn sie Liebe machen. Wenn also ein Lederhandschuh ihren Schwanz oder ihre Eier packt, kann es ihnen einen ziemlichen Kick geben, den sie wahrscheinlich nirgendwo sonst bekommen. Du kannst sie mit Gedanken füttern. Wenn sie CBT mögen, stehen die Chancen gut, dass es ihnen auch gefällt, wenn mit ihren Brustwarzen gespielt wird. Normalerweise besteht da nämlich eine Nervenverbindung. Wenn du ihnen, während sie auf dem Rücken liegen, Klammern an die Nippel setzt und daran ziehst – es muss ziemlich qualvoll sein – und gleichzeitig ihre Eier folterst, werden sie eine unglaubliche Erektion bekommen. Um sie vorher aufzuwärmen benutze ich Öl, zartes tantrisches Liebesöl, mit dem ich sie einreibe. Dieser Geruch warnt sie, dass die Schwanzfolter bald beginnen wird, wie beim Pawlowschen Hund. Du wirst überrascht sein, wie viel Menschen ertragen können. Ich kann einem Kerl sein bestes Stück abschnüren, es an einem Flaschenzug befestigen, ihn daran hochziehen, bis seine gesamten Sexualorgane sich vorwölben und er über dem Boden schwebt. Lockerlassen und ziehen. Lockerlassen und ziehen. Sie sind vollkommen meiner Gnade ausgeliefert.

Manche, wie Twin, mögen es, wenn du es genau anders herum machst, so dass sein Schwanz und seine Eier nach einem ausgeklügelten System abgebunden sind; dann befestige ich eine Leine daran und ziehe sein Gerät zwischen seinen Beinen hindurch nach hinten und quäle seinen Schwanz und seine Eier von hinten. Er sagt, das lässt ihn sehr gehorsam werden, weil er sich nicht bewegen und nicht sehen kann, was vor sich geht. Und es gefällt ihm, wenn ich meine roten Schnürstiefel mit den Plexiglasabsätzen und den Plateausohlen nehme und sie mit an den Riemen binde, so dass sie an seinem Schwanz hängen während dieser zusammen mit den

Eiern zurückgezogen wird. Er findet es großartig. Ich mache es lieber auf sexuell-sinnliche Art und Weise als auf die dominante Art, das raubt ihm völlig den Verstand. Doch wie gesagt, es hängt alles von deiner Vorstellungskraft ab, sie bildet die einzige Grenze.

Ich denke, es ist eines meiner Lieblingsdinge. Aber ich könnte es selbst nicht ertragen. Wenn irgendjemand mit mir da unten so umspringen würde, wie ich es mit ihnen tue, ich glaube, ich würde die Wände hochgehen. Sie müssen ihren Schmerz wirklich kontrollieren können, oder komplett verrückt sein. Aber wenn ich es mache, fühlen sie sich sicher und haben Vertrauen, denn natürlich werde ich das, was mir so viel Lust bereitet, nicht dauerhaft schädigen …

Trampling

Fußfetischisten lieben alles, was mit Füßen zu tun hat. Twin bat mich, in pinkfarbenen Pantoffeln zum Kinkfest[4] zu gehen, weil es ihm gefällt, wie meine Füße darin aussehen. Sie sitzen nur ganz locker an deinen Füßen und wenn du damit herum läufst machen sie auf ganz reizende Art Klick-Klack-Klick-Klack … Man musst eine spezielle Methode entwickeln, um darin gehen zu können.

Trampling bedeutet „herumtrampeln“ und genau darum geht es dabei. Du trampelst auf dem Sklaven herum. Es ist ein bisschen wie Balltreten. Du läufst überall auf ihnen herum. Ich würde nicht auf jemandes Vorderseite herumlaufen, wenn ich spitze Highheels anhätte, vielleicht mit Stilettos oder klotzigen Absätzen. Aber ich laufe in Highheels über deinen Rücken. Oder ich mache es barfuß, oder in Strümpfen oder Strumpfhosen, um das Erlebnis sinnlicher zu machen. Sie sehen zu gern deine lackierten Fußnägel über ihren Eiern und dem Schwanz oder über dem Gesicht oder der Brust. Ich könnte wahrscheinlich auch eine ganze Stunde nur Trampling machen, aber ich kombiniere es gerne mit verwandten Spielarten, vielleicht Erstickungsspielen. Sie haben immer ganz genaue Vorstellungen, in welchen Schuhen sie mich sehen wollen. Pantoffeln oder Stilettos. Und sie wollen eine ganz bestimmte Sorte kubanischer Strümp-

4 Kinkfest = jährlich stattfindendes BDSM-Festival in UK

fe. Sie wissen bis ins kleinste Detail, wie sie mich haben wollen. Auf alle Fälle führt es zu einer sehr interessanten Garderobe.

Sprecherlaubnis: Sklave Twin

Ich bin Fußfetischist. Ich bin ein Künstler und ich habe schon viel gemalt, wobei ich mich sehr auf Füße konzentriert habe. Mein Interesse an Füßen finde ich sehr häufig auch in der Geschichte der Kunst wieder. Doch es hat auch eine symbolische Bedeutung. Es ist die ultimative Demut, sich niederzubeugen, bis zu der Stelle, die dem Boden am nächsten ist, und jemandem die Füße zu küssen. Es ist auch sehr sinnlich, so wie es sinnlich ist, die Hände zu küssen, aber nicht so sehr, denn an die Hände kommt man leichter heran.

Ich mag auch Schuhe, sie dienen grundsätzlich dazu, die Schönheit der Füße hervorzuheben. Frauenfüße stehen für viele Fußfetischisten im Mittelpunkt des Interesses. Es ist ziemlich weit verbreitet. In China haben sie es 2000 Jahre lang gemacht. Ich hatte eine indische Freundin, die mich nie ihre Füße berühren ließ. Es hat mich wahnsinnig gemacht, doch ihre Begründung war, dass es mich in ihren Augen herabgewürdigt hätte und ich dadurch unter ihr gestanden hätte. Sie aber hat meine Füße berührt!

Ich finde, wenn eine Frau vollständig angezogen ist und der Fuß oder der Knöchel alles ist, was du sehen kannst, dann ist es unendlich viel erotischer als wenn sie nackt wäre. Du gehst an den Strand und siehst Frauen in Bikinis und es sind so viele, dass es dich gar nicht anmacht. Doch vielleicht ist da eine Frau in Rock und Bluse, mit Riemchensandalen; das ist viel geheimnisvoller und die Chancen stehen nicht schlecht, dass mehr Männer sie anschauen als irgendeine andere Frau.

Natursekt

Leute wollen aus verschiedenen Gründen angepisst werden. Männer schauen gerne dabei zu, das liegt an der Privatheit des weiblichen Aktes. Männer können in jede Gasse pinkeln, gegen Bäume, wo immer sie wollen. Die Art, wie Frauen pinkeln, ist ein ziemliches Geheimnis. Es ist fast heilig. Männer sehen es selten, wenn sie es überhaupt jemals sehen. Dabei zuzusehen ist ein Tabubruch. Und unter einer Frau zu liegen und es zu empfangen ist eine der allerhöchsten Formen von Erniedrigung und Degradierung, die ein männlicher Sklave erleben kann. Es ist die Vorstellung, die so viel Macht besitzt. Manche Männer lieben es regelrecht. Twin dient mir unheimlich gern und er liebt meine Füße, also kombiniere ich beides, um ihn zu beherrschen. Ich halte mich selbst offen und stelle meinen Fuß auf sein Gesicht, so dass mein „Champagner" mein Bein hinunter und auf sein Gesicht tropft. Es treibt ihn zum Wahnsinn.

Gefangennahme

Im Wesentlichen ist es eine inszenierte Entführung. Der Sklave hat eine Vorliebe dafür, die Augen verbunden zu bekommen und gefesselt zu sein. Ich ziehe ihnen einen Sack über den Kopf und behandle sie etwas grob, dann hänge ich sie vielleicht im Dungeon an Ketten auf und lasse sie hängen, als wären sie in einem wirklich miesen Gefängnis. Vielleicht verhöre ich sie auch. Oder ich schleiche mich langsam heran und kitzele sie, oder kratze sie ... irgendetwas um ihnen einen kleinen Schock zu versetzen. Allein sie zu berühren kann ungeheure Reaktionen hervorrufen, einen Schrei oder das Flehen um Befreiung. Es ist nicht so sehr die Angst, geschlagen zu werden, es ist eher das Kopfkino, nicht zu wissen, was als Nächstes geschieht. Es ist ein Rollenspiel. Ich trage oft meine Kommandanten-Uniform dabei. Ganz unterschiedliche Männer mögen es, ziemlich viele von ihnen sind allerdings beim Militär - was merkwürdig ist, wenn du dir überlegst, dass sie durch ihren Job dem Risiko ausgesetzt sind, eines Tages wirklich in so eine Situation zu geraten.

Hundeerziehung

Der Sklave hat bereits ein Hundehalsband, also befindet er sich bereits in diesem Reich der Fantasie. Doch manche Sklaven fahren so sehr auf die Vorstellung ab, ein gehorsamer Schoßhund zu sein, dass sie sogar das Äußere nachzumachen versuchen. Es gibt eine Art Ledermaske mit Hundeohren und einer Schnauze. Wenn sie die erst einmal tragen, machen sie im Grunde einfach nur das, was ein normaler Hund tut: sitzen, sich herum wälzen, betteln. Ich gebe ihnen Leckerlis, wenn sie brav sind und bestrafe sie, wenn sie unartig sind. Sie essen und trinken aus einem Hundenapf. Man kann auch Spiele mit ihnen spielen. Ich verteile zum Beispiel vier Näpfe im Raum, mit Hundekuchen, Schokolade, Getreideflocken und Hundefutter. Dann befehle ich ihnen, ein besonderes Fressen zu erschnüffeln und es zu essen, aber sie müssen es wie ein Hund machen. Sie müssen auch lernen, bei Fuß zu gehen. Ich führe sie an der Leine und lasse sie sehr schnell laufen, wie ein Pudel, in diesem typischen gezierten Getrippel. Ich habe das einmal auf einer Party gemacht. Ich hatte etwa acht „Hunde“ dabei und brachte sie dazu zu pissen, indem sie ihr Bein hoben. Da wuselten so viele herum, manche versuchten ständig, die anderen Hunden zu besteigen, so dass ich ihnen einen kleinen Klaps geben und ihnen sagen musste, dass sie das nicht dürften, weil der andere Hund nicht läufig sei, also haben sie sich gefälligst zu benehmen. Es war sehr lustig. Andere Dominas – ich selbst habe es noch nicht ausprobiert – haben mir erzählt, dass sie ihre Sklavenhunde mir nach draußen in den Wald nehmen. Sie nehmen es wirklich ernst.

Grübeleien eines anonymen Sklaven über das Fliegen

Mein Name ist irrelevant. Meine einzige Rolle im Leben ist es zu dienen. Es ist ein Privileg, ein Sklave der ersten TV-Moderatorin zu sein, die zugleich eine echte Herrin ist. Die Herrin kann stolz sein auf die Qualität und die Sorgfalt ihrer Züchtigungen. Als naturbegabte Sadistin erlebt sie echte sexuelle Lust durch das Zufügen von Schmerzen. Ihre Unterschrift ist in der BDSM-Clubszene wohlbekannt. Sie zieht härtere Spieler an, die es als ein Privileg ansehen, eine öffentliche Auspeitschung durch sie zu erdulden. Meine eigenen Erfahrungen bestätigen mir, dass sie jemand ist, der alles unter Kontrolle hat; der ganz genau weiß, was er zu tun hat, um sexuelle Qualen, Schmerzen, die Ausschüttung von Endorphinen, schöne Gedanken, Orgasmen und eine Veränderung der Wahrnehmung hervorzurufen. Viele nennen es fliegen. Du betrittst eine eigene Welt, zu der niemand sonst Zutritt hat.

Es ist ein merkwürdiges Leben. Es ist mein Leben. Manche werden mich für pervers halten, doch innerhalb der BDSM-Szene können Menschen so sein, wie sie nirgends sonst sein dürfen.

Manche Sklaven werden während oder nach einer Session intensive emotionale oder physische Erlebnisse durchmachen. Eine riesige Befreiung von lang aufgestauten Gefühlen. Sie fangen vielleicht an zu weinen oder brechen zusammen. Es kann überwältigend für sie sein. In solchen Situationen ist es sehr wichtig, sich auch später noch um sie zu kümmern.

Das erste Mal, das ich Daphne in einem Club gesehen habe – damals kannten wir uns noch nicht, es war, bevor er zu Daphne wurde - ist er von einer Mistress dominiert worden, die ihm eine Wunderkerze in den Arsch gesteckt hat. Diese ist ihm auf sein Bein gefallen – die Narbe ist immer noch zu sehen. Und weil er sehr schmerzgeil ist, hat seine Mistress ihn allein gelassen, doch eine andere Mistress wies darauf hin, dass sie ihn so nicht liegen lassen könne, ging hin und sammelte die Wunderkerze auf. Sie hat sich die Finger dabei verbrannt. Ich erinnere mich, dass ich dachte, das sei nicht besonders professionell. Ich könnte auch gut jemandem eine Wunderkerze in den Hintern stecken, doch wenn sie heraus fiele, würde ich dafür sorgen, dass die Wunde behandelt wird, schmerzgeil hin oder her. Der Ort war nicht besonders sauber und er hätte sich leicht infizieren können. Das ist der Unterschied zwischen mir und jemandem, der einfach nur bösartig ist. Manchen Kerlen gefällt es, doch wenn du mehr mit sinnlichen Berührungen arbeitest, ist es für sie besser. Wenn du jemanden züchtigst und ihn dann durchkitzelst, bringt es ihn ziemlich durcheinander. Jeder ist anders, aber mir gefällt einfach die Vorstellung, jemanden zu schlagen und dann mit ihnen zu schmusen. Es kann das Erlebnis für sie noch verstärken und ich habe noch nie irgendwelche Beschwerden gehört.

Daphne ist mir gegenüber oft sehr gefühlsbetont. In der letzten Zeit benutzt er BDSM, um mit seiner Krankheit fertig zu werden. Bis jetzt funktioniert es – er hat nie unter dem Schmerz gelitten, von dem ich mir gar nicht vorstellen kann, was für ein Schmerz das sein muss, doch ich habe meine Tante darunter leiden sehen und es war einfach entsetzlich. Weil er Chemotherapie bekommt, hat sich die Pigmentierung seiner Haut verändert. Ein Teil, von dem, was er bekommt, schmeckt wie schwarze Johannisbeere. Als ich ein Kind war habe ich schwarze Johannisbeere geliebt. Ich war das reinste Rotbäckchen und habe immer Johannisbeersaft getrunken. Komischer Weise habe ich ihm, als ich noch nicht wusste, dass er diese Therapie macht, Johannisbeersaft als Strafe gegeben. Ich lasse die Sklaven oft verschiedene Getränke oder Lebensmittel trinken oder essen; ein Teil der Bestrafung besteht darin, dass sie nicht wissen, was es ist – und natürlich ist er da ziemlich ausgeflippt. Er flehte mich an, es nicht tun zu müssen, aber ich bestand darauf. Er trank ein wenig davon, bis er mir den Grund für seine Abneigung erklärte. Also sagte ich, er könne es ab und zu mal trinken, oder wenn er ausgesprochen unartig war. Es wurde so etwas wie ein Witz zwischen uns. Doch einmal haben wir eine Klinik-Session gemacht. Er hatte die Augen verbunden, ich füllte schwarzen Johannisbeersaft in eine große Spritze, steckte sie ihm in den Mund und drückte den Kolben runter. Es hat ihn wirklich erschüttert und ich habe es danach nie wieder getan.

Es ist wichtig, auch danach für den Sklaven da zu sein, um möglichen irgendwelche ernsthaften emotionalen oder physischen Zusammenbrüche zu vermeiden. Deshalb ist es für mich so wichtig, vorher über mögliche medizinische Probleme Bescheid zu wissen. Wenn zum Beispiel ein Rohrstockliebhaber zu mir kommt, rate ich ihm, sich erst mit medizinischem Alkohol oder mit Öl einreiben zu lassen – nicht in Twins Fall, denn ich möchte, dass er alles spürt – da es die Haut unempfindlicher macht. Einmal habe ich jedoch einen Fehler gemacht und in einem Club nach Spiritus gefragt ... das wäre interessant geworden, wir hätten womöglich einen Arsch in Flammen aufgehen sehen. Spektakulär, aber wahrscheinlich keine gute Idee.

Nach der Rohrstocksession wische ich sie dann noch einmal ab, was den Schmerz lindert und die Heilung unterstützt, insbesondere, wenn sie angefangen haben zu bluten. Emotional tut es ihnen gut, in den Arm genommen zu werden – ein erstaunliches Heilmittel.

Trotz meiner eigenen Erfahrung damit, dominiert zu werden und obwohl ich den Spannungsbogen von Kitzeln über Kratzen bis hin zu Schlägen kenne, und obwohl ich gezwungen wurde, Dinge zu tun, mich selbst zu präsentieren, in merkwürdigen Positionen zu knien; kurz, obwohl ich das ganze Spektrum von Folter selbst erlebt habe, verspüre ich manchmal immer noch ein Anflug von Panik und Angst. Auch wenn du diese Person gut kennst, weißt du doch nie, ob sie nicht jemanden aus dem anderen

Raum holt, um deinen Körper zu inspizieren oder dich zu berühren oder einen Schwanz in deinen Mund zu zwingen. Alles oder nichts von diesen Dingen kann geschehen, wenn du dich so ausgestellt und verletzlich fühlst. Es sind die Erwartungen, nicht die körperlichen Dinge, die dich zermürben und dazu führen können, dass du am Ende emotional völlig klein bist. Am schlimmsten ist es, wenn sie dich kennen. Sie sind gemeiner, wenn sie dich kennen. Sie wissen, wie viel du aushältst. Und sie wissen, wie sie dich mental foltern können, weil du ihnen in der Vergangenheit vielleicht schon von deinen Ängsten und Enttäuschungen erzählt hast. Es kann dich wirklich bis an deine Grenzen treiben.

Wenn dein Körper Endorphine ausschüttet, kann der Schmerz manchmal unwirklich sein. Ich wurde einmal ziemlich heftig mit der Quirt geschlagen, bis ich anfing zu weinen. Doch nachdem ich alles rausgelassen hatte, fühlte ich mich völlig entspannt. Vor kurzem ging ich in die Oper und die Ruhe, die mich dort überkam, war dem Zustand sehr ähnlich, den ich erlebe, wenn ich durch Schläge in einen Endorphinrausch gerate.

Wenn du ein anstrengendes Leben führst, musst du ab und zu flüchten können. Als ich Twin zum ersten Mal bat, mich zu schlagen, sträubte er sich etwas, aber ich sagte zu ihm: „Du musst es tun. Wenn du es nicht tust, werde ich nicht bei dir bleiben." Es ist von entscheidender Bedeutung, dass ich mit jemandem zusammen bin, der mich dominieren kann. Nachdem er sich erst einmal überwunden hatte, machte er seine Sache gut, aber er musste sich darüber hinweg setzen, wer ich bin und welchen Ruf ich als Princess Spider habe, um sich in der neuen Rolle wohl zu fühlen. Die Vorstellung, eine über ihm stehende Mistress zu verprügeln, behagte ihm gar nicht, da er selbst ziemlich devot ist. Doch als Submissiver kann er mein Bedürfnis verstehen, denn es geht ihm ja genauso. Er weiß, wie große Macht es über dich haben und dich vollkommen vereinnahmen kann.

Später kann dieses Gefühl von Erlösung sich auf verschiedene Weisen manifestieren. Vielleicht bist du entspannt oder energiegeladen oder geil oder dir ist zum Weinen zumute. Es ist, als wärst du in einer Session und der prächtigste Mann der Welt sitzt nackt vor dir, aber er ist extrem langweilig und macht dich überhaupt nicht an. Doch manchmal ist es jemand, von dem du dir nie vorstellen könntest, mit ihm zu schlafen oder auszugehen; jemand, der so überhaupt nicht deinem Typ entspricht und Peng! Irgendetwas von dem, was er sagt, regt deine Fantasie an und du merkst, wie erregt du bist.

Twin hat mir gestattet, auf seinem Rücken dauerhafte Spuren mit meiner Quirt zu hinterlassen. Nicht viele Männer können so hart spielen, nicht weil sie es körperlich nicht aushielten – das können einige – sondern weil sie wegen ihrer Freundin oder Frau keine Spuren davon tragen dürfen.

Ich fragte Twin, was er mit den Narben anstellen würde, wenn wir uns jemals trennen sollten und er sagte, er würde sich wahrscheinlich ein Tatoo machen lassen. Ich sagte zu ihm, das müsste dann aber schon ein äußerst geschickt gestochenes Tatoo sein, damit es diese Narben versteckte …

Ich habe ihn einmal an der Wirbelsäule mit einem eingerissenen Nagel erwischt. Er hatte mich geärgert und ich war wütend. Ich habe ihn regelrecht aufgeschnitten und ihn übel verletzt. Daraufhin hat er mich zusammengeschissen, aber ich sagte zu ihm, er solle aufhören, mich zu ärgern oder ich würde am Ende noch auf ihn schießen. Er sagte, er würde sich lieber in die Eier schießen lassen, als das noch einmal zu erleben. Das ist die einzige seiner Narben, die ich bereue; er dagegen liebt sie. Narben sind für ihn wie Trophäen. Aber er ist ziemlich zäh. Ich sage ihm, er soll seine Eier auf die Räucherstäbchen legen und er gehorcht glücklich.

Sprecherlaubnis: Sklave Twin

Das sexuelle Element beim BDSM hat für mich weniger mit Schmerz als mit Macht und Kontrolle zu tun. Der Schmerz steigert das nur noch. Du musst leiden für das Vergnügen des Anblicks, des Geruchs, für die Dinge, die du nicht berühren oder besitzen darfst. Körperliche Strafen haben ihre Grenzen für mich, es geht mir nicht nur darum. Für mich muss auch noch eine mehr sinnliche Seite hinzukommen. Es geht darum, für etwas zu leiden, was du liebst oder vor dem du Ehrfurcht verspürst und von dem du denkst, es sei wirklich etwas Wunderschönes und Besonderes. Es geht darum, dich selbst zu opfern und dafür zu leiden.

Es ist auch eine visuelle Sache. Deshalb mag ich auch nicht die Augen verbunden haben, auch wenn es offensichtlich eine wesentliche Spielart beim BDSM ist. Sehen inspiriert mich, wenn das, was ich sehe, mich erregt.

Ich bin auf alle Fälle ein visuelles Wesen – ich bin ein Künstler – und ich nehme über diesen Weg sehr viele Informationen auf. Ich trage manchmal eine Augenbinde, weil es einfach dazu gehört. Doch ich bevorzuge eine verbale Augenbinde, du weißt schon: „Mach die Augen zu, Dreckskerl." Ich liebe es, die Kontrolle abzugeben, aber ein klein wenig behalte ich immer. Es hat mit meiner Vorstellungskraft zu tun, wirklich. Die devoten Partner haben die Kontrolle, obwohl sie die Macht abgeben, denn sie sind diejenigen mit den Grenzen. Princess Spider schert sich nicht wirklich darum, wo deine Grenzen sind! Niemand hat je zuvor meinen Rücken gezeichnet – und ich mache seit fast dreißig Jahren BDSM – niemand außer ihr.

Ich stehe nicht hundertprozentig darauf, ein 24/7-Sklave zu sein. Die Realität des Lebens lässt es nicht zu. Manche Leute wollen genau das. Manche wollen in die Rolle hinein und wieder heraus schlüpfen. Eine meiner Fantasien ist, dass ich jemanden ficke und nicht kommen darf, ehe es mir gestattet wird. Es hilft mir, nicht zu kommen. Mir gefällt die Vorstellung von langen sexuellen Begegnungen, wo du stundenlang zugange bist bist, küsst, berührst, aber nicht zum Höhepunkt kommst, weil ein Orgasmus bedeuten würde, dass es vorbei ist. Der Weg dahin ist das Fantastische, ich nenne es „begehren und verharren". Wenn du Sex hast, geht es zack, zack und ist nach ein paar Sekunden vorbei. Wenn es lange dauert und sich hinzieht, wird es zu einer Sache der Kontrolle, was die Sinnlichkeit sehr erhöht.

Manchmal mache ich mir Sorgen, ob das, worum ich in Sessions bitte, nicht vielleicht ein schlechtes Licht auf mich wirft. Ich bitte vielleicht jemanden, mich zu schlagen oder mich schlecht zu behandeln, aber so bin ich nicht wirklich, es ist etwas, was ich nur im Zusammenhang mit SM will. Ich könnte nie so mit einem Menschen umgehen oder ihn so misshandeln. Doch im Rahmen eines Spiels ist es absolut akzeptabel. Es ist ein großartiges Gefühl, einfach loszugehen und zu machen, was du willst und was du brauchst und zu wissen, dass dich niemand dafür verurteilen wird; keiner wird sagen, ach, so einer ist das. Manchmal betrachte ich mich selbst und denke: „Wohnt da eine Bestie in mir?" und wahrscheinlich ist das bei den meisten Menschen der Fall, doch es wichtig, einen kühlen Kopf zu bewahren und zu wissen, dass ich nur spiele.

Ich habe mich während einer Session noch nie wirklich unsicher gefühlt, nicht einmal beim ersten Mal. Da ist vielleicht eine gewisses Nervosität: Will ich das jetzt wirklich tun? Warum bin ich hier, um mir in den Arsch treten zu lassen? Vielleicht bin ich hier, weil ich einfach nur ihre Füße küssen will. Du setzt dich dem aus, weil du genau das willst. Und du hast Geld dafür bezahlt, also kannst du genauso gut den Gegenwert davon einfordern.

Es gibt endlos viele Variationen, wie die Leute ihren Fetisch und ihren BDSM ausleben. Was für den einen völlig normal ist, kommt dem anderen merkwürdig vor. Es gibt ein paar echt verrückte Typen darunter. Aber ich kann sie nicht ernsthaft verurteilen, denn andere Menschen sagen genau dasselbe über mich. Einer der besten Dinge beim BDSM ist, dass es keine Altersbeschränkung gibt. Es gibt junge und alte Leute, von unterschiedlichster Gestalt, Größe und Glaubensrichtung. Es ist schön, dass BDSM über all das hinaus geht

BDSM macht einen großen Teil meines Lebens aus, aber es ist nicht das ganze Leben. Es ist eine wichtige Facette meines Lebens, ich könnte ohne es nicht leben. Ich will „normalen" Sex genau so, wie ich extrem fetischistischen Sex haben will. Ich weiß aber, dass es für manche Leute das ein und alles ist. Sie können überhaupt keine sexuelle Erlösung erleben, solange nicht in irgendeiner Form BDSM oder ein Fetisch eine Rolle spielt. Das sind potentiell eher zwanghafte Menschen. Du fährst auf einen bestimmten Gegenstand ab, wie zum Beispiel einen offenen roten Lederschuh, und das bedeutet dir alles. Es ist, als würde aus aller Erfahrung ein einziges, mächtiges Bild heraus destilliert. Wenn der Schuh schwarz oder gelb ist, hätte er seinen Reiz für dich verloren. Es endet damit, dass du alles andere abblockst. Es ist wichtig, die Distanz zu bewahren. Dem Spiel einen Platz in deinem Leben zuzuweisen, und der Realität einen anderen. Alles andere würde bedeuten, eine Menge Dinge in deinem Leben aufzugeben und ein seltsamer Mensch zu werden. Jeder, der das macht, wird mit der Zeit zu langweilig. Was andere Menschen interessant macht und was mich so zu Princess Spider hinzieht ist die Tatsache, dass sie viele andere Interessen hat. Sie ist sehr tiefgründig und dadurch konnte die enge Verbindung zwischen uns entstehen.

Es ist ziemlich anstrengend, eine Session durchzuführen. Ich muss dafür sorgen, dass sie und ich konzentriert sind, für eine Stunde, vielleicht für zwei. Früher, als es noch verbreiteter war, zu Dominas zu gehen, habe ich eine Session nach der anderen gemacht, manchmal bis zu vier Stück hinter einander. Danach war ich körperlich völlig erledigt und bin nur noch ins Bett gefallen. Jetzt fühle ich mich schon nach zwei Stunden so. Ich frage mich oft, wie die Kunden es schaffen, zu einer Session in der Mittagspause auszukneifen und danach zurück ins Büro zu gehen, ohne an ihrem Schreibtisch einzuschlafen. Die Euphorie und Begeisterung muss sie die Stunden überstehen lassen.

Ich halte sie dazu an, auf dem Weg nach Hause in ihrem Tagebuch etwas über die Session zu schreiben, wenn ihnen alles noch frisch im Gedächtnis ist. Dann wird es ihnen frisch im Gedächtnis bleiben, solange sie dieses Buch haben. Ich weise sie auch an, mir per E-Mail, SMS oder Telefon ein paar Tage, nachdem sie bei mir waren, ein Feedback zu der Session zu geben. Es ist eine Möglichkeit, sie in meinem Netz zu halten.

Wie viele Menschen gibt es da draußen, die sich selbst fesseln und sich selbst dominieren? Ich weiß, dass Twin es tut. Er fragt mich in einer SMS um Erlaubnis, ob er sich selbst fesseln darf. Ich kann physisch nicht mehr mit ihm spielen, als ich es schon tue. Jedes Mal, wenn ich ihn sehe, spielen wir. Was mag es bedeuten, dass sie darum bitten, selbst wenn ich nicht da bin? Manchmal frage ich mich, ob er die Sache nicht einfach mal vergessen und für eine Weile sein lassen könnte und an etwas anderes denken könnte als an das Spiel. In gewissem Maße verstehe ich, warum das so ist; er hat niemals zuvor jemanden wie mich getroffen, der ihm so viele Türen geöffnet hat, der seine Faszination und seine Leidenschaft teilt. Er hat seine perfekte Mistress bekommen. Wird diese ganze Mistress-Sache es zerstören? Vielleicht wird die Besessenheit zu groß. Benson treibt die Dinge mit Sicherheit zu weit. Twin ist nicht übermäßig besessen, doch bei uns ist der sexuelle Aspekt so betont, die Orgasmen sind so machtvoll, dass ich verstehen kann, warum er so inständig darum bittet. Er sagte zu mir: „Du bist wie eine Droge. Ich muss dich haben. Wie wenig es auch immer sein mag." Manchmal ruft er mich abends an, so dass er mich hören kann, wie ich mit ihm spreche, während er masturbiert. Ich lasse ihn meine roten Schuhe holen und lasse es ihn darüber tun, während ich mit ihm spreche.

Sprecherlaubnis: Sklave Twin

Die Herrin wird auf ein Podest gestellt. Sie pisst nicht, sie scheißt nicht, sie furzt nicht, sie isst nicht, sie hat keine Probleme, sie ist im Grunde eine Göttin: Sie ist perfekt.

Doch was mich angeht, ziehe ich eine unperfekte einer perfekten Göttin vor.

4.
Wenn der Strap-on sitzt …

Die meisten Kerle wollen mich nicht in meinem Lederoutfit. Es ist erstaunlich, was ich für sie tragen soll. Ich habe einen Kunden, der mag es, wenn ich weiße, knielange Unterhosen für ihn anziehe.

Princess Spider

Uniformen und Kostüme … dahinter steckt keine echte Bedeutung, außer dass sie einen gewissen Kick bringen, einen sinnlichen Schauder. Es ist für gewöhnlich etwas, worum die Sklaven bitten. Wenn sie Kontakt aufnehmen, frage ich sie, worauf sie stehen und was ihnen gefällt. Und sie sagen Leder, Lack, Klinik, Gummi … was auch immer. Die Bandbreite an möglicher Kleidung ist schwindelerregend. Blättere in einem Fetischkatalog und du wirst bombardiert mit Hosenanzügen und Tuntenkleidern, Miniröcken und Stringtangas, Catsuits und Ballkleidern, ultraknappen Tops, Kleidern mit offenem Hinterteil, tittenfreien Bodys, Kimonos, chinesischen Fußfesseln … Die Liste ließe sich endlos fortsetzen. Alles in den erstaunlichsten Materialien, die sich wie eine zweite Haut an den Körper schmiegen. Ich liebe Leder und ich denke, es steht mir am Besten. Doch andere haben eben andere Vorlieben.

Wenn es wirklich heiß wäre, würde ich kein Gummi tragen, weil man darin vor Hitze fast umkommt und weil es deine Bewegungsmöglichkeit einschränkt. Es ist netter, frei zu sein. An sehr heißen Tagen bin ich versucht, gar nicht zu dominieren. Einmal fühlte ich mich nicht besonders und dieser Sklave kam rein und wollte diese Analbehandlung in voller Ledermontur. Ich sagte: „Es kann sein, dass ich etwas benebelt bin, ich bin heute schon mal umgekippt.“ Ich bin immer ziemlich ehrlich mit den Kunden und er sagte: „Oh, Mistress, ziehen Sie die Ledersachen bloß aus und nehmen Sie etwas, worin Sie sich besser fühlen.“ Und am Ende haben wir nur im Dungeon gesessen, Tee getrunken und geplaudert. Er ist ein netter Kerl, er arbeitet in der City, hat aber nicht viel Freizeit. Einmal hat er sich von einer in Leder gekleideten Mistress mit dem Motorrad entführen lassen. Der Fantasie sind einfach keine Grenzen gesetzt.

Ich habe schon nackt dominiert, oder in blumigen Kleidern, in Krankenschwestertracht oder im Reitdress. Ich trage am liebsten Armeeuniformen, weil ich mich darin stärker fühle. Es ist etwas schräg, ein Soldat mit Dreadlocks, denn als ich in der Territorial Army war, hatte ich kurze blonde Haare. Eine Menge Leute mögen mich in Leder und es gibt nicht viele Dominas, die viel Leder tragen, vor allem, weil es so teuer ist. Ich bekomme meines aus Holland, dort ist es billiger. Twin ist anders. Er mag mich immer, sei es in Perlen, im rosa Schlüpfer, in ein Handtuch gewickelt oder im Evakostüm …

Es ist bekannt, dass Männer visuelle Wesen sind. Sie werden von dem stimuliert, was sie sehen. Also zielt das, was du trägst genau darauf ab. Ich suche immer nach den Schlüsselwörtern, wenn ich mich mit Leuten unterhalte. Ich frage sie nicht direkt über die Dinge aus, sondern warte ab, welche Reaktionen sie bei bestimmten Worten zeigen und das reicht mir dann, um weiter zu machen und sie später mit etwas zu überraschen, was damit zu tun hat. Während einer Unterhaltung lasse ich vielleicht das Wort „Strümpfe“ fallen, in ihren Augen blitzt es verdächtig auf und ich weiß genau, was sie durcheinander bringt. Wenn du diesen Köder erst einmal gefunden hast, kannst du ihn jederzeit auswerfen und schon hast du sie am Haken.

Wenn ich ausgehe, sind sie überall um mich herum. Einer holt mir einen Drink, ein andere massiert mir meinen Arm, wenn ich gleich spielen soll. Ich muss mir meine Zigaretten nie selbst anzünden. Es ist schlichte Höflichkeit und es entspricht dem Bild eines Sklaven, ein Gentleman zu sein und eine Frau einfach ordentlich zu behandeln. Es ist ein schöner altmodischer Brauch. Wenn du in den 50er Jahren zu einer Domina gegangen bist, hast du kein Studio zu sehen bekommen wie heute. Es konnte auch einfach ein Wohnzimmer sein. Sie haben vielleicht Highheels getragen, eine Bluse, einen geschlitzten Rock und die Andeutung eines Strumpfes. Damals waren die Dominas eher Erzieherinnen. Mein Vater hat sich seiner Mutter gegenüber stets sehr respektvoll verhalten und so bin ich auch mit meinen Eltern umgegangen. Und ich versuche, meinen Kindern beizubringen, sich ebenso zu verhalten. Sie können etwas frech werden, aber sie wissen, wann ich es ernst meine.

Bühnenshows machen einen wichtigen Teil meiner Popularität aus. Sie bringen mir unheimlich viel Spaß, erfordern aber höllisch viel Vorbereitung und Organisation. So etwas vor fünfzig bis hundert Leuten zu machen kostet einiges an Nerven. Manche Dominas haben ziemlich wenig Selbstvertrauen, ob du es glaubst oder nicht. Sie sind nicht wie Schauspielerinnen. Sie können eine Session mit einer Person machen, aber nichts so großes, wie eine Bühnenshow; da kneifen sie in letzter Minute. Ich genieße diese Auftritte immer. Ich habe devote Performances mit Master Alex gemacht und wenn du das einmal gemacht hast, ist es ziemlich einfach umzuschalten und den dominanten Part zu übernehmen, weil du Selbstvertrauen entwickelt hast.

Ich weise jeden Teilnehmer individuell ein. Ich erzähle nicht vor dem ganzen Team, was zu tun ist, denn auf diese Weise kann ich ihre Fehler dazu benutzen, während der Show noch Öl ins Feuer zu gießen. Sie müssen Fehler machen, so dass ich meinen Job erledigen kann. Es hilft dabei, die Authentizität der Session zu bewahren.

Twin strengt sich sehr an, ein guter Sklave zu sein, aber er kommt her und ich sage: „Und wo sind meine Süßigkeiten?", und er hat sie schon wieder vergessen. Ich sage ihm, er soll rausgehen und mir welche holen. Natürlich benehmen sie sich zum Teil absichtlich daneben, eben weil sie bestraft werden wollen.

Kinkfest 2, London, Juli 2004

Du trittst in den muffigen Tunnel unter der London Bridge Station und du weißt, dass du am richtigen Ort bist. Petroleumrauch und Staub, das gedämpfte Tosen des Verkehrs und der Rolltreppen. Der große Bogen, in dem die Schienen und die Züge verschwinden, verschluckt dich und führt dich an eine Eisentür zu deiner Rechten, wo schwarz gekleidete Rausschmeißer dich gleichgültig mustern. Drinnen kaufst du eine Karte am Schalter und trittst ein ins Wunderland. Die vorherrschenden Farben sind schwarz und purpur, königlich und geheimnisvoll. Es ist noch früh, aber es spazieren bereits Gäste in Schuluniformen, schwarzem Leder, Gummi und PVC herum, schauen sich um und naschen soviel von den visuellen Leckereien wie möglich. Durch das Stimmengewirr und den Rauch ist die hell erleuchtete Bühne zu erkennen, auf der Le Je Ra's Reanimation gezeigt wird. Eine nackte Frau, komplett silbern angemalt, bewegt sich roboterhaft; ein Androide, zur Lust geschaffen. Sie windet sich tanzend und als sie einer Androidengefährtin vorgestellt wird, einem weiteren verlockenden weiblichen Roboter, fühlt sie sich augenblicklich zu ihr hingezogen. Ihr Schöpfer ist entsetzt, so hatte er sich das nicht gedacht. Er wollte, dass beide ihn verehren. Doch die Roboter überwältigen ihn und entfliehen gemeinsam in eine ungewisse Zukunft. Der Kick im Leben besteht darin, dass man nie weiß, was als nächstes kommen wird. Die Sklavenwelt als Mikrokosmos.

Die Stände sind voll von Kuriositäten und Neugierige drängen näher. Die ganze Zeit über gibt es kleinere Zurschaustellungen und Nebenaufführungen. An einem Gerüst werden fest verschnürte Freiwillige hoch gewunden, ihre Körper von den Knoten fast verdeckt. Du kannst dir nicht vorstellen, wie ästhetisch und ansprechend Seil aussehen kann. Es schlingt und windet sich um Pobacken und Brüste, teilt und entblößt und hebt Teile des Körpers an wie die besten Push-up. Die Mädchen hängen in ihren Fesseln, wie prächtige Fleischstücke beim Schlachter. Blitzlichtgewitter, Fotos werden gemacht. Das Schweigen der Menge, hingerissen von der kunstvollen Magie der Seile.

Du kannst Kleidung kaufen, zeremonielle Schwerter, SM-Möbel, Bücher. Alles ist möglich. In dunklen Ecken werden Männer liebkost oder mit der bloßen Hand geschlagen. Frauen werden über Tische gebeugt, um Flogger oder Peitschen vorzuführen. In einer Lichtung inmitten der Menge schwingt ein Mann geschickt, mit der Zärtlichkeit eines Liebhabers, eine gigantische Bullwhip, lässt die bösartige Spitze an Körpern lecken, die sich in Erwartung eines gewaltigen Hiebes verspannen, der niemals kommt. Eine Frau stößt Nadeln durch die weiche Haut barbusiger Models; rote Seide windet sich um den Stahl und erschafft die Illusion, das Fleisch sei eine Bekleidung. Elektrische Geräte brausen und knistern gegen nackte Körper, beschwören die Schwarz-Weiß-Filme von James Whale herauf.

Ein Korsett ist so eng geschnürt, dass es aussieht, als würde die Frau darin in zwei Hälften geschnitten. Sie gleitet elegant dahin, ihr Taillenumfang beträgt vielleicht noch dreißig Zentimeter. Überwältigende Models starren von Fetischfotos, die die schwarzen Wände schmücken, auf dich herab. Das Dröhnen der Klimaanlage, das Schlagen und Hämmern der Musik verschluckt den größten Teil jeder Unterhaltung. Es ist ein berauschender, faszinierender Flug durch das Verbotene, das Gottlose, das Fantastische.

Auf der Bühne zeigt Gwendoline Lamour inzwischen eine unverschämte Persiflage und gibt den schlüpfrigen Song von Rosie Lugosi, eines in PVC gehüllten Vamps, zum Besten. Und dann gehen die Lichter aus. Du stellst fest, dass du keine Luft mehr bekommst, als hätten alle Lungen im Raum die Luft mit einem Zug aufgesogen. Wie eine einzige Welle bewegt sich das Publikum vorwärts. Kaltes blaues Licht fängt einen Sklaven ein, der isoliert in der Mitte der Bühne kniet. Die Musik scheint aus den Lautsprechern zu huschen, verzerrt und spinnenartig. Noch mehr Licht, gedämpftes, verfremdetes Grün, ergießt sich über eine vornüber gebeugte Gestalt. Aus der Dunkelheit schält sich eine Form heraus, ein riesiges, schneeweißes Mandala, das die Aufmerksamkeit des Publikums auf sich zieht, wie etwas Entsetzliches, was im Gedächtnis unserer Rasse verankert ist, etwas, was Angst hervorruft und den Verstand elektrisiert.

Ein gigantisches Spinnennetz.

Noch mehr blasses Licht. Noch mehr Sklaven. Alle in Posen tiefster Unterwerfung. Du siehst fast ihr Herz zitternd unter der nackten Haut pochen. Sklavin Daphne, Sklave Strangeways, Sklavin Vixen und Sklavin Nicky. Captain Clit betritt die Bühne, Praktikantin bei Princess Spider, die letzte Mitwirkende bei diesem Auftritt. Die Musik wechselt und Spider gleitet über die Bühne, um Daphne und Strangeways feierlich in Position zu stellen. Während sie beginnt, die beiden aufzuwärmen, befiehlt sie Vixen und Nicky, ihre Tops auszuziehen, so dass Captain Clit mit der Nippelfolter bei ihnen beginnen kann, gefangen in den Seilen des Netzes wie bedauernswerte Fliegen.

Princess Spider springt mit athletischer Geschmeidigkeit von ihren kriecherischen männlichen Sklaven zu den sich windenden Frauen, bevor sie sich dem Verlangen des Publikums beugt, ihre Künste mit der Quirt, der Waffe ihrer Wahl, zum Besten zu geben. Den Zuschauern bietet sich ein Anblick, bei dem die Kinnladen reihenweise nach unten klappen, Spider springt hierhin und dorthin, nimmt den Rhythmus der Musik auf, deren Beats auf das Publikum einhämmern. Die Peitsche tanzt in ihrer Hand als sei sie lebendig. Die Sklaven zucken und winden sich, sobald die glühende Zunge auf ihr Fleisch trifft.

Die Lichter werden schwächer und Dunkelheit kriecht in die Spalten jedes Geistes. Wie lange wird es dauern, bevor sie in der Lage sein werden, an etwas anderes zu denken als an das Spektakel, dessen Zeugen sie gerade geworden waren?

Momentan strafe und erziehe ich bei Mottoabenden in Clubs eher Frauen, meistens sind es Schul-Rollenspiele. Bei einer Gelegenheit inspizierte ich mit der Schulleiterin zusammen die Unterhosen im Club. Die meisten anwesenden Männer und Frauen händigten ihre Partner bereitwillig für eine schnelle Tracht Prügel oder ein kleines Spielchen aus …

Ich habe eine Sklavin in meinem Netz, sie ist sehr gehorsam und liebt meine Quälereien. Weibliche subs sind für gewöhnlich empfänglicher für sinnliche Spiele; ihre Körper sind sehr faszinierend anzusehen, wenn sie unter den Schwänzen meiner Katze zittern. Sie genießen besonders das Spiel mit Eis und Wachs und ich bevorzuge ihre totale Unterwerfung. Eine Sklavin dient mir taktvoller und freundlicher. Eine Frau zu haben, die dir jede deiner sexuellen Fantasien gehorsam erfüllt, ist eine wirklich erhebende Erfahrung.

Sprecherlaubnis: Sklave Rooster

Es ist interessant, ihr dabei zuzusehen, wie sie andere Frauen dominiert. Es ist viel sanfter, viel erotischer. Aber immer noch machtvoll. Sie kann die Frau dazu bringen, dass sie ihr aus der Hand frisst. Die Sklavinnen – und davon gibt es nicht allzu viele – empfinden durch sie große Lust.

Im Ganzen gesehen suchen Männer keine sexuellen Erfahrungen, auch wenn es genau anders herum zu sein scheint; sie wollen ihrer Herrin vollkommen dienen, sei es als Dienstmädchen oder in einer Szene, in der sie vollständig dominiert werden. Das Fesseln und Necken gehört dazu und die meisten männlichen Sklaven genießen eine abwechslungsreiche Szene oder Session, wenn sie sich mein Spinnennetz probeweise ansehen. Sie wissen den disziplinierenden Faktor des Dienens zu würdigen und werden eher visuell angeregt. Sie sind sehr liebenswürdig und höflich und respektvoll. Ich habe ein paar Persönlichkeiten kennen gelernt, die einen tiefen Eindruck bei mir hinterlassen haben. Männer neigen dazu, den geistigen Machttausch zu genießen, der sich während einer Session entwickelt; sie wollen ihren Arbeitsstress und die Alltagsprobleme ablegen. Es ist eine Möglichkeit für sie sich für eine kurze Weile aller Verantwortung zu entledigen.

Meine Bisexualität hilft mir, beide Seiten der Medaille namens Lust zu verstehen. Im Moment bin ich eher heterosexuell, aber natürlich kommt es immer wieder mal vor, dass ein Mädel meine Spinnenseele in Brand steckt, sei es eine devote oder eine dominante Frau. Ich werde diese Seite meiner Sexualität immer genießen.

Im Ganzen gesehen dominiere ich jedoch am liebsten einen kräftigen Mann und bringe ihn langsam unter meine Kontrolle.

Sprecherlaubnis: Sklave Rooster

Einer Menge mächtiger Männer – und ich halte mich selbst für einen ziemlich mächtigen Mann in meinem Umfeld – gefällt es, wenn sie ihre Macht abgeben können und ihnen gesagt wird, was sie zu tun haben, anstatt dass sie den Leuten sagen müssen, was sie tun sollen. Es ist ein ziemlich schönes Gefühl. Wir waren zu zweit in Las Vegas auf Geschäftsreise. Wir haben den ganzen Tag gedreht und waren beide ziemlich müde. Wir hatten ein fantastisches Zimmer im Flamingo-Hotel, mit Blick auf das Cesar Palace. Wir sind hundemüde vom Abendessen wiedergekommen und ich freute mich darauf, endlich schlafen zu können. Eines der Dinge, die ich gewöhnlich für sie tue ist, dass ich ihre Unterhosen wasche. Wir badeten zusammen und sie warf ihre Unterhose nach mir und befahl mir, sie zu waschen. Die ganze Zeit über macht sie diese spielerischen Bemerkungen. Sie ging in das Badezimmer, ich denke, nur scheinbar, um ihre Zähne zu putzen, und ich lag auf dem Bett. Das Gesicht nach unten dämmerte ich langsam weg. Sie kam aus dem Badezimmer und ich hatte meine Augen geschlossen. Sie legte mir eine Augenbinde an und fesselte mich und das nächste, was ich mitbekam war, dass sie ihre Peitsche raus geholt hatte. Sie schafft es immer wieder, dich zu verwirren, wo im Raum sie sich gerade befindet, sobald sie dir erst einmal die Augen verbunden hat. Dadurch gerätst du in einen Zustand, in dem du dir alles Mögliche ausmalst. Du bist dir nicht sicher, wo sie ist und plötzlich berührt sie dich oder sagt etwas und du denkst, jetzt wüsstest du es, und plötzlich ist sie wieder ganz woanders. Also ergibst du dich der ganzen Sache und beschließt, es zu genießen, andernfalls würde es dich irre machen. Ich hörte das Knallen ihrer Peitsche und zuckte zusammen, weil ich wusste, dass sie sehr bösartig damit sein kann. Sie trinkt niemals, wenn sie vorhat, die Peitsche zu benutzen, weil du ein hohes Maß an Präzision brauchst. Sie begann also, mich leicht auf den Arsch zu schlagen und ich schrie ein bisschen – wir müssen nebenan zu hören gewesen sein, weiß der Teufel, was die dabei gedacht haben – doch es war absolut fantastisch, genau in dieser Situation, unter diesen Umständen, in einem Hotel in einer der großartigsten Städte der Welt.

Und was sie manchmal zu dir sagt. Am Ende unterwirfst du dich ihr. Es ist unvermeidlich und unausweichlich. Sie hat die Fähigkeit, dich in solchen Momenten zu kontrollieren. Du überlässt dich ihr vollkommen. Sie ist ziemlich geschickt darin, ihre Stimme einzusetzen, die verschiedenen Stimmlagen. Sie kann sehr besänftigend sein, aber auch fragend und böse und neckend und wild. Sie hat Tricks auf Lager, die einen Mann glatt in den Wahnsinn treiben können. Sie kennt jedes Spiel. Und wenn du einmal so etwas erlebt hast, ist es schwer, das wieder zu vergessen. Es ist, als wärst du jedes Mal mit einer anderen Person zusammen. Jeder Tag bringt eine neue Herausforderung, ein neues Gesicht. Es hält dich bei der Stange.

Viva arania! Sie ist eine bemerkenswerte Domme. Ich glaube, weil es in ihrer Seele ist. Sie ist ein Naturtalent.

5.
Gefangen im Netz

Ich habe ein Bild von mir als kleines Mädchen mit engelsgleichen hellblonden Locken. Du würdest nicht glauben, dass dieses hübsche kleine Ding sich in etwas verwandelt, das bei den Männern Träume – oder Alpträume – hervorruft.

Princess Spider

Es ist das Ende der Nacht. Ich kann nicht schlafen. Ich muss abschalten und es gibt nur einen Ort, an dem ich mich wirklich zu Hause fühle, wo ich mich entspannen kann und den Frieden finde, den ich suche. In der Dunkelheit schleiche ich durch das Haus, bis ich die einfache Holztür erreiche. Ich entriegele sie und versinke im Traumland. Ich weiß instinktiv, wohin ich meine Füße zu setzen habe. Ich kenne diese Gerüche, den Hauch von Vanille und Jasminduft. Den Geruch nach Gummi und Leder. Nach Blut und Schweiß. Blut.

Hier ist die Glasvitrine mit den Cockringen, Butt Plugs und Glasdildos, dem Spekulum und der elektrischen Ausrüstung.

Überall um mich herum schimmert es metallisch. Die Schlösser, Haken, Penisgewichte, die Zähne an den Klammern, die sich in Nippel und Genitalien beißen. Seile hängen verteilt im Raum herum wie Gedärme im Schlachthof.

Hier sind die Stöcke, Paddles und Rohrstöcke aus Bambus, aufgereiht wie Soldaten, die auf die Inspektion warten. Der dumpfe Aufschlag, wenn sie auf nacktes Fleisch treffen. Die intensive Hitze. Die Haut wölbt sich in Horizontalen des Schmerzes vor. Wenn du diesen Ort verlässt, kannst du aussehen wie ein Tiger.

Hier sind Reitgerten und meine geliebten Reitpeitschen, die Quirts. Sie hinterlassen Striemen und blaue Flecken auf deiner Haut, knallen wie weit entferntes Geschützfeuer, mit Riemen, die sich in deine Haut schneiden können.

Hier sind die mehrschwänzigen Peitschen: die Flogger und Katzen. Eine Flogger kann die Haut wärmen, sie können sehr sinnlich sein, abhängig von dem Material, aus dem sie gefertigt sind. Die Haut wird rasch rot, als erröte dein Hintern angesichts der Aufmerksamkeit, die ihm entgegengebracht wird. Striemen entstehen, wenn du heftiger zuschlägst.

Und die Single-Tails, die Bullwhips. Striemen und Schwellungen. Die Königin unter den Peitschen. Konzentrierte Agonie und Male, die noch Tage später brennen.

Die Wände scheinen zu vibrieren in der Erinnerung an Auspeitschungen und das Flehen um Gnade.

Die Hauben und Masken auf ihren Halterungen starren leer auf den Fußboden, selbst jetzt, hohl und unbenutzt, nehmen sie eine unterwürfige Haltung ein. Das Andreaskreuz wartet geduldig auf ein weiteres Paar Arme, die weit gespreizt daran Halt finden. Wie vertraut ihm das Zittern der Körper ist! Der Bondage Thron. Mein Ruheplatz. Ich lasse mich darauf nieder und betrachte den Gyn-Stuhl von oben bis unten, die schwarze Ausrüstung zur Atemkontrolle hängt über einem schimmernden Gestell. Flaschenzüge und Balken. Spreizstangen. Ketten drehen sich langsam, als würden sie von den Geistern der Schmerzsklaven berührt, die diesen Ort in ihren Träumen aufsuchen. Der Metallwagen, bedeckt mit medizinischen Tüchern, Schachteln mit Nadeln, Gummihandschuhen, Tupfern und einer gelben Dose für die gebrauchten Nadeln. Gels, Gleitmittel und Salben. Spritzen, Spiegel, glitzernde Analsonden. Käfige. Kerzen. Kissen. Stühle und Tische, geschickt gezimmert, um den Zugang zu den empfindlichsten Stellen zu ermöglichen.

Es ist ein schauriges Laboratorium ganz im Sinne Victor Frankensteins, es ist das genaue Gegenteil zu Dornröschens Boudoir aus Samt und Seide, es ist die reich verzierte, knarrende Tür für einen wissbegierigen Geist.

Das bin ich.

Mein Herz hämmert, als würde auf der anderen Seite der Tür ein Sklave geduldig darauf warten, dass ich ihm gestatte, in die Welt seiner finstersten Alpträume und seiner sehnlichsten Wünsche einzutreten.

Einen Dungeon für eine Session vorzubereiten ist eine heikle Aufgabe in meinem Job. Wenn mich ein Kunde besucht, stehe ich früh auf und hantiere ein paar Stunden in meinem Nachthemd herum. Ich nehme ein ausgiebiges Bad mit schönen Badeölen, so dass die Mistress gut riecht, und dann, ein paar Stunden vor der Session – es hängt davon ab, wie viele sich angekündigt haben, es können vier oder fünf sein oder auch nur einer – stelle ich sicher, dass überall staubgesaugt wurde und es sauber ist. Ich wische alles mit sterilen Tüchern ab und schalte das Licht an. Ich lege Hundehalsbänder, Hand- und Fußfesseln und eine Maske bereit. Ich stelle sicher, dass alle Nadeln noch steril verpackt sind und wähle den Duft aus, den ich benutzen will – Vanille, Jasmin und so weiter – abhängig von meiner Stimmung und der besonderen Richtung der bevorstehenden Session. Ich verwandle diese gemietete Umgebung höchst effektiv in meinen Bereich und mein persönliches Heiligtum. Ich will, dass mir dieser Geruch dabei hilft, in meine eigene Gedankenwelt einzutauchen. Die Musik hilft mir ebenfalls dabei. Ich zünde die Kerzen an und poliere die Spiegel, denn das Spiel des Lichts in ihnen kann die Stimmung auf spektakuläre Weise verändern. Kerzen sind auch deswegen gut, weil sie Atmosphäre schaffen und weil ich nie weiß, ob ich nicht jemanden mit Wachs behandeln will.

Ich sitze eine Weile ich meinem Dungeon, entspanne mich, denke nach, meditiere, nehme die Umgebung in mich auf und stelle eine Verbindung her zu den immer gleichen Möbeln und Geräten und dann gehe ich und ziehe schnell mein Outfit an. Ich gönne mir immer eine Zeit der Ruhe, um mich auf den Raum einstellen zu können.

Ich sollte vorher einen kurzen Brief von ihnen bekommen haben: was sie mögen und was nicht, ob sie Allergien haben, schlechte Erfahrungen gemacht haben, ob sie schon bei anderen Herrinnen waren. Manchmal knie ich nieder und bete kurz vor Beginn der Session. Ich verbanne die Mutter, die ich bin, aus meinem Kopf und denke von mir nur noch als Princess Spider. Ich lasse ihre Persönlichkeit immer stärker durchschimmern.

Freunde werden dir sagen, dass ich als eine Person ins Badezimmer gehen kann, mich umziehe und schminke und als jemand völlig anderes wieder heraus komme. Ich habe mich verändert und das nicht nur in Hinblick auf die Kleidung oder sonstige Äußerlichkeiten. Wenn ich raus gehe, setze ich immer eine Sonnenbrille auf, selbst in der Nacht, weil es Teil meines Images ist, wie eine Kommandantin oder eine Gefängniswächterin auszusehen. Es ist wichtig, vor einer größeren Veranstaltung Zeit für mich zu haben, damit ich mich etwas treiben lassen kann und die Ruhe finde, die ich für die Arbeit brauche.

Jetzt muss ich immer zur Arbeit fahren, weil ich kein eigenes Studio mehr habe, ich muss also mit der U-Bahn fahren und zu Fuß gehen. Der Gürtel, mit meinen Schlaginstrumenten, passt in meine Handtasche und ich habe in den verschiedenen Studios Outfits deponiert. Oder ich nehme etwas mit, was aber sehr selten ist, weil ich es tragen muss. Die Ausstattung des Dungeon wird immer bereitgestellt. Du kommst in einen voll ausgestatteten Raum. Ich trage meinen Gürtel, sie klopfen an die Tür und ich sitze auf meinem Thron, wenn sie eintreten. Der Thron steht normaler Weise dem Eingang genau gegenüber. Ihr Blick fällt direkt auf dich, sobald sie den Raum betreten. Du stehst sofort im Mittelpunkt ihrer Aufmerksamkeit.

Ich frage sie, wie ihre Fahrt war und sie geben mir ihren Obolus. Dann lasse ich sie sich ausziehen. Dann müssen sie auf alle Viere gehen, wobei der Kopf den Fußboden berührt. Jede Session beginnt so, ohne Ausnahme.

Sie betreten den Raum und der Geruch versetzt ihnen einen Schlag. Meistens wird es Weihrauch sein oder Leder – mein alter Dungeon hat sehr intensiv nach Leder gerochen, weil ich so viel davon hatte – oder ein künstlicher Duft. Sobald sie sich in dieser Umgebung befinden, rutschen sie automatisch in ihre Rolle hinein. Du kannst erst sagen, ob sie wirklich entspannt sind, wenn sie ihre Halsbänder und ihre Fesseln tragen, wenn sie dir Bericht erstattet oder ihr Tagebuch abgegeben haben. Ich lese und kommentiere es und bohre nach. Manchmal lege ich sie über einen Stuhl und drohe mit fünfzig Stockhieben. Und ich weiß, wie gelassen ein Sklave ist, da ich seine Reaktionen beobachte. Ich sage ihnen immer, sie müssen lernen, wo ihr Platz ist.

Einmal kam ein Sklave für eine zweistündige Session und kurz bevor er ankam hatte er Krach mit seiner Frau – sie waren geschieden, aber sie hatten sich über die Kinder gestritten – und ich sagte: „Du bist nicht so wie sonst heute Abend. Was ist passiert? Irgendetwas ist geschehen. Brauchst du Zeit zum Entspannen?"

Er trank gerne während der Session und obwohl ich es nicht gut heiße und es gewöhnlich nicht gestatte, wusste ich, dass er es verträgt und gab ihm einen Wiskey. Er hatte seine Freundin mitgebracht, sie wartete in einem anderen Raum und sie erzählte mir, dass er diesen ärgerlichen Telefonanruf gehabt hatte, fünf Minuten bevor sie im Studio ankamen. Ich sagte: „Mach dir keine Sorgen, ich kann ihn entspannen. Lass ihm etwas Zeit." Danach ging es ihm gut. Er brauchte eine Verschnaufpause und es war wichtig für mich, darüber Bescheid zu wissen, andernfalls hätte ich vielleicht begonnen ihn zu schlagen, während er sich in diesem empfindlichen, verletzlichen Zustand befand und das hätte extrem zerstörerisch sein können. Du musst deine Sklaven kennen, selbst diejenigen, die du noch nie zuvor gesehen hast. Du musst ein bisschen Ahnung von der menschliche Natur haben. In den Menschen lesen zu können ist in diesem Geschäft von großem Nutzen.

Ich gebe ihnen zehn Minuten, um richtig anzukommen, vielleicht war die Fahrt höllisch oder es ist heiß und sie schwitzen. Ich kümmere mich um sie. Nach etwa zehn Minuten kannst du sagen, wie die Session sich entwickeln wird. Das kommt mit der Erfahrung. Ich kann genau sagen, ob es sie aufwühlen wird.

Mit Twin zu spielen, was wir am häufigsten zu Hause machen, ist anders. Wir benutzen immer noch Kerzen und Düfte, doch es ist etwas zwischen uns, was jeden Augenblick ausbrechen kann. Es ist elektrisierend, unvorhersehbar. Wir sehen fern und plötzlich sage ich zu Twin, er soll niederknien und mir die Füße lecken. Das ist mir schon zur Gewohnheit geworden. Er muss jederzeit bereit sein. Es kann sein, dass er in Küche steht und kocht und ich packe ihn an der Kehle, stoße ihn gegen den Kühlschrank und sage: „Ich will, dass du meinen Hintern küsst" oder so etwas. Es gibt eine Liste von Dingen, die ich plötzlich verlange und der beste Weg, einen Kerl zu verwirren ist, ihm drei oder vier Aufgaben zu stellen. Und wenn sie erst einmal anfangen heiß zu laufen, kannst du sie genüsslich auf ihre Fehler aufmerksam machen.

Du gehst durch die stillen Seitenstraßen von Gravesend. Durch die unscheinbare Tür in einem Reihenhaus betrittst du eine Eingangshalle, geschmückt mit Spiegeln und gerahmten Bildern von wunderschönen, in Leder und Spitze gekleideten Frauen. Du hast aufgehört, der zu sein, der du jeden Tag bist, sobald du deinen Fuß über die Schwelle gesetzt hast.

Dein richtiger Name hat keinerlei Bedeutung mehr. Jetzt bist du Sklave Rooster. Die Uhr tickt. Du weißt, dass sie dort unten ist. Du kannst den Rhythmus der Musik durch den Fußboden hören. Du nimmst den Duft wahr. Deine Sinne stehen in Flammen, angespannt in dem Versuch, alles zu erfassen. Du kannst fast das Zischen des Wachses hören, als der Docht entzündet wird. Du kannst ihren Atem hören, als sie den Rauch ausatmet, das fast unmerkliche Knarren des Holzes, als sie ihre Beine auf ihrem Bondage-Thron übereinander schlägt. Du kannst die Spannung spüren, die sich in diesem Schmelztiegel der Qual aufbaut, kannst das Gummi riechen, als sich in der Hitze Schweißperlen darauf bilden, das leise Klirren der Ketten hören, die sich in der Luft drehen. Du ziehst dich um und schlüpfst in deinen Lederslip. Du schließt das Hundehalsband um deinen Hals, auf dessen Plakette dein Sklavenname steht. Du wirfst einen Blick in den Spiegel und du wirst daran erinnert, was du bist: Eigentum von Princess Spider.

Du gehst hinunter.

Sie sitzt bereits da und wartet auf dich. Du wagst nicht, ihr in die Augen zu blicken. Doch zugleich brennt sich ihr Bild in deine Netzhaut ein wie ein Brandeisen. Am Fuß der Treppe lässt du dich sofort auf die Knie fallen und näherst dich ihr mit gesenktem Kopf. Deine Augenbinde liegt ordentlich gefaltet zu ihren Füßen. Du kannst sie atmen hören. Du kannst ihr Parfum riechen. Sie beugt sich zu dir herunter.

„Hallo Rooster", sagt sie.

„Hallo Mistress."

„Wie geht es dir heute?"

„Es ist warm, Mistress. Hier im Dungeon ist es warm heute."

Sie knurrt wütend: „Meinst du, das kümmert mich?" Die Stimme wird plötzlich neckend und honigsüß. „Hast du mir etwas zu beichten, Rooster?"

„Darf ich frei sprechen, Mistress?"

„Ja … solange du mich nicht langweilst."

„Ich habe in dieser Woche einmal masturbiert."

Bei deinen Worten springt sie auf der Stelle auf. Nichts entgeht ihr. „Hast du vergessen, dass du in meinem Bett gewichst hast? Das macht schon zweimal. Du wirst fünfzig für deinen Schwindel bekommen."

„Ich war so erregt in deinem Bett", sagst du. „Ich konnte mir nicht helfen."

„Hast du mein Nachthemd getragen?" fragt sie.

„Ich wollte es tun, aber ich hatte Angst, ich könnte es ausleiern oder zerreißen."

Du keuchst plötzlich vor Vergnügen und Schreck auf, als sie kaltes Wasser über deinen Rücken sprüht.

„Mach dir keine Sorgen, Rooster", beruhigt sie dich, „es ist nur Regen. Aber das ist nicht dein Bier."

„Danke, Mistress."

„Möchtest du etwas Wasser haben?"

„Es geht mir gut, Mistress, danke."

„Was bringt dich dazu zu denken, es ginge dir gut? Du befindest dich in einem Dungeon, einem Folterkeller, zusammen mit einer bösartigen Mistress. Fühlst du dich sicher?"

„Ja, Mistress."

Gelächter. Sie legt dir die Augenbinde an und plötzlich ist es, als wärst du allein. Es ist so still, als wäre sie verschwunden. Du kannst ihre Gegenwart nirgendwo spüren, aber du weißt, dass sie da ist und dich mit einem Funkeln in ihren Augen beobachtet, mit diesem leisen Lächeln, das ihre Lippen umspielt. Du bist für die nächste Stunde ihr Versuchskaninchen. Sie liebt es, zu spielen.

Und da kommt sie und es geht los. Das hattest du nicht erwartet: der Schlag mit dem Holzkochlöffel auf deine Kehrseite. Kaltes Holz, ohne jede Elastizität, der Schmerz ist schauderhaft. Du beginnst dich selbst zu hinterfragen. Fühlst du dich sicher? Wirklich? Die Schläge gehen weiter und der Schmerz konzentriert sich auf die kleine Stelle, auf die sie immer wieder mit dem Holzkochlöffel zielt. Drei, vier, fünf Mal schlägt sie dich. Der Schmerz ist überall und nirgends. Innen und außen. Du windest dich und flehst sie an, aufzuhören.

„Nicht mehr, bitte. Bitte."

Sie befestigt die Leine an deinem Halsband. „Komm, Wauwi, komm."

Ihr geht zu einer Bank, dein Gesicht zeigt nach unten, die Knie ruhen auf Polstern und du wartest auf das, was du erdulden wirst, was immer sie auch für angemessen für dich erachten wird. Das Warten ist das

Schlimmste. Was wird es sein? Die Flogger? Der Nadelroller? Die Quirt?

Heißes Wachs, glühend wie flüssige Lava, führt dazu, dass sich dein Rücken unwillkürlich durchbiegt. Du lässt ein animalisches Stöhnen hören.

„Weißt du, wie dein Safewort lautet, Sklave?"

„Ja, Mistress." Aber du benutzt es nicht. Noch nicht, trotz der sengenden Hitze des Wachses. Weil du den Schmerz annimmst. Es ist einer der Gründe, warum du hier bist. Du kannst es aushalten. Und du willst mehr. Das Safewort kann warten.

Jetzt kommt der Nadelroller, der eine süße, stechende Schärfe hervorruft, die den überwältigenden Eindruck des Wachses überdeckt. Ihr Vorgehen ist fast ebenso faszinierend wie die Erfahrungen selbst.

„Warum musst du heute bestraft werden, Rooster?"

Der Kopf spielt auch mit, spielt immer mit. Du musst immer oben auf sein. Du musst dich konzentrieren, andernfalls wird sie dich so durcheinander bringen, dass du keinen Ton mehr heraus bringst.

„Weil du eine anstrengende Woche hattest, Mistress", sagst du.

„Kannst du dein Fetisch-Alphabet, Rooster?"

„Ja", sagst du, obwohl sie es dir nie beigebracht hat. Es ist ein weiteres Spiel. Eine weitere Falle, in die du stolpern kannst. „A wie anal … B wie Brustwarzen … C wie CBT … D wie Domina … E wie Ekstase … F wie …"

Du hättest es vorhersehen können. Bevor du das Wort ausgesprochen hast, spürst du den Biss der Flogger auf deinem Rücken. Nach einer Weile, als du anfängst, heulend um Gnade zu betteln, führt sie dich von der Bank fort und befiehlt dir, dich auf den Rücken zu legen. Sie setzt sich auf deinen Brustkorb.

„Ich habe dir nicht befohlen, aufzuhören", sagt sie. „Mach weiter."

„I wie Interesse … J wie jagen … K wie knien … L wie Liebe … M wie Mistress … N wie Natursekt … O wie …"

Sie bewegt sich, setzt sich rittlings auf dein Gesicht. Sie hat ihre Unterhosen ausgezogen.

„… oh mein Gott."

Später spielt sie mit einer Feder an deinem Hintern herum. Alles ist ruhiger geworden. Mit der Brutalität scheint ihr durch zu sein. Sie bietet dir sanfte Küsse an. Sie bläst dir Zigarettenrauch ins Gesicht.

„Warum tanzt du nicht für mich, Rooster? Einen sexy Tanz für deine Herrin." Du kommst der Aufforderung glücklich nach. Jetzt kommt das behutsame Spiel, um dich langsam wieder in die Wirklichkeit zurückzubringen. Falsch.

Sie packt dich an den Eiern, dreht dich brutal um und tritt dich hart mit ihren schweren Lederstiefeln in den Hintern. Weiter geht's mit der Nadelrolle. Den Fingernägeln. Deine Brustwarzen werden gekniffen und gebissen. Unendlich einfallsreich, die Empfindungen sind so heftig und folgen so schnell aufeinander, dass du nicht mehr unterscheiden kannst, wo du endest und sie anfängt. Und jetzt die Quirt. Sie schwingt sie hin und her, bewegt sie wie eine sich im Wind drehende Schlange. Der Schmerz ist unmittelbar, kommt von allen Seiten auf dich zugeflogen. Du lässt dich auf die Knie fallen, schreist die Qual heraus ebenso wie die Ekstase, du stöhnst und kreischst.

„Was ist heute mit dir los, Rooster? Bist du ein Feigling? Ein Schwein? Du machst so merkwürdige Geräusche. Mach mit dem Alphabet weiter. Ich habe dir nicht erlaubt, aufzuhören, oder?"

„Nein, Mistress." Dein Hirn ist wie benebelt. Es fällt dir schwer, dich aufrecht zu halten, dich daran zu erinnern, wer du bist und was gerade mit dir geschieht. Dich auf das Alphabet zu konzentrieren hilft dir dabei, wieder klar zu denken. „P wie Princess … Q wie Quirt … R wie Rose …"

„Rose? Wer ist Rose?"

„Rosette, Mistress."

Diese Antwort bringt dir eine Ohrfeige ein, aber sie lacht auch. Sie mag deinen Humor, deine Verspieltheit. Sie zwingt dich, dich wieder hinzulegen. Sie lauscht deinem Herzschlag. Du hörst das köstliche Geräusch sich öffnender Schnallen und wie sie langsam aus ihren Lederstiefeln schlüpft. „Was tue ich jetzt, Rooster?"

Du hoffst, dass sie ihre Schuhe anzieht, die eng anliegenden mit den unglaublichen Absätzen. Traust du dich, es ihr vorzuschlagen? Was, wenn sie über dir steht, bereit, dir einen dieser großen Lederstiefel ins Gesicht zu drücken? Du nutzt die Chance.

„Das ist richtig, Rooster", sagt sie. Und du kannst ein bisschen leichter atmen. „Jetzt küsse den Rand meiner Strümpfe. Küsse sie. Lecke sie. Küsse. Lecke. Komm schon, lass deine Zunge mal was tun. Jetzt die Schenkel. Jetzt die Schuhe. Runter zu diesen hübschen rot lackierten Zehen. Du darfst jetzt die Schuhe deiner Mistress wegräumen ..."

Und zu guter Letzt ...

Sie zieht deinen Lederslip nach unten und wischt deine Eier mit sterilen Tupfern ab. Sie stößt geschickt drei Nadeln durch deinen Hodensack. Sie spielt von Zeit zu Zeit an den Enden damit herum. Du gehst behutsam mit den Bewegungen mit und genießt das ungewöhnliche Gefühl, das aufregende Gefühl, dass da etwas in dich eingedrungen ist, dass du aufgespießt wurdest.

„Hast du heute irgendetwas gelernt, Rooster?"

„Es lohnt sich nicht, mir dir zu streiten, Mistress."

„Du darfst meine Füße küssen."

„Danke, Mistress."

„Versuche es nächstes Mal besser zu machen."

Leibsklaven neigen, anders als die Kunden, dazu, nach mir und meinem Spiel süchtig zu werden. Sie sind wie besessen. Sie verlieben sich in mich und wissen dann nicht, wie sie mit einem Leben mit mir klar kommen sollen. Sie vergessen schnell, dass ich eine Frau bin, eine Mutter, eine Vertraute. Ich bin mit Leib und Seele dominant, also liebe ich es, meine Männer zu quälen und mit ihnen zu spielen. Ich liebe es, ihnen völlig neue Erfahrungen zu ermöglichen.

Ich denke, bei den normalen Kunden äußert sich diese Abhängigkeit in endlosen Telefonanrufen von Kerlen, die einfach nur mit mir reden wollen, die sich aber tatsächlich nie mit mir treffen wollen, aus finanziellen oder familiären Gründen. Sie sehnen sich danach, ihre Fantasien auszuleben, aber sie können es nicht. Ich brauche nur etwa fünf Minuten bei solchen Anrufen, dann sage ich ihnen, sie sollen mich in Ruhe lassen, höflich natürlich, oder ich sage, sie sollen mir eine E-Mail schicken.

Mein Ex-Partner, Benson, war besessen; er hatte sich, wie Twin, über zwanzig Jahre danach gesehnt, jemanden wie mich zu treffen. Sie haben ähnliche Charakterzüge. Benson wusste, dass ich an bestimmten Tagen in der Woche im Studio arbeitete. Wenn er von der Arbeit kam, nahm er ein Bad und vollzog sein Ritual (jeder hat seine Rituale, auch ich): er legte sein Fetisch-Outfit für den Abend zurecht; einen Lederrock, Lederhandschuhe, Handfesseln, Strümpfe, Fußfesseln, Halsband. Nach dem Tee legte er sie an und blieb den ganzen Abend über in seiner Rolle als Sklave Benson, des Geschichtenerzählers. Manchmal arbeitete er sogar in seinem Outfit zu Hause; ich gab ihm die Freiheit, sich selbst auszudrücken.

Am Anfang machte mir seine Besessenheit nichts aus, doch als Monate zu Jahren wurden und wir immer seltener auf richtige Feten gingen, begann ich zu fürchten, dass er sich immer stärker auf mich fixieren könnte und bat ihn, etwas mehr auf Distanz zu gehen. Er tat es, aber nicht aus innerer Überzeugung heraus. Wirklich traurig, aber ich musste wohl auf diese Weise grausam sein.

Manchmal sind wir abends mit unseren Masken und Lederhandschuhen ins Bett gegangen, haben einander gestreichelt oder Liebe gemacht. Das war nett und ich habe diese Erfahrung mit ihm genossen. Meine Maske besteht aus einem Ledergeflecht, ähnlich wie eine Fechtmaske; sie ist weich und ich bekomme gut Luft darunter. Ich bewahre sie jetzt in Twins Wohnung auf. Ich habe sie erst einmal in seiner Gegenwart getragen.

Manche Männer werden ganz besessen von ihrer Eifersucht. Sie sind vielleicht meine Leibsklaven und Partner, doch manchmal, wenn alles vorbei ist, bleiben sie noch da und wollen mich nicht mein Leben leben lassen, wie ich es will. Ich erlebe das jetzt mit Benson, er kreist wie ein Geier um mich herum und wartet darauf, dass mein Twin einen Fehler macht. Doch das wird er nicht und dafür liebe ich ihn.

Ich versuche allen Kunden einen speziellen Tag zu geben, an dem sie mir eine E-Mail oder SMS schicken oder mich anrufen sollen, „Bericht erstatten", wie ich es nenne. Das gibt ihnen die Gelegenheit, mir eine Rückmeldung über die Session zu geben. Sobald ein Sklave einen Namen bekommen hat und seine Erziehung begonnen hat, haben sie sich meiner Herrschaft anvertraut. Ihr Geist gehört nicht mehr ihnen und sie stehen ganz am Anfang, eine leere Leinwand, die ich über und über bemalen kann.

Kunden, die ich nicht mag, erleben mich normaler Weise als strenge Mistress. Ich bin dann sehr grausam und wenn sie einen schlechten Körpergeruch haben, demütige ich sie ernsthaft. Ich bin ganz glücklich über solche Kunden, mit denen ich nicht warm werde – es ist nett, deinen Frust an ihnen auszulassen – aber wenn sie wirklich widerlich sind, dürfen sie nicht noch einmal wiederkommen oder ich stürze mich auf sie wie eine Furie.

Ein Sklave, den ich im Studio von Mistress Venus in Northampton geschlagen habe, war sehr respektlos. Ich sagte zu ihm, wenn er mir nicht mit dem angemessenen Respekt gegenüber trete, würde ich ihn zum Weinen bringen. Mir war gesagt worden, dass er es hasste, zu singen und so brachte ich ihn dazu, das Kinderlied All Things Bright and Beautiful zu singen, während er für mich, Master Ivan und das Sklavenmädchen C. tanzte. Er tanzte so erbärmlich, dass ich meine Quirt nahm und ihm fünfzig Schläge verpasste. Ich wusste, dass er mich testet, er versuchte ‚topping from the bottom', also mich von unten zu dominieren, die Kontrolle zu behalten und die Session zu leiten. Ich habe ihm dieses Benehmen energisch ausgetrieben. Doch dieser Sklave hat mich immer noch nicht Mistress genannt, wenn ich ihn etwas gefragt habe. Ich ließ ihn sich vornüber beugen und gab ihm dreihundert Hiebe mit meinem Stock und da fing er an zu gehorchen. Sein Hintern hatte ein paar Striemen davongetragen, aber immerhin hatte sein Tanzstil sich um das Zehnfache verbessert. Dann räumte er ein, dass er sich über meine überlegenden Erziehungsmethoden als Mistress im Klaren gewesen sei, doch ich hatte ihm nicht erlaubt zu sprechen. Ich beschloss, dass ich ihm wirklich eine Lektion erteilen müsse und so bat ich Master Ivan um sein Luftgewehr und stellte den Sklaven an eine Wand. Ich habe ihm zwölf Mal in die Eier geschossen. Das hat ihm einen Dämpfer aufgesetzt, doch er war immer noch frech und unverschämt, so dass ich zum allerletzten Mittel greifen musste. Ich verband ihm die Augen, zerrte ihn auf die Knie, stieß seine Schenkel auseinander und trat ihm hart in die Eier. Ich befahl ihm, nie wieder auf diese Weise mit mir oder irgendeiner anderen Mistress zu reden. Er weinte und schluchzte, als ich ihn zu Brei schlug, ihn über eine Bank zerrte und ihn weiter mit dem Stock verprügelte.

Am Ende kroch er um mich herum und bat mich um Vergebung. Wie ein wildes Pferd hatte ich ihn gebrochen und Master Ivan war äußerst beeindruckt. Der Sklave benahm sich fortan ausgezeichnet, wird erzogen und lebt als Haussklave bei Master Ivan.

Ich fühle mich krank, es geht mir ziemlich dreckig. Es ist spät am Abend, aber ich beschließe, dass ich etwas frische Luft brauche. Ich frage Twin, ob er mit mir spazieren geht und wir machen uns auf den Weg, nur ein kleiner Ausflug bis zur nächsten Tankstelle, um Zigaretten zu kaufen. Während wir draußen sind, passiert etwas. Ich kenne Twin und ich weiß, was ihn anmacht, welche Sorte Frau, welche Art von Schuhen. Und ich weiß auch, was mir an einer Frau gefällt. Und da kam diese wohlgeformte Frau über den Vorplatz der Tankstelle geschlichen, in einem japanischen Kleid und göttlichen silbernen Schnürschuhen, klipp, klapp, klipp, klapp. Twin hatte sie noch gar nicht bemerkt, doch ich sehe wie er bei diesem unverwechselbaren Geräusch die Ohren spitzt. Sie ist mit ihrem Freund unterwegs, sie haben sich eine Pizza geholt und schlendern vor uns die Straße entlang. Twin zeigt sich sehr interessiert an ihren Schuhen, ich sehe es und so flüstere ich ihm zu: „Stell dir vor, was diese wunderschönen silbernen Schuhe mit deinem Schwanz machen könnten. Los komm."

Er fragte: „Was?"

Und ich antwortete: „Wir haben einen Auftrag. Wir werden ihnen folgen."

Alles, was ich anhatte, waren meine Stiefel, mein Nachthemd und darüber seine große Jacke. Kein Make-up. Ich fühlte mich ziemlich schlimm und sah auch so aus, doch diese kleine Eskapade würde mir helfen, mich wieder etwas lebendiger zu fühlen. Nach einer Weile entschied ich, dass ich eine Zigarette haben wollte und bat Twin mir Feuer zu geben. Doch er hatte keines dabei. Er sah das leise Funkeln in meinen Augen.

„Oh nein, Mistress …"

„Oh doch. Mach schon. Und wage nur nicht, es zu vermasseln." Und ich konnte sehen, wie er diese in der Dunkelheit schimmernde Gestalt beobachtete, ihren schönen Arsch bewunderte und ich wusste, dass er Lust auf sie hatte. Teufel, ich hatte auch Lust auf sie! „Mach schon" wiederholte ich. „Ich will sehen, wie du leidest."

Ich ging an dem Paar vorbei, das angehalten hatte und an der Wand lehnte, während Twin die Frau um Feuer bat. Ich sah zu, wie sie in ihrer Handtasche herumkramte. Ich beobachtete seine Augen, ich beobachtete ihre Augen. Sie konzentrierte sich auf Twin, als sie ihm Feuer gab und ich sah ihren Freund an und dachte, sie weiß sehr gut, was für einen tollen Typ sie vor sich hat. Ihr Augenkontakt war wirklich gut, ich genoss es und mir gefiel, was ich sah. Dann kam er zu mir zurück und sagte: „Sie ist wirklich nett."

„Ich weiß, das konnte ich sehen", erwiderte ich. „Du hast ihr ebenfalls gefallen."

Wir gingen weiter, ein paar Schritte vor ihnen. Nach einer Weile blieben wir stehen und knutschten ein wenig rum, sie gingen vorbei und blieben dann wieder stehen. An einem Zaun packte ich Twin und küsste ihn. Dabei sah ich zu den anderen hinüber und der Kerl sah mich an. Ich sagte zu Twin: „Wenn ich nicht krank wäre, würde ich die beiden bestimmt einladen, mit zu uns nach Hause zu kommen." Es war eine ziemlich geile Situation.

Auf dem Weg nach Hause sagte ich zu ihm: „Wenn du mich heute Nacht fickst, wirst du die Frau in den silbernen Schuhen ficken."

„OK."

„Aber wenn du abhaust und versuchst sie zu finden wenn ich nicht in der Nähe bin, bekommst du fünfzig. Harte."

Als wir zu Hause angekommen waren schwirrte mir der Kopf. Ich habe einen Hang zur Dunkelheit. Mein Blut war in Wallung geraten und ich wollte wieder da draußen sein, beim Mond und den Sternen und dem Wind. Ich wollte wild sein, nicht eingesperrt in diese kleine Wohnung. Also zog ich mich an. Eine kleine, kurze Jacke, Lederhose, Stiefel. Derweil zog er sich aus.

„Nein", sagte ich und da lag etwas in meiner Stimme, dass er mich ansah. „Wir werden noch einmal rausgehen. Zieh deinen langen Mantel an. Und hole die Peitsche."

Wir gingen eine halbe Meile bis zum Park. Es war ein Uhr Morgens. Ich stellte ihn an einen Baum und peitschte ihn aus. Unregelmäßige Schläge zisch-zisch!, so dass niemand zisch! herausfinden konnte, was das zisch-zisch-zisch! für ein Geräusch war. Er trug nur noch seine Hosen und Schuhe. Ich zerkratzte ihm den Rücken mit meinen Nägeln und peitschte ihn noch einmal. Er sah großartig aus, wie er so an den Baum gelehnt dastand, sein breiter Rücken krümmte sich und schimmerte, die Muskeln und Sehnen standen wie Seile hervor und er hatte wirklich zu kämpfen, weil es nicht mein üblicher Rhythmus war und er nicht wusste, wann der nächste Hieb ihn treffen würde. Ich küsste ihn auf den Rücken und er war steif und wollte mich, aber ich sagte zu ihm, dass wir noch nicht fertig seien.

„Zieh dein Hemd und deine Jacke an. Und hol deinen Schwanz raus. Ich will, dass er an dem Stoff deiner Jacke reibt, wenn wir zurück gehen."

Also gingen wir zurück, während sein großer, steifer Schwanz sich an dem seidenen Innenfutter seines Mantels rieb und er kaum auf dem Fußweg bleiben konnte. Eine ausgezeichnete Foltermethode! Ich bemerkte ein paar Brennnesseln neben dem Pfad und schnappte mir rasch eine Handvoll, ehe er mich sehen konnte. Ich zog seinen Mantel etwas auseinander und ding-ding-ding-ding schlug ich mit den Nesseln leicht auf seine Schwanzspitze. Er brüllte. Sein Penis pochte, seine Augen füllten sich mit Tränen und er flehte mich an, etwas gegen das Brennen tun zu dürfen. Ich sagte ihm, er solle seine Finger nass machen und es sich selbst besorgen. Doch jede Flüssigkeit verstärkte das Brennen nur noch. Ich bin so ein fieses Miststück. Inzwischen hatte er durch das brennende Prickeln und das verschwenderische Dahinfließen der Seide richtige Schmerzen. Dabei hatte er noch eine Viertelmeile zu gehen.

Zurück in der Wohnung zog er sich sofort aus. Ein Teil seines Schwanzes war zu einer horrenden Größe angeschwollen. Ich hatte Mitleid mit ihm und befahl ihm, sich hinzuknien und zu masturbieren.

Das Geheimnis ist, dass es kein heftiger Schmerz ist. Er kann viel mehr aushalten, doch was Männer wirklich zu wimmernden Wracks reduziert, ist die Ungewissheit. Es war alles harmloses Zeugs - bis auf die Brennnesseln – aber weil ich immer weiter gemacht habe und immer etwas anderes und mit ihm gespielt habe, war er völlig kaputt.

Jedes Mal, wenn ich Twin sehe, will ich ihn fertig machen. Es ist ein gutes Vorspiel, deinen Mann erst sechs Stunden zu schlagen und ihn dann zu vergewaltigen … bei mir funktioniert es auf jeden Fall. Er ist immer überrascht. Er sagt: „Mein Gott, wir haben sechs Stunden lang gespielt." Und ich sage: „Ich bin noch nicht fertig."

Er hat niemals zuvor jemanden wie mich getroffen. Und ich werde immer erfinderischer. Wir wollen immer noch mehr erleben. Ich glaube, wir sind alle von Natur aus Entdecker. Und im BDSM-Verein lernt einer vom anderen. Du siehst vielleicht einen kleinen Trick, der dich inspiriert oder begeistert und du schaust über deinen Tellerrand, verschiebst Grenzen und probierst neue Dinge aus.

Ein früher Brief von Poppy

Es würde mir gefallen, wenn ich Sie bei unserer ersten Session einfach nur als mein neues Kindermädchen, meine neue Nanny kennen lernen würde. Sie legen die Grundregeln fest und können mehr über mich herausfinden: Wer ist diese Poppy? Ich werde lieber freundlich dominiert, als dass ich grün und blau geschlagen werde, denn ich zeige stets mein bestes Benehmen, wenn meine Nanny für mich sorgt. Doch manchmal brauche ich einen Klaps auf den Po, nicht immer, aber es ist ein Weg, mir den Kopf zurechtzurücken, wenn ich zu unartig bin. Gelegentlich jedoch genieße ich gerne die Einschränkung meiner Bewegungsfreiheit, zum Beispiel auf das Bett gefesselt zu sein, damit ich nicht heraus fallen kann. Ich bin mir meiner eigenen Verantwortung bewusst, dass ich mich um Poppy kümmern muss in dem Sinne, dass sie mein inneres Kind ist. Im Moment würde ich es sehr schätzen, wenn wir uns ganz behutsam einander näherten.

Ageplay, also ein Spiel, in denen der passive Partner in die Rolle eines Babys, Kindes oder eines Jugendlichen schlüpft, hat nichts mit Pädophilie zu tun, wie selbst manche aus der BDSM-Welt denken. Es geht dabei vielmehr darum, sich sicher zu fühlen. Wenn ich mich sicher fühlen will, gehe ich im Wald spazieren. Für Poppy bedeutet es, in die Rolle eines Babys oder eines kleinen Kindes zu schlüpfen.

Eine typische Session mit Poppy beginnt damit, dass er pünktlich erscheint. Er ist sehr gut darin. In seinem Tagebuch geht es eher darum, dass er sich schlecht benommen hat oder im Bus auf dem Weg zu mir unartige Dinge gedacht hat, allerdings nichts Sexuelles. Anstatt mir die Hände oder Füße zu küssen, knuddelt er mich. Wenn ich auf dem Stuhl sitze, setzt er sich auch darauf oder er setzt sich im Schneidersitz auf den Fußboden.

Wir plaudern über das Leben im Allgemeinen, ob irgendetwas Chaotisches in seinem Leben geschehen ist, ob es ihm gut geht, über solche Dinge.

Ich bringe ihm etwas zu trinken anstatt dass er mir einen Drink holt, wie es üblicher Weise geschieht. Dann sage ich ihm, er solle in das Schlafzimmer gehen und sich umziehen. Einmal hat es ewig gedauert, bis er umgezogen war und ich saß da, las in seinem Buch und fragte mich, wo er steckte. Er war einfach ins Bett gekrochen anstatt ins Wohnzimmer zurückzukommen. Ich dachte, er habe das absichtlich gemacht, um unartig zu sein, denn das machen sie immer, damit sie bestraft werden können.

Er lag also im Bett und er hatte Whizzy, seinen Teddybären, mitgebracht - er hat immer Teddys und Spielsachen dabei – und ich las ihm eine Geschichte vor. Whizzy und die Spielsachen hörten ebenfalls zu. Früher, als er anfing, zu mir zu kommen, hätte er einen Schnuller im Mund gehabt, doch inzwischen ist er ‚zu groß' dafür. Er gibt vor, dreieinhalb zu sein, so dass wir miteinander reden können. Er schlüpft in den Sessions auch in die Rolle eines Mädchens, so dass es für ihn dabei eigentlich um zwei Dinge geht. Es ist ziemlich interessant, dass er sich die Figur eines Mädchens ausgesucht hat, weil er sich in dieser Rolle sicher fühlt. Vielleicht liegt es daran, dass er Jungs als aggressiver erlebt.

Er liegt unter der Decke und ich sorge dafür, dass er schön fest darin eingewickelt ist und dass seinen Spielsachen und sein Babyoutfit sauber und ordentlich sind. Manchmal hole ich meinen Tedddy Harry. Harry kann ziemlich ungezogen werden und versucht dann, sich auf Whizzy zu legen. Die Spielsachen geraten durcheinander, während ich vorlese. Es macht Spaß. Manchmal beziehe ich die Spielsachen mit ein und sie kämpfen miteinander oder so etwas. Es ist nicht wie mit einigen Sklaven, die absichtlich ungehorsam sind, so dass sie bestraft werden können. Es geht eher darum, dass wir uns gegenseitig beeinflussen. Es geht sehr viel um Mütterlichkeit, auch wenn er mich seine Nanny nennt. Wir zehren voneinander. So wie bei Bär Rupert; ich improvisiere bei manchen Geschichten und stelle ihm Fragen zu den Bildern. Ich behandle Poppy, wie ich jedes Kind in diesem Alter behandeln würde. Es ist ziemlich schön, denn ich fühle mich als Mama immer sicher, Kinder zu haben, die von mir abhängig sind, gibt mir ein Gefühl von Sicherheit; mit den Sklaven und den Ageplayern ist es dasselbe. Sie alle brauchen mich in gewisser Weise und ich reagiere instinktiv darauf.

Dann lege ich ihn für eine Weile schlafen und wir streicheln einander, als wäre ich seine echte Mutter. Gelegentlich wird er ungezogen oder frech und ich gebe ihm ein paar Klapse, weil es ihm gefällt. Oder ich frage ihn: „Warum trägst du deine Schuhe im Bett?“ Es ist eine viel entspannendere Session als im Dungeon. Im Dungeon musst du immer die Sicherheit und die Gesundheit im Auge behalten, musst regelmäßig den Puls kontrollieren. Doch Poppy liegt im Bett, vollkommen sicher, er hat nur eine Handvoll Bären und es gibt keine scharfen Teile, um die ich mir Sorgen machen müsste. Zwischen Poppy und mir läuft nichts Sexuelles. Es macht mich nicht an, ich fühle mich einfach nur wohl mir ihm, so wie Poppy mich als jemanden ansieht, bei dem er sich wohl fühlen kann. Es fällt mir leicht, zwischen den Rollen einer Nanny und einer Mistress zu wechseln.

Bei einer Gelegenheit hatte ich Poppy ins Bett gesteckt und las ihm etwas vor und unten hatte ich zwei Sklaven, die sich gegenseitig die Seele aus dem Leib prügelten und für eine Stunde meinen Platz eingenommen haben, während ich Poppy Geschichten vorlas. Ich streifte meine Dominahaut ab, zog ein Kleid an und wurde zur Nanny. Dann wickelte ich ihn in seine Decke, gab ihm ein Gutenacht-Küsschen, schlüpfte wieder in das schwarze Leder, ging nach untern und war sehr grausam. Du musst die Veranlagung dafür haben, derart umschalten zu können.

Poppy bekommt in den Sessions ein Gefühl von Sicherheit und Geborgenheit. Doch manchmal sorgt er dafür, dass ich mich entspanne und liest mir etwas vor. Manchmal sagt er, er kann noch nicht richtig lesen und ich helfe ihm dabei. Als er das erste Mal zu mir kam, trug er Windeln, doch er fühlt sich darin einfach nur wohl. Er macht sie niemals schmutzig. Jetzt trägt er nur noch Rüschenhöschen. Manchmal trägt er eine Windel in einem Club, um seine Unterhose auszustopfen und seine bevorzugte Spielart zu betonen. Doch Ageplayer verschwinden ziemlich schnell wieder aus dieser Szene, vor allem, weil viele Dominas es eklig finden. So wie Analspiele sinnlich und erregend sein können, aber ziemlich eklig werden, wenn man sich vorher nicht richtig gesäubert hat.

Ich ermutigte Poppy, zu speziellen Events zum Thema Schule zu gehen, denn dort geht es sehr viel um Ageplay und es gibt viele transsexuelle Elemente. Er ist bisher noch nie zu einer heftigen Session in einen Club gekommen, aber es wäre gut, wenn er es täte, weil die Leute dort zusammen sitzen und darüber reden, warum sie auf bestimmte Sachen stehen.

Sich als Ageplayer innerhalb der Fetisch- und BDSM-Szene zu bewegen erfordert einigen Mut. Einen Raum mit fünfzig oder hundert Leuten als Baby gekleidet zu betreten, während alle anderen Leder, Peitschen und Ketten tragen, ist kein Kinderspiel. Ich glaube, Poppy bekommt Kraft, Anregung und Ermutigung von mir. Ich ermuntere ihn, weil er sich dem stellen und es tun muss, wenn er Teil der Szene sein will. Wir reden darüber und wie es weiter gehen kann und ich lade ihn zu Partys und in Clubs ein.

Sprecherlaubnis: Poppy

Ich habe mit Babyspielen angefangen, als ich neunzehn war. Lange Zeit habe ich es verheimlicht, bis ich eine ernste Depression bekam. Ich mache im Moment immer noch Therapie und eines der ersten Dinge, bei denen meine Therapeutin mir half, war, zu dieser Seite von mir zu stehen.

Mein erster Einstieg in die Fetischwelt war ein Treffen mit Mistress Fiona, die sich inzwischen zurückgezogen hat; sie hat mir sehr geholfen. Obwohl ich immer noch Probleme mit anderen Menschen habe, habe ich mich schon sehr weit geöffnet. Ich denke, ich unterscheide mich wahrscheinlich von einer Menge anderer Adult Babys, die ich online kennen gelernt habe, weil ich keine 24/7-Beziehung suche. Doch in dieser Therapie habe ich anhand dieser Adult-Baby-Sache und des Bedürfnisses, mich herauszuputzen, gelernt, dass ich in meinem normalen Alltag viel zu wenig für mich gesorgt hatte. Es ist für mich mehr eine symbolische Geschichte.

Mein familiärer Hintergrund ist erstklassig. Nur als ich sehr klein war, waren wir nicht so wohlhabend und das Leben war schwer. Vielleicht hatte ich einfach zu wenig Gelegenheit, das Kind-Sein zu genießen. Es ging immer nur darum, irgendwie durchzukommen, jeden Tag von neuem zu überleben. Es ist nicht so, dass ich missbraucht worden wäre oder irgend so etwas.

Die Gründe, warum jemand einen Fetisch entwickelt, sind komplex. Du kannst es ergründen, deinem Charakter und einer Psychose auf den Grund gehen oder du kannst einfach sagen, ich trage gerne Windeln oder ich lasse mich gerne schlagen. Es einfach genießen. Es ist ein integraler Bestandteil von mir.

Meine Interessen haben sich innerhalb der letzten Jahre geändert, zum Ageplay ist jetzt auch Interesse an Crossdressing gekommen. Ziemlich oft kommen Leute auf mich zu und fragen mich: Was gefällt dir, worauf stehst du? Mich selbst mit einem Etikett zu versehen und zu sagen: Ich bin ein Baby! bedeutet, dass ich es für mich akzeptiere.

Das erste Mal habe ich in der Zeitschrift Forum etwas über Adult Babys erfahren. Es war diese Geschichte, wo man einen Stapel Kopien in der hintersten Ecke des elterlichen Kleiderschrankes findet. Ich habe mir die Anzeigen über Ageplay angeschaut und da gab es einen Teil in mir, der sagte, das ist falsch. Doch es hat einen Schalter in mir umgelegt.

Als ich das erste Mal zu Mistress Fiona ging, war ich überhaupt nicht nervös. Ich hatte gerade mit der Therapie angefangen und hatte dort die Möglichkeit, darüber zu reden. Ich habe immer wieder darüber gesprochen, wie sich meine Beziehungen zu Menschen entwickeln. Ich glaube, dadurch, dass ich meine Stärken ausgebaut habe, sowohl das Adult Baby Play als auch einfach mal Spaß zu haben, habe ich mich sehr entwickelt. Als ich achtzehn war, bin ich ziemlich übel zusammen geschlagen worden und mein soziales Leben ging vor die Hunde. Damals habe ich angefangen, Adult Baby Play zu Hause zu machen. Ich zog los und kaufte einen Haufen Zeugs, Windeln, Spielzeug, Plastikhöschen und fühlte mich sehr schuldig deswegen. Du gerätst in diesen Teufelskreis aus Einkaufen und Wegschmeißen, wo du haufenweise Zeugs einkaufst, es genießt, es benutzt, dich deswegen schuldig fühlst und alles wegwirfst. Als meine Therapeutin mir vorschlug, diese Seite von mir auszuloten, begann ich langsam eine Sammlung aus Kleidung und Spielsachen aufzubauen. Es ging darum, nicht alles auf einmal zu bekommen und sich dann schlecht damit zu fühlen. Ich habe vielleicht zwei Kisten mit Zeugs zu Hause, aber es ist so, dass ich vielleicht monatelang weder öffentlich noch privat etwas damit anfange und dann fahre ich wieder völlig darauf ab. Ich habe das Gefühl, es sei etwas, was ich tue, nicht was ich bin. Ich sage nicht, dass alle Leute, die einen Ageplay-Fetisch haben, eine Therapie machen sollten, aber in meinem Fall hat es wirklich was gebracht.

Es ist etwas, was ich gemeinsam mit der Therapie benutze. Es ist nicht so, dass es jedes Mal einen therapeutischen Nutzen hat, wenn ich es tue, aber zweifellos hat es sich gelegentlich überschnitten. Eines der Dinge, die ich als Adult Baby instinktiv getan habe, war, dass ich mir Spielsachen und Puppen gekauft habe und eines Tages sagte meine Therapeutin – ohne zu wissen, dass ich Puppen besaß – zu mir: „Das klingt vielleicht verrückt, aber hast du mal daran gedacht, dir eine Puppe zu kaufen, die das innere Kind in dir repräsentiert?" Genau das habe ich getan. Wenn ich mich dieser Puppe gegenüber verhalte, als wäre sie der kindliche Teil in mir, bin ich sehr stark der Erwachsene. Dadurch bekomme ich mich viel besser in den Griff. Ich habe Leute kennen gelernt, die sich sehr unsicher waren, wer sie sind. Es hilft mir, mich selbst zu definieren. Es ist wichtig, diesen Gefühlen auf den Grund zu gehen.

Ich habe Princess Spider durch Mistress Fiona kennen gelernt. Als diese sich zurückgezogen hat, war es ein Schock für mich, wenn auch ein notwendiger. Es hat mich aus der Fassung gebracht. Wir waren sehr gute Freunde, doch ich fragte sie, ob sie jemanden wüsste, an den sie mich weitergeben könnte und ob sie mir wohl diesen Gefallen tun würde? Und so stellte sie den Kontakt zu Princess Spider her. Ich war ein wenig eingeschüchtert von Princess Spider, da sie den Ruf hat, eine sehr harte Spielerin zu sein und ein ziemlich Furcht einflößendes Auftreten hat, doch sie hat auch eine sehr freundliche Seite und, wie ich glaube, auch eine sehr fürsorgliche. Weder sie noch Mistress Fiona entsprechen dem Klischee einer Nanny – auch wenn ich sie so nenne – aber sie sind auch keine stereotypen Dominas. Ich glaube, es war ein guter Schritt für mich.

Wenn ich in meine Rolle schlüpfe und mich verhalte wie ein achtzehn Monate altes Mädchen, mich schlecht benehme und dafür ein paar Klapse bekomme, dann ist das für mich keine Dominanz, sondern Bestrafung. Es gibt da eine sehr klare Trennungslinie. Ich stehe nicht darauf, ein Halsband zu tragen oder einer Mistress zu dienen – zumindest im Moment nicht. Ich hatte zu Mistress Fiona eine anders Beziehung als die, die ich zu Prin-

cess Spider habe. Ich glaube, dass ich mir einen Großteil der psychologischen Aufmerksamkeit, die ich von Mistress Fiona bekam, inzwischen selbst geben kann. Ich meine nicht nur, mir zu Hause eine Windel und ein Rüschenkleidchen anzuziehen, ich meine damit allgemein besser mit mir umzugehen als früher. Ich habe mir früher immer leicht selbst geschadet. Ich denke, die Tatsache, dass ich es geschafft habe, diesen Dingen auf den Grund zu gehen, hat mir geholfen.

Manchmal kann ich mir zehn Minuten lang einen Cartoon anschauen oder eine halbe Stunde lang an einem Schnuller nuckeln und das ist alles, was ich brauche. Ein anderes Mal ziehe ich mich komplett um. Aber es hat nicht mehr die Ausmaße wie vor fünf Jahren, als ich mir dauernd Zeugs aus dem Sanitätshaus geholt und dann weggeworfen habe. Es wird wirklich zur wichtigsten Sache in deinem Leben. In Zeiten wie diesen war Scham immer ein wesentlicher Faktor.

Für mich hat das nichts mit Sex zu tun. Ich kann eine Erwachsenenwindel anlegen und es macht mich überhaupt nicht an. Als ich wirklich ein Baby war, 1974, kurz bevor die Wegwerfwindeln auf den Markt kamen, habe ich zuerst Stoffwindeln getragen und dann Wegwerfwindeln, weil sie billiger waren. Ich denke, es ist das Gefühl umsorgt zu werden, es ist jedes Mal schön, so oft ich mich in die Zeit zurück versetze. Es ist gut, es Ageplay zu nennen anstatt Adult Baby, weil ich kein typisches Adult Baby bin. Ich will nicht 24 Stunden am Tag umsorgt werden. Offen gesagt, würde es mich langweilen.

Ich habe unheimlich viel Spaß mit Princess Spider. Wir bekommen regelmäßig Lachkrämpfe. Einmal hat sie mir aus dem Buch „Rupert der Bär" vorgelesen, aber es hat überhaupt keinen Sinn ergeben. Wir haben alberne Kommentare darüber gemacht, dass Rupert wohl auf Drogen war. Es muss nicht ernst sein. Es ist zum Lachen.

Meine Therapeutin arbeitet in einem Zweig der Psychologie, der sich „Transpersonale Psychologie" nennt und in dem es sehr viel um spirituelle Erfahrungen geht. Sie sagte zu mir, dass jeder Mensch ein verletztes inneres Kind hat und dass meines zufällig ein kleines Mädchen ist. Als ich anfing, darüber zu sprechen, hatte ich wirklich Angst, ich könnte eine gespaltene Persönlichkeit haben. Aber es bedeutet nur, dass ich einen Teil meines Selbst erkannt und angenommen habe. Diesen Teil gibt es schon, seit ich sehr klein war.

Eine andere Sache, die mich beschäftigt, ist, dass ich 1974 geboren wurde, als Körperstrafen in der Schule noch sehr verbreitet waren. Ich wurde als Kind nicht oft geschlagen – aber ich wurde einmal von einer Lehrerin übers Knie gelegt. Es ist nur einmal vorgekommen, doch es war sehr demütigend. Ich war etwa fünf Jahre alt und hatte eine schwache Blase. Ich meldete mich, weil ich auf die Toilette gehen wollte und dachte, sie hätte mir geantwortet. Fünf Minuten später hat sie mich vor der Klasse übers Knie gelegt und mich mit der bloßen Hand geschlagen. Das hat meine Sexualität für einige Jahre versaut. Es ist eine ziemlich schreckliche Form der Misshandlung.

Ich denke, ich bin wahrscheinlich aus dieser Phase herausgewachsen, als würde ich eine zweite Kindheit durchleben. In der Therapie arbeiten wir mit einer Technik, bei der wir zwei Stühle benutzen. Poppy, die Puppe, verkörpert mein inneres Kind, dann wechseln wir die Plätze und Poppy wird zum Elternteil und ich zum Kind. Nachdem ich die Windel eine Weile getragen hatte, wurde es langweilig. Eine Zeit lang machte es Spaß, aber dann musste ich etwas anderes machen.

Inzwischen bin ich bei dem Rollenspiel drei oder vier Jahre alt, da kann man schon viel mehr machen und man kann sich unterhalten. Doch ich werde sicherlich noch weiter gehen. Es ist etwas, was ich sehr gerne mag, nicht nur eine Krücke. Ich werde es wahrscheinlich noch lange brauchen, das Zeug in irgendeiner Form um mich herum zu haben, meine Kiste mit den Spielsachen und den Rüschenhöschen, selbst wenn ich es eigentlich gar nicht benutze. Was ich nicht will, ist zurück in diesen Zustand zu fallen, in dem ich wie blöd einkaufe und hinterher alles wegwerfe.

Die Bereiche, für die ich mich interessiere, TV und Crossdressing, haben nichts mit BDSM zu tun. Das ist nicht wirklich mein Ding. Ich habe nichts dagegen, wenn Princess Spider mir einen Klaps gibt, aber wenn es jemand anders es täte, würde ich mich wahrscheinlich umdrehen und ihn verdreschen. Es ist ein Unterschied, ob es bei einer Ageplay-Session ein paar Klapse auf den Po gibt oder ob Leute sich mit dem Stock oder der Peitsche schlagen lassen, um einen Endorphinrausch zu bekommen; das mag großartig sein, aber es ist nicht mein Ding. Ich bin glücklich so wie ich bin. Ich passe vielleicht nicht in irgendeine spezielle Szene, aber so lange die Leute glücklich sind und einander nicht wehtun, ist es in Ordnung für mich.

Ich habe eine sehr starke mütterliche Seite in mir und manchmal kommt sie einfach zum Vorschein, ungeachtet der Peitschen und des Zähneknirschens und des wütenden Gebrülls. Wenn meine Sklaven mir nahe sind und ich sie eine Weile nicht gesehen habe, danken sie mir auf die traditionelle Weise, indem sie meine Stiefel und meine Hand küssen. Manche von ihnen werden dann erst einmal geküsst und geknuddelt. Daphne oder Maus oder Freddy oder Poppy werden alle in den Arm genommen. Dieses Berühren ist sehr wichtig, insbesondere, nachdem ich ihnen die Seele aus dem Leib geprügelt habe, dann streichle ich ihren Hinterkopf. Viele Dominas tun das nicht. Wenn Sklaven Halsbänder oder Handschellen tragen, frage ich sie immer, ob es ihnen gut geht. Wenn wir mitten in einer Session stecken und sie nervös sind, schwitzen sie mehr. Du musst immer Wasser zur Hand haben, damit sie etwas trinken können. Die Hitze in dem Raum kann den gleichen Effekt haben. Ich reibe sie sanft, damit sie sich sicher fühlen können. Sie vertrauen mir mit ihren Körpern. Ich lache auch gern. Es kann dabei helfen, die Atmosphäre auf dem richtigen Niveau zu halten oder die Spannung zu reduzieren. Ich schlage zum Beispiel jemanden mit dem Stock, höre auf und sage: „Weiß deine Mutter, dass du hier bist?“ Du musst stets daran denken, dass sie nicht wieder kommen werden, wenn sie nicht glücklich sind.

Ich kümmere mich wirklich um sie. Ich bekomme oft eine SMS, in der sie darum bitten, mich anrufen zu dürfen. Manche von ihnen wollen sich ihren Ärger von der Seele reden. Ich bin eine Art Therapeutin für sie, eine Briefkastentante. Ich mag die Anrufe von den alten Knaben, die mir dafür danken, dass ich für sie Zeit habe. Die jüngeren rufen an und fragen gerade heraus: „Wie viel kostest du?“

Und ich antworte: „Meinst du meinen Obolus?“

„Ja.“

„Ja was? Bist du schon einmal von einer Mistress erzogen worden?“

„Nein.“

„Nein, Mistress." Und vielleicht, wenn sie Interesse haben, fangen sie an, das Wort „Mistress" zu benutzen und du weißt, dass sie was kapiert haben. Wenn sie mich immer noch wie einen normalen Menschen ansprechen, werden sie auch keinen Termin bekommen und meine Zeit verschwenden.

Ich finde, europäische und amerikanische Männer zeigen normaler Weise mehr Respekt. Durch das Tage- und Strafbuch versuche ich ihnen nahe zu bringen, wie ein Gentleman sich verhält. Ich bringe sie dazu, mir die Tür zu öffnen, Tee zu machen, mir Feuer zu geben. Ich bin eher konservativ, trotz meines unkonventionellen Äußeren. Sie müssen meine Stiefel oder meine Handschuhe küssen, ganz so, wie es der Tradition entspricht.

Die alten Fetischmagazine beweisen, dass Blicke und Kleidung sehr wichtig sind. Bei manchen Dommes ist der Groschen noch nicht gefallen. Sie ziehen sich ein PVC-Kleid an, kaufen sich im nächsten Sexshop eine Reitgerte und schwuppsdiwupps sind sie eine Domina. Doch sie sind es nicht tief in ihrem Inneren, sie haben es nicht wirklich im Blut. Jeder kann einen anderen Menschen mit einem Stock schlagen, aber die Feinheiten im Spiel, das, worauf es wirklich ankommt, sind deshalb noch lange nicht vorhanden.

Männer, die zum verabredeten Termin nicht erscheinen und deine Zeit verschwenden, sind der wahre Fluch einer Domina von heute. Schau dir nur die Leserbriefseiten irgendeines BDSM-Magazins an und du findest massenweise Dominas, die sich über solche Typen beschweren. Sie rufen dich an und du liest auf deinem Display: „Rufnummer wurde unterdrückt". Da kannst du mit einiger Sicherheit davon ausgehen, dass sie nur deine Zeit verschwenden wollen. Ich habe inzwischen einen gewissen Ruf und sie wollen mich einfach nur anrufen und mit mir reden. Manchmal rufen sie an und zeigen keinen Respekt, nennen dich nicht Mistress und du weißt, dass sie nur so rumlabern. Oder ich gebe ihnen meine Kontonummer und sie sagen „Ja, Mistress." Wenn ich ihnen dann sage, sie sollen sie wiederholen und sie können es nicht, lege ich einfach auf. Ich habe nicht die Zeit, um diese Witzbolde zu unterhalten.

Das heißt, ich habe sehr wohl Zeit für Telefonsklaven, für die echten. Ich lasse mir von ihnen Geld schicken und dann können sie mich anrufen und ich spreche zwanzig Minuten lang mit ihnen. Ich sitze dann oft im Dungeon, wo ich es rasseln und klappern lasse, so dass sie es hören und genießen können. Ich rufe mir eine Session ins Gedächtnis, die ich mit einem meiner Sklaven hatte und spiele sie mit ihnen am Telefon nach. Es ist interaktiv, ich rede mit ihnen, als wären sie wirklich hier im Dungeon und würden es erleben. Ich lasse sie niederknien, befehle ihnen, sich die Augen zu verbinden oder sie zu schließen. Es ist ein armseliger Ersatz für die echte Erfahrung, aber es ist keine so schlechte Alternative. Viele Männer können -aus welchen Gründen auch immer- nicht zu einer Session kommen – sie haben zu viel Angst, sind verheiratet, wohnen zu weit entfernt oder können es sich nicht leisten, so dass diese Telefonate eine Möglichkeit sind, wie sie zumindest eine Ahnung davon bekommen können, was passieren kann.

Ich hatte einen indischen Arzt aus Schottland, der mich aus seiner Praxis zwischen zwei Patienten anzurufen pflegte. Und dann kniete er auf allen Vieren und diente mir am Telefon, während in seinem Wartezimmer die verstauchten Knöchel und Kopfschmerzen ausharrten …

Es rufen mich auch Leute an, die ich nie getroffen habe und mit denen ich nie zuvor gesprochen habe. Sie wollen nichts anderes als mir meine Zeit stehlen und nur mit mir plaudern. Da gab es einen geilen Franzosen, der mich anrief und sich einen runterholte, während er mir erzählte, er sei ein FKK-Anhänger aus London, der mich unbedingt kennen lernen wollte. Er hatte so eine geile Stimme, dass ich dachte, Teufel auch.

Doch grundsätzlich müssen sie mir, um zu beweisen, dass sie es ernst meinen, etwas Geld überweisen und ein Vorstellungsschreiben schicken. Wenn sie es nicht tun, mache ich kurzen Prozess mit ihnen.

Ich bin ziemlich umgänglich. Manche Dominas blicken in den Clubs auf dich herab. Als ich immer mehr Fortschritte darin machte, Leuten zu erklären, was wir tun, ging ich einmal zu einer Geburtstagsparty im Club Wicked. Ich zog ein wenig die Aufmerksamkeit der Medien auf mich. Eine ältere Domina kam zu mir herüber und sagte, sie finde es großartig, was ich machte, denn es gebe der Szene Auftrieb und zeige, dass es uns nicht nur um dumpfes Prügeln und Wichsen gehe. Im Laufe der Jahre hat es viele solche kleine belebende Momente gegeben. Wenn ich ein neues Projekt plane, habe ich für gewöhnlich keine Probleme, Leute zu finden, die mir dabei helfen. Sie alle wollen ein Teil im Netz der Spinne sein.

6.
Fantastische Reise

Ich glaube, dass ich schon einmal gelebt habe. Ich habe ein Bild von mir, wie ich als eine mittelalterliche Person jemanden bestrafe. Ich weiß, dass sie versucht haben müssen, mich zu hängen, weil ich mich so von Atemkontrollspielen angezogen fühle. Und ich habe immer einen steifen Hals. Dieser Glaube liefert die Stichworte für das, was ich tue.

Princess Spider

Kunden und Erektionen. Sie gehören zusammen wie Liebe und Heirat oder Pferd und Wagen. Es wird sehr schwer für sie … Sie wollen sich selbst streicheln. Sie sehen mich mit sehnsüchtigen, lüsternen Augen an und die Macht meines parfümierten Körpers macht sie verrückt. Manchmal betteln sie um die Erlaubnis, sich selbst berühren zu dürfen und ich erlaube es ihnen, aber sie müssen einen Preis dafür zahlen. Vielleicht fünfzig Hiebe mit meinem Stock oder der Quirt oder einem feinen Lederpaddle.

Viele Männer haben Erektionsstörungen und sie fragen mich um Rat, damit sie ihre Eheprobleme lösen können. Ich pflanze einen Samen der Lust, vielleicht, indem ich ein Sklavenmädchen ihre Eier lecken lasse, während ich sie mit dem Stock schlage. Kaum zu glauben, was man alles machen kann. Ich spiele mit ihnen und befehle ihnen, groß zu werden, damit sie den Anblick ihrer Schwänze genießen kann.

Bei ihrem nächsten Besuch erzählen sie, dass der Sex mit ihrer Partnerin sich verbessert hat und meine Therapie hat mal wieder funktioniert …

Viele Sklaven bitten darum, während einer Session oder gegen Ende kommen zu dürfen. Das geht dann so vor sich, dass ich ein Ende einer

Leine an ihrem Halsband befestige und das andere an einem Hundenapf aus Plastik. Dann befehle ich ihnen, sich selbst in den Napf hinein zu melken. „Melken“ ist der korrekte Ausdruck dafür, wenn sie während einer Session Sperma verspritzen.

Ein Leibsklave wird gemolken, indem die Mistress ihn „zwangsfickt“, vielleicht während er gefesselt ist und auf dem Fußboden des Dungeons liegt. Ich klettere auf sie und spiele mit ihnen bis zur Raserei, dann erhebe ich mich langsam von ihrer Männlichkeit und mache eine Pause, kurz bevor sie zum Höhepunkt kommen. Großartig für mich, frustrierend für sie.

Ein alter Knabe namens Master Eugene, er ist schon in seinen Achtzigern, hat mich im The Gate spielen sehen, er sah, wie ich einen Schwanz mit einem Rohrstock geschlagen habe. Ich habe mich später mit ihm unterhalten, als ich innerlich wieder ruhiger wurde, und er sagte: „Princess Spider, du weißt die dunkle Seite wirklich zu beherrschen.“

Die dunkle Seite bedeutet nicht, dass du die Schmerzgrenze immer weiter ausdehnst, es ist ein Ort in deinem Kopf. Es geht darum, Menschen bis an einen bestimmten Punkt zu bringen. Du musst an schöne Dinge denken, um den Schmerz zu bewältigen. Wenn du dir vorstellst, du lägest nackt an einem sonnigen Strand, die Hitze dringt durch deine Haut, vielleicht kannst du das Rauschen der Wellen hören, die sich am Strand brechen, dann wirst du das Brennen nicht so sehr spüren, wenn der Stock oder die Peitsche dich beißen. Sobald du denkst, scheiße, es geht los, wirst du den Schmerz spüren. Du musst mit dem Verstand und den Fantasien herumspielen. Es gibt nicht viele Dominas, die das tun.

Als ich in den Midlands lebte, bin ich jeden Sonntag in die Kirche gegangen. Doch als ich hierher kam, konnte ich keine anglikanische Kirche finden. Also gehe ich für gewöhnlich zum katholischen Gottesdienst in die Westminster Cathedral. Es gibt sehr viele Rituale und das ganze Erlebnis ähnelt meinen eigenen Sessions, die auch voll von Ritualen sind. Die Kerzen, die Musik, die verschiedenen Stimmungen, all diese Dinge.

In meinem alten Studio gab es viele verschiedene Lampen, so dass ich die Stimmung verändern konnte, indem ich unterschiedliche Schalter betätigte. Ich konnte Schummerlicht erzeugen und den ganzen Raum hell erleuchten, die Musik wechseln oder Duftkerzen anzünden. Auf diese

Weise merkten die Sklaven, ob sich die Session für sie zum Besseren oder zum Schlechteren wendete, ob sie zum Beispiel rauer oder sinnlicher wurde. So war ich schon immer und die Kirchenbesuche haben mich gelehrt, welchen Einfluss die Stimmung auf die Umgebung und auf einen Menschen haben kann.

Es begann damit, dass meine Katze Sammy starb, als ich ein Kind war. Ich war am Boden zerstört – und ich hatte seitdem immer eine Katze. Nach seinem Tod wachte ich eines Nachts auf und Sammy saß auf meinem Bett. Ich muss etwa zwölf Jahre alt gewesen sein. Ich konnte ihn deutlich sehen, so als wäre es Tag. Ich wagte nicht, mich zu rühren, um ihn nicht zu verscheuchen, ich war einfach nur glücklich, dass er da war.

Eines Nachts, kurz nachdem mein Dad gestorben ist, stand ich auf, um zur Toilette zu gehen und mein Vater stand in der Diele. Ich sagte: „Alles in Ordnung, Dad?“ und ging zurück ins Bett. Ich sehe Dinge und manchmal kann ich die Zukunft sehen.

Nicht viele Leute wissen davon, aber wenn ich eine Session vor mir habe, die ich selbst als heftig empfinde, muss ich in die Kirche gehen. Das mache ich immer. Es bringt mein Innerstes ins Gleichgewicht. Manche von den Dingen, die ich mit Männern machen muss, sind ziemlich schlimm, so dass ich die nette, liebe Seite in mir als Gegengewicht zu all dem brutalen Zeug brauche. Ich behaupte nicht, dass ich nicht glücklich bin mit dem, was ich tue, denn das bin ich, aber Twin meint, das läge nur daran, dass ich eine typische Katholikin sei. Du machst etwas Unanständiges und danach gehst du zur Beichte. Wenn ich vorher nicht zur Kirche gehen könnte, würde ich wahrscheinlich nicht das tun, was ich tue.

Wenn mir eine Show bevorsteht oder ich eine große Session organisiert habe, gehe ich in die Kirche, um Energie zu tanken. Einmal war ich so müde, dass ich kaum die Augen offen halten konnte. Ich ging in die Kirche und betete etwas zwanzig Minuten lang. Als ich durch die Kirche zurück zum Ausgang ging, wurde meine Sicht klarer, plötzlich war ich erfrischt und bereit, anzufangen. Während ich in der Kirche sitze wird mein gesamter Körper heiß, was auch passiert, wenn ich Menschen heile.

Ich glaube an Reinkarnation. Ich habe schon einmal im Mittelalter gelebt. Ich muss so eine gottlose Schlampe gewesen sein! Sie haben versucht, mich zu hängen, was meine Liebe zum Knüpfen von Knoten und zum Nachspielen von Strangulationen erklärt. Es hat irgendetwas mit einem früheren Leben zu tun, davon bin ich überzeugt. Es unterstützt die Persönlichkeit, den ich angenommen habe. Du kannst dieses Geheimnisvolle in meinen Augen sehen. Ich habe das Gefühl, es gäbe da so eine alte Geschichte in der Vergangenheit. Ich schöpfe Kraft daraus. Um Gottes Willen, lass bloß meine Sklaven nichts davon wissen …

Hausaufgaben für Sklaven:

Aus dem Augenwinkel sah ich, wie die Mistress kam und sich neben mich stellte. Ihr Werkzeug war bereit, um mich zu bestrafen und so groß, wie ein Strap-on nur sein kann. Sie hob die Klammern an, wackelte daran und begann an meinen Nippeln zu ziehen. Mein Körper sehnte sich danach, vollkommen beherrscht zu werden. Ich konnte nicht aufhören, vor Vergnügen zu seufzen, während ich mit dem Arsch wackelte, um die Aufmerksamkeit auf mein hungriges Loch zu lenken.

Sie reagierte darauf, indem sie meinem Arsch einen kräftigen Klaps auf die Striemen gab, mit denen er bereits kreuz und quer übersät war. Das brennende Gefühl verteilte sich über meine ganzen Hintern und schwappte bis in den Bauch. Oh ja, ich wollte meiner Mistress in jedem frustrierenden Verlangen ein gehorsamer Sklave sein. Sie ließ noch einmal ihre bloße Hand niedersausen, um meine weiche Arschbacke klatschend mit flammenden Schmerzen zu überfluten und dann, ganz zärtlich, meine andere Backe zu streicheln. Lachend erzählte sie mir, dass sie es hassen würden, diese Backe zu vernachlässigen und sie ließ dem sanften Streicheln einen weiteren laut widerhallenden Schlag folgen. Je mehr ich geschlagen wurde, desto heißer wurde mein Hintern und desto kräftiger musste ich mit den Hüften wackeln. Mein Arsch fühlte sich an, als würde er vor Lust und Schmerz einen Satz machen. Mein Penis war prall gefüllt und sehnte sich nach der Aufmerksamkeit dieser dominanten Frau. Ich konnte spüren, wie die Eichel von den ersten Lusttropfen feucht wurde.

Sie trat hinter mich und kniete sich hin, ließ ihre Hand mit dem ledernen Handschuh an der Innenseite meiner Schenkel entlang bis zu meiner Leiste gleiten, um meine Eier in ihre Hand zu nehmen. Ich zitterte voller

Vorfreude, sie zu empfangen. Meine letzten Hemmungen waren vergessen, als ich schließlich spürte, wie die große, volle Spitze ihres Strap-ons an meinem Fleisch ruhte. Ich stieß zurück, um zu versuchen, sie so gut es ging zu verschlingen, doch stattdessen erhielt ich einen Klaps, der mich vor Enttäuschung aufheulen ließ. Bevor ich mich recht erholen konnte spürte ich, wie ihr gewaltiges Stück in mich einzudringen begann. Es brauchte nur einen einzigen Stoß, um mich vollkommen auszufüllen. Sie ruhte tief in meinem Inneren und ich konnte spüren, wie ihr Schwanz Wogen der Lust durch meinen Arsch und meinen Penis und meinen Bauch sandte. Sie begann, sich vor und zurück zu bewegen, legte an Tempo zu und die Intensität verstärkte sich. Sie stieß immer schneller und brutaler zu und begann meinen Oberkörper wieder mit heftigen Schlägen zu bearbeiten.

Das war mehr als ich mir habe träumen lassen. Ich spürte, wie ich auf einen Orgasmus zuraste. Ihre Hände streiften meine zarten Nippel, während sie damit fortfuhr, ihren hingebungsvollen Sklaven zu pfählen. Der schwarze Lederhandschuh wanderte an meinem Bauch hinunter bis zu meinem Penis. Es war einfach göttlich, wie sie meinen Penis anpackte und liebkoste, während sie mich gleichzeitig in solch einem stürmischen Rhythmus in den Arsch fickte. Ich stimmte einen monotonen Singsang an, dass mein Arsch meiner Mistress gehört. Ich liebe diese Frau.

Plötzlich zuckte mein Penis und mein Arsch verengte sich. Alles in mir verspannte sich und ich behielt sie in mir, als ich kam.

Danke, Mistress.

Mein Sternzeichen ist Fisch und so sind Fantasien und Träume Teil meines normalen Lebens. Ich glaube, ich bin so etwas wie eine verhinderte Schauspielerin. Bei dem, was ich mache, brauche ich viel Fantasie und ich mache viele Rollenspiele. Ich helfe Sklaven oft, verschiedenen Szenarien mit Requisiten durchzuspielen und gelegentlich müssen sie auch ein paar Zeilen auswendig lernen. Manchmal fühlt es sich in einer Session an, als würde ich eine Szene für einen Film oder ein Theaterstück ausarbeiten. Das ist es, worum es beim BDSM hauptsächlich geht. Aber es ist auch meine zweite Natur. Ich fühle mich nie unsicher. Ich versuche, mit Hilfe meiner verschiedenen Karrieren so viel wie möglich herauszufinden: als Domina, beim Schauspielern und beim Schreiben. Sessions sind für mich echt und keine Fantasie. Es wird nur zu einer Fantasie, wenn ich mit meinen Sklaven Psychospiele mache und ihnen zum Beispiel erzähle, ich würde sie von einer Sklavin schlagen lassen, während sie mich fickten. Ihre Schwänze reagieren wie Stehaufmännchen!

Ich kann dem Argument nicht zustimmen, Fantasien würden sterben, sobald sie einmal ausgelebt wurden. Ich halte den Versuch, eine Fantasie umzusetzen und auszuleben, auch nicht für gefährlich. Mit jeder Erfahrung wird es besser, ich habe heute genau so viel Sex und mache genau so oft Liebe wie mit achtzehn, wahrscheinlich mehr.

Eines Abends waren wir alle zusammen zu Hause, ich, Twin und meine zwei Jungs. Die beiden beschlossen, rüber in den Pub zu gehen um sich das Fußballspiel anzusehen. Sie waren kaum zwei Minuten aus dem Haus, als Twin beschloss, mich ins Badezimmer zu zerren und mit mir zu spielen. Er riss mir die Kleider runter und schon waren meine Hände mit dem Gürtel des Morgenmantels gefesselt und meine Augen verbunden. Er biss, bestürmte, kitzelte und quälte mich und ich dachte: „Jesus, vor fünf Minuten habe ich noch mit meinen Söhnen vor dem Fernseher gesessen und jetzt das hier." Die Leute würden es nicht glauben. Wir hatten unglaublichen Sex, er tauchte in mich ein und zog sich wieder zurück und stürmte wieder vor … und ich war völlig hin und weg, seiner Gnade ausgeliefert. Er tastete mit seinen Händen herum nach meinem G-Punkt, fand ihn und ich schreckte zurück, knallte mit dem Kopf gegen das Regal und all die Ketten und Peitschen, die daran hingen, krachten runter. Ich verhedderte mich immer weiter darin, während er mich massierte und ich explodierte und nicht mehr wusste, wo ich war, wer bei mir war oder was überhaupt geschehen ist. Total abgefahren. Dann haben wir gebadet und sind in den Pub gegangen, um noch etwas zu trinken. Es ist ein anderes Leben und diese köstliche Verrücktheit kann mich jederzeit überkommen.

Mein Sexualtrieb ist nie schwächer geworden. Aber meine Männer werden älter und können mit meinem Appetit nicht mehr mithalten. Ich habe jedoch eine gesunde rechte Hand und verbringe oft den Abend allein, zu Fantasien über Gruppensex masturbierend. Eine Fantasie bleibt in meinem Kopf stets eine Fantasie, auch wenn ich sie immer wieder durchlebe. Erregung ist für mich die Kunst, neue Geheimnisse zu entdecken und sie in ein Begehren zu verwandeln, dass ich genießen kann. Ich liebe es, ihren Geist mit meinen Worten zu verwirren, ihnen visuelle Stimulation zu bieten, ebenso wie ich auf die mentalen Aspekte ihrer Fantasien Bezug nehme.

Twin zum Beispiel hat seine Fantasien weiter entwickelt, so dass sie immer noch einen Hauch dessen enthalten, was ihn ursprünglich erregt hat, aber an neue Szenarien, Wendungen und Abenteuer angepasst sind. Im Moment hat er Lust darauf, als Leibsklave zu dienen, während er von einer Sklavin mit dem Rohrstock verprügelt wird, die ihn an einer fest um seine Eier gewickelten Lederleine führt. Sie hält ihn zurück und zieht ihn von meinen gespreizten Beinen weg, wo sein geschwollener Schwanz nur Millimeter von meiner heißen und bereiten Pussy entfernt war. Das raubt ihm den Verstand!

Manche Kunden schämen sich ihrer Fantasien oder Kindheitserlebnissen, die sie in eine sexuelle Richtung gestoßen haben, die sie andernfalls niemals eingeschlagen hätten.

Sie alle vertrauen sich mir an, manchmal, weil sie mit den Menschen, die ihnen persönlich näher stehen, nicht darüber sprechen können. Es gibt einen Typ, den ich meinen Höschensklaven nenne. Er hat als Kind mit den Unterhosen seiner Schwester gespielt. Ich fand das am Anfang etwas verrückt. Er hat immer im Wäschepuff herum gewühlt, um ihre benutzten Höschen rauszusuchen. Dann zog er sie an und schnüffelte daran. Es ging weiter mit den Unterhosen seiner Freundin, was, wie ich finde, eher nachvollziehbar ist. Ich hatte Jungs, die haben mich um meine Hosen angebettelt, bis ich angefangen habe, sie über meine Webseite zu verkaufen. Es scheint ziemlich weit verbreitet zu sein. Er hat mir all die Bilder von Unterhosen und so gezeigt, denn er war ein Briefsklave und ich habe ein Dokument erstellt über Höschen und was er tun soll – es gab ein Bild von einem Rüschenhöschen und einem Mädchen in Nahtstrümpfen und ich befahl ihm in diesem Dokument, das Bild zu küssen, an den Höschen zu schnüffeln und habe ihn in seinem Fetisch bestärkt. Er hat ein Höschen von mir für fünfzig Pfund gekauft, an dem er jeden Tag schnüffeln und mir davon schreiben soll. Wir haben hauptsächlich über E-Mail Kontakt.

Manche von ihnen sind ziemlich ungezogen. Es gab da einen Kerl, Philip, der einmal im Monat zu mir gekommen ist – er ist schon ein paar Monate nicht mehr da gewesen, also denke ich, er wird wohl nicht mehr auftauchen – doch er hat sich auch immer noch mit einer Thai Masseuse und Prostituierten getroffen. Er hat mir alles über sie erzählt, denn er hatte einen ziemlich starken Sexualtrieb und liebte es, herumzuexperimentieren. Seine Freundin oder Frau ist ziemlich spießig, was ihre sexuellen Vorstellungen angeht, während er Analsex liebt. Also hat er das mit dieser Masseuse zusammen ausprobiert. Er hat das nicht als Affäre eingeordnet, eher als eine Möglichkeit der Entspannung, doch ich schätze, ich würde es genau so machen, zu einer Domina oder einer Hure gehen, wenn ich mich nach bestimmten Dingen sehnen würde. Lustiger Weise wollte er in den Sessions mit mir nie eine Erektion haben oder kommen oder so etwas. Ich glaube, er fand es treulos dem Mädchen gegenüber, mit dem er schlief. Ich weiß nicht warum, das ist einfach seine durchgedrehte Art. Doch ich hatte ihn beinahe so weit und nach der Session erzählte er mir, es sei hart gewesen, nicht hart zu werden.

Einmal hatte ich eine Nachricht auf meinem Anrufbeantworter. Er heiße Norman Ward und hier sei seine Telefonnummer. Ich stellte fest, dass es eine Nummer in Orpington war. Ich rief ihn also zurück und eine Frau antwortete.

Ich sagte: „Ist da Norman Ward?“

Und sie sagte: „Ja, hier ist das Norman Ward Krankenhaus. Mit wem möchten Sie sprechen?“ Ich begriff und ich überlegte, ob ich jetzt auflegen oder der Sache auf den Grund gehen sollte. Doch ich war neugierig, also erzählte ich, dass mich jemand angerufen habe, ich aber seinen Namen nicht verstanden hätte. Sie sagte, es könnte ein gewisser Leonard gewesen sein und stellte mich zu ihm durch. „Hallo, Mistress.“ Er klang etwas nervös und gereizt.

„Wo genau bist du, Leonard?“

„Ich bin im Green Park Haus in Orpington. Ich will dir dienen und deine Stiefel küssen.“ Seine Stimme war sehr zittrig. Er wollte, dass ich zu ihm komme, doch ich sagte nein, ich will, dass er in das Studio in Camden kommt. Ich ließ mich von Twin fahren und er wollte dableiben, nur für alle Fälle. Er war etwas nervös, denn vielleicht würde Leonard als Bewohner einer psychiatrischen Klinik sich als Psychopath entpuppen und versuchen, mir etwas anzutun. Also erklärte ich mich bereit, dass er nebenan sitzen blieb und die Türen offen blieben, weil sich Leonard wahrscheinlich an einem Ort aufhielt, an dem die Türen nicht geschlossen oder gesichert waren. An seiner Reaktion auf die geöffneten Türen würde ich erkennen, wie die Dinge standen.

Ich ging früh genug hin um alles vorzubereiten und spazierte die Straße entlang, als ich dieses kleine Kerlchen in sackartig herunter hängenden Bermudashorts und mit einem Walkman sah, das ruhig vor sich hin wippte, während es auf dem Gehweg wartete. Und ich dachte: „Wippt er, weil er sich darauf freut geschlagen zu werden oder wippt er im Takt seiner Musik oder weil er ein Psycho ist?“

„Hallo“, sagte ich. „Bist du Leonard?“

Ein großes Lächeln. „Ja, Mistress.“

Ich schickte Twin nach unten und ließ ihn alle scharfen Waffen beiseite räumen, während ich Leonard eine Tasse Kaffee zubereitete. Ich saß in einem Sessel und unterhielt mich mit ihm. Er wollte seinen Obolus bezahlen, doch da waren nur zwanzig Pfund in seiner Brieftasche und er sagte, dass er vergessen habe, zur Bank zu gehen und nicht das ganze Geld dabei habe. Er wurde etwas weinerlich, doch ich schickte ihn mit Twin zusammen zur Bank. Ich spürte, dass er überhaupt nicht gefährlich war. Er war eher wie ein großes Kind. Also holte er das Geld und wir gingen nach unten und tranken unseren Kaffee aus. Ich war sehr konservativ gekleidet, weil ich beim ersten Mal nicht zu bedrohlich auf ihn wirken wollte. Ich sprach meistens mit ihm wie eine Sozialarbeiterin. Ich wollte ihn nicht wirklich schlagen, weil ich seine Reaktion darauf nicht einschätzen konnte. Ich dachte, ich versuche ihn einfach nur einzuordnen. Ich begann aufzuschreiben, was er mag - Fußerotik, Stiefel küssen, PVC - wie er von mir erfahren hat (aus einer Zeitschrift) und warum er mich sehen wollte.

Ich fragte ihn, ob er meine Stiefel lecken möchte und er küsste sie glücklich eine Zeitlang. Dann unterhielten wir uns und er sagte zu mir: „Weißt du was, Mistress ... manche Leute denken, ich bin Satans Sohn.“

Ich sagte: „Tun sie das wirklich, Leonard? Wer sagt solch Dinge? Du glaubst doch nicht an Satan, oder?“

„Ich weiß nicht, Mistress.“

„Was denkst du, was das ist?“ Und ich zeigte ihm ein Kreuz.

„Das ist ein Kruzifix“, sagte er.

„Glaubst du an Gott?“

„Ja, Mistress.“

„Nun, dann musst du dir keine Sorgen machen. Gott ist viel mächtiger.“

Dann schien er die Sache vergessen zu haben und redete über PVC-Kleider, was mich auf den Gedanken brachte, dass er es nur gesagt hatte, um eine Reaktion bei mir hervor zu rufen, und um zu versuchen, mich ausrasten zu lassen. Er wollte ein ungezogener Junge sein.

Er war vielleicht Mitte Dreißig, also behandelte ich ihn wie einen Achtzehnjährigen, der unartig gewesen war und eine starke Hand brauchte.

Ich sagte: „Gefällt es dir hier?“

Ich saß nicht mehr auf meinem Bondage-Thron. Ich wollte ihn in einer Position haben, von der aus er die Tür sehen konnte. Wir haben über Fußball und alles Mögliche gesprochen. Er sagte, er lebe in einem Heim, weil er Stress habe und weil seine Familie nicht mit ihm klar käme. Er sagte: „Ich bin froh, dass ich den ganzen Tag hier bei dir sein kann, Mistress.“

Ich erklärte ihm, dass er nicht den ganzen Tag bleiben könne, da er nur für eineinhalb Stunden bezahlt habe und dass er schon viel davon verschwendet habe, weil er erst noch zur Bank hatte gehen müssen, so dass jetzt nur noch fünfzehn Minuten übrig waren. Er begann zu weinen, so dass ich ihm sagte, er könne noch irgendwo anders hingehen, bevor er in die Psychiatrie zurückging. Ich schickte ihn für ein paar Stunden nach Soho, damit er sich Dinge anschauen konnte, die er normalerweise nicht zu sehen bekam. Er wollte nicht zurück, doch ich sagte ihm, dass er es müsse und dass er mich anrufen sollte, sobald er angekommen sei. Wir verabschiedeten uns und ich nahm ihn in den Arm. Es war eine merkwürdige Session, sehr angespannt und ich spürte, dass ich ruhig bleiben musste, als er Satan erwähnte, doch ich fühlte mich nicht einen Moment gefährdet. Den Besitzern des Studios war nicht ganz wohl bei dem Gedanken, dass er da gewesen war, aber ich sagte, es ist mir egal, was mit ihm nicht stimmte, er hat die Chance verdient, mal etwas anderes zu erleben, wenn es das ist, was er will. Ich habe ihn nicht einmal berührt. Ich habe ihn umarmt, das war alles. Ich gab ihm das Gefühl, wie eine Schwester für ihn zu sein und habe ihn beruhigt. Ich habe seitdem nichts mehr von ihm gehört. Ich hatte mir zu große Sorgen darum gemacht, dass es ihm gut gehe, um wirklich Angst zu haben. Ich hoffe, es hat ihm gefallen.

In gewisser Weise sind alle gute Erfahrungen Eroberungen. Es mag welche geben, die das starke Bedürfnis haben, zu einer Domina zu gehen; die mich häufig anrufen, um mit mir zu sprechen, aber nie den letzten Schritt machen und sich wirklich mit mir treffen. Sie wollen nur über ihre Fantasien sprechen. Ich weiß nicht, warum sie Angst davor haben, sie auszuleben, denn ich lebe meine aus und sie werden immer besser, entwickeln sich. Es scheint, es wäre es für manche ein Schritt zu viel, vielleicht, weil sie Angst haben oder es ihnen peinlich ist. Diejenigen, die in den sauren Apfel beißen und sich vor mir ausziehen zittern deutlich sichtbar, weil sie so nervös sind.

Manchmal ist es schwierig, wenn ein neuer Kunde auftaucht, der sich in einem jämmerlichen Zustand befindet und wegen der Session regelrecht in Panik ist, so wie Sklave Alice. Es ist ein hartes Stück Arbeit, sie soweit zu entspannen, dass sie die Session genießen können.

Alice erzählte mir, dass er noch nie zuvor bei einer Domina gewesen sei. Er konnte nicht erklären, was er erkunden wollte, er wusste nur, dass er, als er mein Bild gesehen hat, diese spirituelle Verbindung gespürt hatte. Ich sagte, das sei merkwürdig, dass er das aufgrund eines einzigen Fotos sagen könne; ich kenne diese Reaktion von vielen Leuten, die mich ein paar Mal gesehen haben, aber ich habe es noch nie bei einem neuen Sklaven erlebt. Ich vermute, es waren meine Augen, die ihn angezogen haben, denn das Bild, das er gesehen hatte, stellte keine besonders dominante Szene dar. Er hat jetzt ein Bild in seinem Strafbuch. Er hat einen verzierten Spiegel, über einhundert Jahre alt, mit Bildern von mir drum herum, als Altar des Respekts eingerichtet.

Ich versuche, mich auf behinderte Kunden einzustellen, wann immer ich kann. Ich kenne viele Dominas, die da eine Grenze ziehen, aber körperliche Bedürfnisse sind körperliche Bedürfnisse. Das Verlangen selbst ist nicht behindert, warum also diese Vorurteile? Es gibt da einen Typ aus Belfast namens Allan. Er hat die Fernsehshow gesehen und spart immer noch darauf, nach London zu kommen und mich zu sehen. Er möchte eine Session mit mir und einer Sklavin zusammen haben. Er hat Multiple Sklerose und muss die Treppe in den Dungeon hinunter getragen werden. Er möchte eingeschlossen und verdeckt werden, so dass sein ganzer Körper verhüllt ist, was mich auf den Gedanken brachte, dass er irgendeine Form von körperlicher Missbildung haben könnte. Ich war früher Sozialarbeiterin und weiß ein wenig über Missbildungen. Ich will nicht gerade sagen, ich hätte schon jede Form von Behinderungen erlebt, aber ich habe schon einiges gesehen. Und es hat mich noch nie schockiert. Ich frage mich oft, wie sie damit zurechtkommen. Doch ich freue mich, sie zu sehen. Allan möchte eine vierstündige Session – das macht etwa sechshundert Pfund für mich und die Sklavin – und das ist schon ein Sonderpreis. Ich freue mich, dass ich das für ihn tun kann. Es macht ihn glücklich und vielleicht hilft es ihm sogar bei seiner Behinderung. Jeder braucht ein Ventil für seine Sehnsüchte.

Sie reden viel über alles Mögliche. Sie sprechen über Familienprobleme oder ob sie schwul sind; sie reden darüber, wie gut oder schlecht ihre Beziehung läuft, ob sie schikaniert werden, warum es bei ihnen mit Frauen nicht klappt, wie sie damit zurechtkommen. Ich bin wie eine Vertraute. Ich habe mir sogar die Probleme des berüchtigten Dave Courtney[5] angehört.

Dave ist ein Tier. Ich war einmal auf eine Party eingeladen, auf der irgendetwas gefilmt wurde. Ich trug ein schwarzes PVC-Top, einen Rock und Highheels. Ich hatte meine erste Peitsche dabei, denn ich hatte gerade erst angefangen, durch die Clubs zu ziehen. Dave kam herein und ich saß gerade mit meinem Freund Gary zusammen. Er war ziemlich verblüfft. Gary wusste, dass Dave auf Fetisch stand, aber er hatte nicht gewusst, dass er zu dieser Party kommen würde. Die Party war großartig und ich saß da

5 Dave Courtney = Selbsternannter „Gangster“, dessen Verbrechen eher Fantasiegespinste zu sein scheinen und der inzwischen dem Verbrechen abgeschworen hat. Er ist Musikproduzent, schreibt, schauspielert und macht Filme.

mit Baby Freddy und Dave sagte: „Du sitzt auf meinem Platz." Freddy wollte zuerst nicht aufstehen, aber Dave öffnete seinen Mantel und zeigte diese große silberne Waffe, was meine Aufmerksamkeit fesselte, denn ich liebe Waffen und Messer. Freddy machte, dass er fort kam.

Dave fing an, sich mit mir zu unterhalten und fragte mich, ob ich einen Drink wollte. Ich sagte, an der Bar gäbe es wenig, was mir gefiele, also trank ich Brandy mit Lucozade. Er wollte wissen, wie es schmeckt und kaufte mir noch einen Drink, probierte davon und am Ende waren da noch zwei oder drei andere Spinner, die Brandy mit Lucozade getrunken haben, was ziemlich lustig war.

Wir haben ein paar Filmaufnahmen zusammen gemacht. Wir spielten im Dungeon und Master Alex beschloss, mich zu dominieren. Er hat mich über einen Stuhl gelegt, eine Browning mit einem langen Schalldämpfer rausgeholt und mich tatsächlich mit diesem Schalldämpfer gefickt. Er konnte meinen G-Punkt nicht finden, so dass ich den Orgasmus vortäuschen musste, doch das machte ich so gut, dass Dave sagte: „Wow, du bist fantastisch, du bist ein echtes Naturtalent als Pornostar."

Ich sagte: „Ich bin aber kein Pornostar. Ich bin eine Domina."

Wir haben alle rumgespielt, quer durcheinander. Master Alex hat seine Bullwhip vorgeführt und sie sich um meinen Körper wickeln lassen. Inzwischen war ich nackt bis auf meine Unterwäsche. Ich trug ein spitzenbesetztes Halstuch um meine Taille, das meine Figur wirklich gut zur Geltung brachte. Ich war damals auch noch schlanker und sah ziemlich gut aus. Meine Hände hatte ich in meinen Haaren vergraben und diese Peitsche liebkoste meinen Körper. Jeder Filmmeter kam in Daves Film, den er zu der Zeit drehte, Hell to Pay.

Dave beschloss, dass ich mich auf ein Sofa vor einen riesengroßen Spiegel stellen sollte und er mir von hinten einen Gummiknüppel reinschieben würde. Das war ziemlich aufregend. Ich schrie ein bisschen und er beschloss, dass er mich ficken wollte, was er dann auch von hinten tat. Es war großartig, mein erster Fick vor laufender Kamera. Es war sehr erotisch, mit dem schummrigen Licht und dem Spiegel. Es schien nur noch ihn und mich zu geben, obwohl der Raum voll mit Leuten war, aber es herrschte eine gute Stimmung.

Danach sagte Dave zu mir, ich hätte etwas Spaß verdient und er wollte eine Szene in seinem Film haben, in der eine Pussy verwöhnt wird, also lag ich mit weit gespreizten Beinen da und ich war so durstig, dass ich einem Kerl sagte, er solle sich auf die Socken machen und mir ein Bier holen, während ein kahlköpfiger Sklave sich über mich hermachte. Ungefähr nach der Hälfte kippte ich ihm das Bier über seine Glatze und es spritzte überall hin und war wirklich geil. Ich habe überhaupt nicht daran gedacht, was aus diesem Film einmal werden würde. Ich genoss einfach den Augenblick und ließ mich treiben.

Vor kurzem habe ich von einem meiner Telefonsklaven gehört, dass diese Szenen zwei oder dreimal auf Bravo TV gezeigt wurden … Er rief mich an und sagte: „Oh, Mistress, ich habe Sie gerade im Fernsehen gesehen. Sie sahen göttlich aus und es war sehr beeindruckend, was Sie da mit dem Gummiknüppel gemacht haben. Prima, Sie in Ihrer unterwürfigen Rolle zu sehen."

Folgendes war geschehen: Die Szenen wurden als zu ordinär für Daves Film erachtet, als er versuchte ihn zu realisieren und wurden herausgeschnitten. Daraufhin verkaufte Dave die Szenen an Bravo. Ungezogener Junge.

Ein paar Monate später, nachdem Hell to Pay geschnitten war, fuhren wir mit etwa sechzig Leuten nach Cannes, wo er gezeigt wurde. Ich tat es nicht wegen des Geldes. Es gab Unmengen von Bodyguards und wir gingen aus, an all diese wunderschönen Orte. Dave hat einen fantastischen Sinn für Humor, trotz seines Rufes, ein harter Kerl zu sein. Er ist auch sehr verletzlich, auf vielerlei Art und Weise. Ich erinnere mich, dass wir auf einer Party waren und er saß draußen, er war wegen irgendetwas deprimiert. Ich ging in meinem Fetischoutfit zu ihm und er sagte: „Wow, du rettest den Abend für mich, du siehst wunderbar aus." Und er wollte einfach nur in den Arm genommen werden. Ich fand es bizarr. Da war dieser große, brutale Mann, sein Gefolge aus Schlägern stand um ihn herum, und ich saß auf seinem Schoß und knuddelte ihn.

Bevor wir ausgingen, saßen wir zusammen am See und er erzählte mir, wie die Dinge standen, was ihn anpisste, was gerade in seinem Leben abging. Er erzählte mir, dass es da einen Kerl in seiner Gruppe gebe, der ihn reingelegt habe. Er fragte mich, ob ich mit ihm kommen würde und ihm eine Freisession anbieten würde, damit Dave die Möglichkeit bekäme, sich zu rächen. So erfuhr ich, wer dieser Kerl war und es stellte sich heraus, dass er der Besitzer eines Londoner Clubs war. Ich hatte gehört, dass er gerne mal kokste, also dachte ich, ich könnte diese Schwäche in der Session benutzen.

Wir gingen in den Club und haben die ganze Nacht über getanzt. Ich habe ihn mit meiner Magie verzaubert, habe mit ihm geflirtet, ihn geneckt, ihn mit Worten heiß gemacht und bin, als wir wieder im Hotel waren, zu ihm auf sein Zimmer gegangen. Er stand offensichtlich auf Brustwarzenfolter, doch ich hatte keine Spielsachen mit nach Cannes genommen, denn ich wusste nicht, wie ich dem Zoll hätte erklären sollen, warum ich einen Koffer voll mit gefährlichen Geräten bei mir hatte. Ich schaute mich also um und entdeckte ein paar Flügelklammern und einige Kerzen. Ich ließ ihn niederknien und begann ihm ein paar Ohrfeigen zu geben. Er war ein ziemlich zäher Bursche, so dass es ein ziemlicher Kick für mich war, ihn zusammenzuschlagen. Er sagte, er wollte meine Pussy verwöhnen und ich sagte: „Ach ja, das sagen alle. Aber du musst es dir verdienen."

Ich legte ihn auf das Bett und schlug seinen Arsch wund und rot. Mir war nicht bewusst, wie dünn die Wände im Hotel waren. Alle Jungs, die gerade als Bodyguard Dienst hatten, waren in den Zimmern links und rechts von uns und gaben keinen Ton von sich. Sie hörten zu, wie ich dem Kerl die Scheiße aus dem Leib prügelte und ihn, auf seine Bitte hin, beschimpfte. Ich stopfte ihn mit Koks und Champagner voll. Es war die reinste Orgie. Ich saß auf seinem Gesicht und schlug auf seine Eier ein und ich stellte fest, dass er einen netten, großen Schwanz hatte, also dachte ich, warum sollte ich nicht davon kosten, schob ihm ein Kondom über und ritt ihn wie ein Pferd. Ich hatte ihm ein Handtuch um den Hals gelegt und packte es, als hinge mein Leben davon ab. Wir waren so wild, dass das Bett einen Satz tat, auf den Boden krachte, die Matratzenteile flogen auseinander und wir versanken mittendrin. Wir waren drei oder vier Stunden zu Gange. Er war von meinem Appetit vollkommen außer Gefecht gesetzt.

Ich duschte und befahl ihm aufzuräumen und sich seinen schicken goldbraunen Abendanzug anzuziehen. Ich schlich hinaus auf den Korridor und hörte dieses langsame, leise Händeklatschen hinter mir. Ich drehte mich um und da standen sie alle und beobachteten meinen grandiosen Abgang. Ich sagte: „Hi, Jungs. Ich bin fertig, wir können jetzt gehen."

Dave sagte: „Das war verdammt fantastisch."

Dave hatte eine Menge Freundinnen in seinem Leben und ich wusste, dass ich nur eine von vielen war, doch der Unterschied bei mir war, denke ich, dass er mit mir ernsthaft reden konnte. Wir werden Freunde bleiben bis zu dem Tag, an dem einer von uns den Löffel abgibt.

Manche der Sklaven, die zu mir kommen, genießen es, jegliche Verantwortung vollkommen abzugeben. In der Session geht es einzig und allein um sie. Sie fühlen überhaupt keinen Druck, einen Partner zu befriedigen oder sich über ihre Technik oder ihre Leistung Gedanken zu machen. Es ist die totale Egomassage. Das Ergebnis davon kann ziemlich durchschlagend sein. Einmal kam ein Sklave zu mir, der ein rotes PVC-Kleid trug. Ich setzte ihn auf den Gynstuhl und verband ihm die Augen. Ich bringe meine Sklaven gewöhnlich dazu, in merkwürdige Gefäße zu masturbieren. An diesem besonderen Tag hatte der Sklave, es handelte sich um Sklave Maus, eine Session, in der er verschiedene Dinge schmecken sollte. Ich gab ihm also etwas Schokolade, Hefeextrakt, Bananen, Babybrei, vielleicht sogar Pisse, solche Dinge eben, um ihn bei Laune zu halten. Es ist ziemlich interessant, ihre Gesichter zu beobachten, wenn sie erst was Süßes bekommen und dann einen Klumpen Hefeextrakt. Ich gab es ihm, klapperte an den Gitterstäben des Käfigs, schlug ihn mit dem Stock und mit der Peitsche. Ich gab ihm ein Glas zum Hineinwichsen und er hatte einen ziemlich großen Willi, so dass es wirklich eine Herausforderung für ihn war. Er masturbierte und ich quälte ihn, verdrehte seine Nippel, schlug ihn, kitzelte ihn, redete beruhigend auf ihn ein, zerkratzte ihn, malte ihm die perversesten Bilder aus, die ich mir vorstellen konnte – was eine ganze Menge ist – und ich konnte sehen, wie seine Anspannung immer größer wurde und er immer schneller wurde, dann stieß er einen Schrei aus und begann zu kommen. Er verfehlte das Glas total und spritzte die Wand des Dungeons voll. In diesem speziellen Dungeon waren die Wände mit Samttapeten tapeziert … es war also nicht besonders geschickt. Doch ich habe ihn alles sauber machen lassen. Er war danach nur noch mein ‚Tapetenmann'.

Sklave Alice hat einen Narren an Unterhosen gefressen – es geht ihnen immer um Unterhosen oder Strumpfhosen oder Strumpfhalter – und er wichste in diesen Hundenapf, der mit einer Kette an seinem Halsband befestigt war. Ich saß auf den Polstern in diesem Studio in Camden, entspannte mich, rauchte und ließ ihn die Worte „Ich bin ein unwürdiger Sklave" rezitieren, während er sich einen runterholte.

Ich sagte: „Du starrst nicht auf mein Höschen, oder etwa doch, Sklave?" Es gefällt ihm, beschimpft zu werden, während er kommt und so beleidigte ich ihm nach Strich und Faden. Manchmal, wenn es ein netter Kerl ist, fällt es mir schwer, ihm ekelhafte Sachen an den Kopf zu werfen.

Andere Typen kommen für eine Session zu mir und wollen nicht, dass ich überhaupt etwas sage. Sie wollen einfach nur geschlagen werden. Manchmal denke ich, wenn sie nicht wollen, dass ich etwas sage, wollen sie wohl nur ihre Schläge und einen Orgasmus und wieder gehen. Wenn es keine Interaktion gibt, bedeutet es, dass sie mich auch nicht kennen lernen können. Sie kommen nicht sehr häufig. Vielleicht einmal alle sechs Monate. Oder sie sammeln Dominas und bauen sich eine Art geistige Bücherei mit verschiedenen Frauen auf, deren Bilder sie vor ihrem geistigen Auge abrufen können, wenn sie masturbieren.

Während einer Session zu wichsen ist sehr verbreitet. Die meisten Dominas erlauben es. Manche sagen, sie selbst haben nie einen Orgasmus während einer Session, aber ich weiß, dass manche durchaus kommen. Es ist ein weites Feld, aber ich behaupte immer, dass es nichts mit Sex zu tun hat, wenn wohl erzogene Leibsklaven deine Pussy verehren und verwöhnen, auch wenn es offensichtlich Sex ist. Doch es findet im Zusammenhang mit einer Session statt und es lehrt einen Sklaven, gehorsamer zu sein. Es ist schwierig für einen Partner zu akzeptieren, dass ich Leibsklaven habe.

Sessions können dir die machtvollsten Höhepunkte verschaffen. Manche Sklaven wollen nicht während der Session kommen, sie wollen damit warten, bis sie zu Hause sind. Oder sie schlafen später mit ihrer Partnerin und denken dabei an das, was bei der Session passiert ist. Es ist witzig, denn keiner von ihnen hat das Gefühl, seine Frau zu betrügen; ich glaube, weil es keinen echten sexuellen Kontakt gibt. Es sei denn, ich befehle es …

7.
Das Feuer weiterreichen

„Männer, die vor fast zehn Jahren zum ersten Mal bei mir waren, halten immer noch den Kontakt … ich muss etwas haben, was ihre Seelen berührt. Ich bin ein ziemlich spiritueller Mensch und sie können mich nicht wirklich loslassen.“

Princess Spider

Ich frage mich immer noch, ob meine Entscheidung, mein Wissen an angehende junge Dominas weiterzugeben, ein weiser Schritt war. Aber wenn du so viele Clubs in Europa und London besuchst wie ich, siehst du eine Menge amateurhafte Damen. Die Entscheidung, mein Wissen weiterzugeben entsprang dem Wunsch, dass es in der BDSM-Szene sicherer zugehen möge. Ich habe einmal Mistress Fifi gesehen, wie sie im Club Wicked Captain Zip mit dem harten anstatt dem flexiblen Ende einer Reitgerte schlug. Das ist schlicht gefährlich und ich fand es ziemlich beunruhigend. Als ich die Hausdomina in dem Club war, sah ich eine Menge nicht professionelle BDSMle, die sich unbedarft an Bullwhips und Quirts heranmachten. Eine 18-Fuß-Bullwhip braucht mindestens die doppelte Länge an Platz, damit man ordentlich ausholen kann. Ich habe eine Menge Unfälle gesehen, bis ich schließlich ein paar Verhaltensregeln für den Club zusammen stellte, unter anderem, dass immer darauf zu achten sei, den Akteuren genügend Platz zu lassen, um unnötige Verletzungen zu vermeiden.

Sprecherlaubnis: Captain Zip

Captain Zip gehört seit Mitte der Siebziger Jahre zur BDSM- und Fetischszene. Als talentierter Schriftsteller und Performancekünstler schreibt er auf der Webseite der Londoner Szene über seine Leidenschaft. Auf dem Kinkfest fungiert er als Conférencier.

Ich interessiere mich seit dreißig Jahren für die BDSM- und Fetisch-Szene. Denk daran, dass es die SM-Szene war, die den Punk inspirierte, nicht anders herum. Punk wiederum hat dem SM dann eine neue Richtung gegeben.

Als ich Mitte Zwanzig war, haben mich ein paar Gummisachen, die ich in einer Anzeige gesehen habe, total angemacht. Ich habe mich gern verkleidet. Ich hatte mit achtzehn meine erste Gasmaske. Ich glaube, ich habe schon immer auf Fetische gewartet. Mein Vater war einer der zeremoniellen Torwächter des Tower von London, vielleicht erklärt das meine Vorliebe für Strumpfhosen.

Ich interessiere mich immer noch sehr für die Fetisch-Szene. Die Leute denken, ich wäre schwul, zum Beispiel wenn ich mein Krankenschwesternoutfit trage, aber das bin ich nicht. Ich habe einmal in einer Fernsehsendung mit dem Titel „Secret Suburbia", also „Geheimnisse der Vorstädte", mitgespielt und ich dachte, ich würde jede Menge Ärger mit den Leuten in meiner Nachbarschaft bekommen. Doch stattdessen haben sich ziemlich viele Menschen bei mir bedankt, weil ich ihnen geholfen habe. Sie sagten, es gäbe immer noch zu viel Intoleranz.

Ich habe im Laufe der Jahre festgestellt, wie gern die BDSM- und Fetisch-Szene verschieden Phasen durchmacht. Den einen Monat gibt es jede Menge traurige, schlecht angezogene Transen auf dem Fetischmark, oder ein Überangebot an Latexliebhabern und im nächsten Monat gibt es unheimlich viele hart aussehende Schwule. Es ist eine außergewöhnliche Mischung.

Einmal habe ich die Weihnachtsparty im Club Wicked organisiert. Ich hatte einen ganzen Tisch voller Sklaven: Benson, Maus, dazu Master Don und sein deutscher TV-Sklave Karl-Heinz, ein Filmproduzent, der über die Feiertage zu Besuch gekommen war. Wir waren etwa zwanzig an diesem riesigen Esstisch und es war schwierig, sich mit allen zu unterhalten, also bat ich den General, dem der Club gehörte, um ein paar Bondageseile. Alle

Sklaven trugen Halsbänder, daran befestigte ich die Seile und zog daran, wenn ich mit ihnen reden wollte. Eine nette Idee, wie ich finde. Am Ende habe ich Werbematerial von mir verteilt, CDs und Fotos und Mistress Alexis kam zu mir und sagte, ihr gefiele, was ich mache, dass ich Verhaltensregeln aufstelle, mehr auf die Sicherheit achte und tatsächlich meinen Arsch hochkriege und versuche, etwas zu tun. Viele Leute wollten schon immer ein paar Verhaltensregeln haben, aber wenn sich jemand darum kümmert, wird er kritisiert. Oder sie meinen, die Regeln würden nur für den gelten, der sie aufgestellt hat und seien kein allgemeiner Ratgeber für mehr Sicherheit. Aber das ist nicht der Fall. Ich informiere die Leute nur über ein paar grundlegende Dinge, um dafür zu sorgen, dass sie sicher spielen können. Wenn meine Ideen nicht haargenau stimmen, kann immer jemand kommen und sie verbessern. Es sind einfach nur Richtlinien. Die meisten Clubs haben Regeln und alle haben Sicherheitspersonal, das die Spielräume überwacht, weil es in der BDSM-Szene immer mehr Drogen gibt, so dass einem die Dinge schnell mal entgleiten können und jemand verletzt werden kann. Beim BDSM ist es wichtig, dass du wirklich nüchtern bleibst, um sicher und präzise zu spielen.

Ich wurde gebeten, mich um junge Dominas in den Clubs zu kümmern und ich glaube, es ist gut, wenn jemand sie unter ihre Fittiche nimmt. Also gab ich ihnen ganz offen an Ort und Stelle Nachhilfe und später, als ich immer bekannter wurde, kamen Frauen auf mich zu und baten mich, sie zu unterrichten. Ich begann, zwischen dreißig und fünfzig Pfund in der Stunde zu nehmen, abhängig von ihrem Budget und meinen finanziellen Verpflichtungen. Ich bringe dadurch meine eigene Position als Domina nicht in Gefahr oder fördere die Konkurrenz, denn es gibt bereits jede Menge Konkurrenz. Allein in London gibt es etwa 180 Dominas. Die Miete für ein Studio liegt bei fünfzig Pfund für eine Stunde. Einige Studiobesitzer würden vielleicht Pleite machen, wenn sich ein paar von uns zusammenraufen und einen größeren Raum für weniger Geld anmieten würden, um dort unserer Arbeit nachgehen zu können. Es wird sich zeigen, ob es jemals dazu kommen wird.

Was den Privatunterricht angeht, so muss ich nicht nach Schülerinnen Ausschau halten, sie kommen auf mich zu. Ich habe viele Frauen dazu inspiriert, in meine Fußstapfen zu treten. Die Frauen sehen mir bei einer Bühnenshow zu, weil sie den Trick lernen wollen, wie sie Männer derart fesseln können. Es ist, als würde ich sie mit unsichtbaren Seilen verschnüren.

Captain Clit zum Beispiel näherte sich mir bei der Houses of Flesh-Party, die ein Teil des Wochenend-Events Skin 2 Rubber Ball war. Es ist ein Ort, wo viele Angeber sich in Latex kleiden und wie Pfauen herumstolzieren. Alle Frauen haben Modelmaße und alle Männer sind Bodybuilder. Es wird nicht großartig gespielt. Ich vermeide solche Events in der Regel, weil es zu viel um Show und Effekthascherei geht. Ich will mir keine Gummikutte anziehen und die ganze Nacht posieren. Ich trage lieber Leder und versohle ein paar Ärsche.

Captain Clit hatte die Fernsehsendung gesehen und mich gebeten, sie zu unterrichten. Ich gab ihr meine Telefonnummer, nannte ihr meinen Preis und los ging's. Nachdem ich sie ein paar Mal erlebt habe, kann ich sagen, dass sie recht talentiert ist. Aber ich kann mir nicht vorstellen, dass sie die Fähigkeit hat, eine wirklich überlegene Mistress zu werden, dazu fehlt ihr die Geduld. Du musst ebensoviel Fürsorge wie Strenge zeigen, sie aber berührt nicht gerne. Sie sagte zu mir, dass sie nicht die Zeit habe, all das in einer Session zu machen, was ich mache. Sie will jemanden schlagen und das war's dann. Ich wünsche ihr viel Erfolg.

Viele der jüngeren Schülerinnen respektieren mich und würden mir ohnehin nicht meine Kunden abspenstig machen, dank der Filme, die ich gedreht und des Namens, den ich mir gemacht habe. Doch ich denke, dass sie es unmöglich schaffen würden, mir Konkurrenz zu machen. Ich kenne in der Tat kein junges Mädchen, das wirklich was auf dem Kasten hat. Viele der besten Dominas sind in den Vierzigern und Fünfzigern. Es wäre eine ziemliche Ausnahme, eine qualifizierte Domme zu finden, die zwischen 24 und 36 Jahre alt ist. Die meisten Jüngeren kommen aus der Model- oder Porno-Szene oder sie haben als Subs angefangen, sind von ihren Herren erzogen worden und wollen jetzt ihr eigenes Ding machen, was die Herren ziemlich ankotzt. Ich bin so ziemlich die einzige, die – abgesehen von der Erziehung mit der Quirt durch Master Alex – niemals jemandem wirklich ernsthaft gedient hat. Ich bin die einzige, die aus der anderen Richtung gekommen ist: sexuell experimentierfreudige Frau wird zur Domina anstatt unterwürfige Frau wird zur Domina. Frauen, die als Sub angefangen haben, haben wertvolle Erfahrungen gemacht und ich sorge dafür, dass ich auch diese Seite ausreichend sondiere. Doch die meisten anderen machen es des Geldes wegen. Wenn du neben einem Vollzeitjob noch achtzig bis hundertfünfzig Pfund in der Stunde verdienen kannst, ist es ein netter kleiner Nebenverdienst. Ich versuche jedoch in größeren Dimensionen zu denken.

In den ersten Stunden mit den Schülerinnen geht es um die Grundlagen. Ich kenne so viele Tricks, doch es ist wichtig zuerst die allgemeinen Sachen zu lernen. Wie man einen Stock oder eine Flogger richtig benutzt, welche Handschuhe du anziehen und welches Outfit du wählen solltest. Allgemein hängt die Wahl des Outfits vom geplanten Szenario ab. Die Art, mit einem Sklaven zu sprechen, wie du deiner Stimme die nötige Schärfe geben kannst sind ebenfalls wichtige Puzzlesteinchen in dem Mosaik. In der Lage zu sein, einen Sklaven allein durch deine Worte zu dominieren und das Wissen um die Bedeutung von Schlüsselwörtern, wird dir dabei helfen, in diesen Menschen zu lesen wie in einem offenen Buch, ohne dass sie auch nur ein Wort zu dir sagen müssen.

Du brauchst nicht die bestaussehende Frau der Welt zu sein; es ist besser, wenn du eine Begabung für Psychospiele hast, nicht auf den Mund gefallen bist und weißt, wie du jemanden ins Stolpern bringen kannst, indem du einfach nur mit ihm redest. Und wenn du weißt, wann du schweigen musst. Kleine Tricks, wie das Wissen, dass du einen Stock vor und nach einer Session abwischen musst, insbesondere, wenn die Haut verletzt wurde und geblutet hat. Den Sklaven solltest du ebenfalls mit Desinfektionsmittel behandeln, ihn fragen, wie es ihm geht und ihm ein Gefühl von Sicherheit geben. Wie du den Absatz deiner Stiefel einsetzen kannst. Die verschiedenen Positionen, die ein Sklave im Dungeon einnehmen sollte, abhängig davon, was in der zur Verfügung stehenden Zeit geschehen soll. Wie er zu knien und zu gehorchen hat, wie er sich zu verbeugen hat, all diese Dinge. Wie du die ersten Momente, in denen der Sklave den Dungeon betritt, gestaltest; wo die Mistress am besten sitzen sollte, wenn er herein kommt. Es ist auch wichtig, immer wieder darauf hinzuweisen, dass während einer Session am Besten kein Alkohol getrunken wird, da es dein Urteilsvermögen außer Kraft setzt. Das alles sind Grundlagen, die einfach auf dem gesunden Menschenverstand beruhen.

Die Sklaven, die ich als Versuchskaninchen für Schülerinnen auswähle, haben keine andere Wahl, aber die meisten von ihnen sind überglücklich, sich selbst für Experimente zur Verfügung stellen zu können. Normaler Weise befehle ich Rooster, Daphne oder Twin, sich für eine Unterrichtsstunde bereit zu halten, weil sie wissen, was sie zu erwarten haben. Es ist in Ordnung für sie, weil sie meinem Urteil vertrauen und wissen, dass ich die einzige sein werde, die richtig heftig zuschlagen wird. Ich würde einer Novizin in meinem Unterricht nie erlauben, mit voller Wucht mit dem Stock zuzuschlagen, ehe sie nicht ein gewisses Maß an Treffsicherheit erlangt hat. Ich bringe ihnen bei, präzise zu zielen, indem ich mit Lippenstift einen Strich auf den Hintern des Sklaven unterhalb der Wirbelsäule und einen kurz oberhalb der Schenkel male – das ergibt einen etwa fünfzehn Zentimeter breiten Bereich. Neun von zehn Malen treffen sie, aber gelegentlich landen sie außerhalb der Linien. Dann erkläre ich ihnen, dass es besser ist, eher tiefer als höher zu zielen, weil die Nieren geschädigt werden könnten, während es auf den Schenkeln selten zu dauerhaften Schäden kommen kann, obwohl es sehr schmerzhaft ist. Ich weise auch darauf hin, dass Schläge auf den unteren Bauch beim Mann eine Erektion hervorrufen können. Nicht bei allen, aber es funktioniert in etwa neunzig Prozent der Fälle. Wenn es dir gelingt, mit dem Stock einen Bereich von etwa einem Zentimeter zu treffen, bist du ganz gut, bei einem halben Zentimeter bist du außergewöhnlich gut. Ich denke, ich schaffe es sogar noch darunter … aber ich habe im Laufe der Zeit auch schon über 5000 Hintern versohlt.

Sprecherlaubnis: Sklave Rooster

Ich habe unter Spiders Aufsicht auf Partys und in Clubs mit anderen Dominas gespielt, aber es hat mir nicht gefallen. Ich fand es zu brutal. Eine Mistress hat mir einen heftigen Schlag in die Eier gegeben, bevor sie richtig angefangen hat. Ich habe mein Safewort benutzt und sie konnte es nicht glauben, dass ich geradewegs zusammengebrochen bin. Aber es gab überhaupt kein Aufwärmen. Sie kannte weder mich noch meine Grenzen, bevor wir mit dieser Session begonnen haben.

Ich habe es nicht auf Schläge abgesehen. Ich mag es zwar, geschlagen zu werden, aber das ist ein feiner Unterschied. Meine Schmerzgrenze hat sich ein wenig verschoben, aber im Wesentlichen bin ich immer noch der Gleiche. Es geht immer um das Kopfkino. Der Unterschied ist, dass sich meine Sessions spontan ergeben. Ich plane nicht wirklich voraus. Also muss ich fast sofort in meine Rolle schlüpfen, anders als die meisten Sklaven, die vielleicht drei oder vier Wochen auf ihren Termin warten und in dieser Zeit einen Zustand erreichen, in dem sie bereit sind, die Schmerzen anzunehmen. Ich halte deswegen nicht so viel aus, wie ich eigentlich könnte. Aber trotzdem ist es mir so lieber.

In weiteren Lektionen zum Thema Sicherheit erkläre ich, dass man mit der Flogger nie ins Gesicht schlagen darf und wegen des Herzens keine Elektrospielchen an der Brust veranstalten sollte. Du musst Grundkenntnisse in Anatomie haben und die individuellen Bedürfnisse und Grenzen des Sklaven berücksichtigen. Wenn du zu grob mit ihnen bist, werden sie nie wieder kommen und du solltest stets daran denken, dass es ein Geschäft ist und du darauf angewiesen bist, dass sie wiederkommen. Du solltest dir auch im Klaren darüber sein, dass die Presse an dich heran treten und versuchen könnte, dir eine Falle zu stellen. Es wird eine Zeit kommen, in der Neulinge meine Dienste nicht länger brauchen werden. Aber es gibt ein paar Dinge, die ihnen nur eine erfahrene Domina beibringen kann, wie zum Beispiel den Schwanz mit Nadeln zu durchstechen.

Die Quirt ist die Waffe meiner Wahl und ich übe viel damit. Ich versuche, potentiellen Dominas klar zu machen, dass Übung wichtig ist, selbst für die Besten. Und du solltest deine Waffe in- und auswendig kennen, weshalb ich sie auch an mir selbst ausprobiere. Ich übe zwei oder drei Mal in der Woche. Es ist nett. Ich schlage mir dann gelegentlich selbst auf den Hintern und die Beine oder auf die Mitte meines Rückens. Es ist eine herrliche Erfahrung, ein nettes Brennen. Ich habe Twin Unterricht mit der Quirt gegeben, aber er schafft es bisher nicht, mich damit blutig zu schlagen. Dabei ist es wichtig, dass er es lernt, weil ich diese besondere Art von Schmerz brauche.

Ich bringe den Schülerinnen nicht meine sinnlichen Tricks bei. Oder wie ich bei jedem einen anderen Stil finde. Diese Dinge müssen aus dir selbst heraus kommen. Du musst deine eigene Stimme entwickeln. Es ist unmöglich das jemandem beizubringen. Und es würde auch nicht funktionieren, überall Klone von Princess Spider zu haben. Du musst deinen eigenen Stil entwickeln, mit deinen Eigenarten den Dingen einen Stempel aufdrücken und deine eigene Autorität entwickeln.

In einer der nettesten Unterrichtsstunden, die ich je angeleitet habe, zeigte ich dem Captain, wie sich Wachs zusammen mit Frischhaltefolie einsetzen lässt. Sie konnte nicht verstehen, was so reizvoll daran sein sollte, jemanden in Frischhaltfolie zu verpacken. Ich finde, es kommt zu komischen Reaktionen, wenn du unterschiedliche heiße und kalte Flüssigkeiten darauf gießt. Ich ließ sie Daphne einwickeln und wir beträufelten seine Arme und Achselhöhlen mit geschmolzenem Wachs. Ich habe viel Zeit damit verbracht, die Sexualität von Männern und Frauen zu erforschen, so dass ich ziemlich genau sagen kann, wo die ganzen erogenen Zonen sind. Verschiedene Sachen an diesen Stellen auszuprobieren kann beeindruckende Reaktionen hervorrufen. Ein anderer guter Trick ist es, Eis unter die Folie zu stecken so dass kaltes Wasser über die verschiedenen Körperstellen läuft, sobald sie sich bewegen. Außerdem sieht es gut aus. Wenn du ihre Eier mit einem Flaschenzug hochbindest und daran ziehst, während Eis und Wachs sich ihren Weg über ihr Fleisch bahnen, dann kann das schon ein faszinierender Anblick sein.

Die ganze Zeit über erklärst du, warum du es machst. Und du darfst nicht vergessen, nach der Session einen Rundgang zu machen und zu überprüfen, ob alles pikobello sauber ist, obwohl du einem Sklaven befohlen hast, alles aufzuräumen. Du kannst dich nicht darauf verlassen, dass diese Leute sich Mühe geben. Oft sind sie absichtlich etwas schlampig, weil sie bestraft werden wollen, aber es ist wichtig, den Dungeon für den nächsten Kunden in einem guten Zustand zu hinterlassen. Du willst schließlich nicht, dass er das Sperma eines anderen im Hundenapf findet, oder Blut auf dem Nadelroller, mit dem du gerade seine Eier bearbeiten willst. Wenn das passiert, kannst du davon ausgehen, dass die Kunden nicht lange bei dir bleiben.

Sprecherlaubnis: Captain Clit

Ich bin vor zwei Jahren von Hongkong nach UK gekommen. Wenn ich meinem Interesse an BDSM dort oder anderswo in Asien nachgegangen wäre, hätte man mich für verrückt erklärt.

Ich habe Princess Spider im Fernsehen gesehen. Auf einer Party fragte ich sie, ob sie sich vorstellen könnte, mich auszubilden. Sie ist ein freundlicher, warmherziger Mensch, eine gute Mistress, eine gute Mutter. Sie arbeitet hart und sie ist auch eine gute Lehrerin.

Ich bin ziemlich offen. Ich will so sein wie Spider, aber meinen eigenen Stil entwickeln. Ich möchte herumexperimentieren. Ich mag die Macht, die du hast, wenn du einen anderen Menschen kontrollierst. Ich fühle mich sicher. Als ich ein Kind war, sind mir ein paar sehr unangenehme Dinge passiert, deshalb habe ich Angst, emotional und körperlich verletzt zu werden. Beim BDSM spüre ich, dass ich die Kontrolle behalten und meine Dämonen besiegen kann.

Du musst dich für andere Menschen interessieren, wirklich neugierig auf andere sein und darauf, was sie anmacht. Ich kann mich stundenlang mit Menschen unterhalten, die ich gerade erst kennen gelernt habe. Die Art und Weise, wie sie reden, wie sie sitzen, was sie erzählen und wie sie ihre Gefühle ausdrücken, all das finde ich äußerst faszinierend.

Ich spiele nicht hart, nicht so wie Princess Spider. Mir gefällt die sinnliche Seite. Viele Menschen bevorzugen es, sanft zu spielen. Nicht jeder kann oder will hart spielen. Ich fessle meine Kunden gerne ganz gemächlich und lasse sie ihre Hilflosigkeit spüren, aber nicht die Angst vor irgendetwas, was vielleicht geschehen könnte. Ich mag Psychospiele. Ich errege sie, gebe ihnen das Gefühl, dass sie mich sexuell besitzen könnten, lasse es aber niemals zu. Selbst die erfahrensten Sklaven probieren gerne mal etwas Neues aus.

Ich würde gerne mehr über diese Seite der Dinge erfahren. Mir gefällt die Vorstellung, sie geistig herauszufordern, verschiedene Ideen von unterschiedlichen Menschen zu nehmen, sie zusammen in den Mixer zu stecken und schauen, ob sich daraus neue Möglichkeiten ergeben, Menschen anzuregen. Du beginnst, die Menschen besser zu verstehen und dich selbst mit ihnen zu vergleichen. Ich halte das für ein gutes psychologisches Werkzeug. Es hilft mir, mich als Persönlichkeit weiter zu entwickeln.

Die meisten Leute glauben, sie müssten sich nur eine Reitgerte kaufen und schon wären sie eine Domina, aber du musst jemanden kennen, der sich damit auskennt, um dich einzuweisen. Als ich damals, noch ganz neu in London, mit Simone das erste Mal in einen Fetisch-Club ging, lernte ich jemanden kennen, mit dem ich heute noch gut befreundet bin, Master Alex. Er stellt seine eigenen Peitschen her und liebt Mädchen. Er dachte, ich wäre devot und wollte mich schlagen. Er fragte, ob er dürfe und ich sagte: „Ja, du kannst mit mir spielen, aber deine Peitsche interessiert mich."

Er hatte eine lange Bullwhip, aber sie war zu lang für mich. Ich war nie besonders kräftig gewesen und fragte ihn, ob er irgendetwas Kürzeres für mich zum Ausprobieren hätte. Er wollte unbedingt mit mir spielen und gab mir diese Quirt, eine amerikanische Reitpeitsche, die zu meiner Lieblingspeitsche geworden ist. Ich stand einfach da und er zeigte mir, wie man sie benutzt. Du kannst ein kleines Stück Schnur am Ende befestigen, den Cracker, so dass man damit knallen kann wie mit einer Bullwhip. Ich sagte, dass ich gern eine hätte. Doch er zeigte mir erst noch eine Flogger, eine kurze Peitsche mit Griff und vielen, zumeist weichen Peitschenschnüren, die zum Aufwärmen benutzt wird, bevor man zu härteren Instrumenten übergeht. Ich brachte ihn dazu, mir endlich diese Quirt zu zeigen und ließ die Peitschenschnur knallen. Er beugte sich über eine Bank und verlangte, dass ich einen bestimmten Bereich seines Hinters treffe, weil das eine Erektion hervorrufen kann. Er sagte, ich könne ruhig noch kräftiger zuschlagen. „Du bist ein Naturtalent. Du bist die erste Person, die ich treffe, die kapiert, wie man mit diesem Teil richtig umgeht."

Also schnappte ich mir die Flogger und begann herumzuspielen. Es gab Musik und es gefiel mir, mich dazu zu bewegen und diese Flogger hin und her zu schwingen. Als ich aufblickte, standen all diese Kerle in einer Reihe und warteten darauf, von mir geschlagen zu werden.

Was Waffen angeht, so war Alex mein Tutor. Er lieh mir tatsächlich seine Flogger, um mich an einem Kerl zu versuchen und ich ließ ihn mit dieser erstaunlichen Waffe ziemlich alt aussehen. Alex liebte es und wir wurden dicke Freunde. Er war es, der mir die Entdeckung meiner Fähigkeiten ermöglichte.

Du kannst dir die äußere Hülle einer Domina zulegen, aber keine Domina sein. Und du kannst dominant sein, aber nicht als Professionelle arbeiten wollen. Du musst etwas an dir haben, was die Kerle dominant finden, vielleicht die Stiefel, die du trägst oder was auch immer. Du musst kein eigenes Studio haben. Es ist nicht von Bedeutung, wo du bist.

Die nächste Person nach Alex, die mich unterwies, lernte ich auf der SM Pride kennen, aus der inzwischen das jährlich stattfindende Kinkfest geworden ist. Ich war mit Graham zusammen dort und trug ein schwarzes Samtkleid. Ein etwa fünfzigjähriger Mann in einer Schuljungenuniform kam auf mich zu und fragte: „Miss, würden Sie mich vielleicht schlagen?" Ich schaute Graham an, denn er mochte den Stock nicht und hatte mir somit auch noch nicht gezeigt, wie man damit umgeht und auch Alex hatte es mir zu dem Zeitpunkt noch nicht beigebracht. Also überlegte ich, wie ich am besten aus der Sache heraus käme, aber schließlich sagte ich, ok, ich mach's.

Eine Frau kam zu mir rüber und sagte: „Er mag es gern ziemlich hart, soll ich es dir einmal zeigen?" Ich sagte, das wäre nett. Das war Miss Prim, die sogar eine ganze Schule leitete, The Muir Academy in Hereford, in der Erwachsene zu Schuljungen und –mädchen werden. Ich habe erst später erfahren, wie bekannt sie in der BDSM-Szene ist.

Sie zeigte mir, wohin ich zielen sollte und da ich Tennis gespielt habe, dachte ich, gut, tue ich einfach so als würde ich eine kräftige Vorhand spielen. Ich nahm das Ziel ins Visier, vergewisserte mich, dass die Spitze auf dem Fleisch landen würde und WUSCH! Sie sagte, ich sei ein Naturtalent und so gab es plötzlich ein paar Dinge, die ich gut konnte und ich dachte, daran könnte ich mich fürs Erste halten.

Dieser Typ, mein erstes Opfer, das ich jemals den Stock habe spüren lassen, kommt in Clubs immer noch zu mir und bittet mich, ihm sechs von den Besten zu geben. Ich war einfach zur rechten Zeit am rechten Ort. Ich habe von Miss Prim alles über Schul-Rollenspiele gelernt, worauf ich wirklich stehe. Es gefällt mir einfach, eine Rolle perfekt zu verkörpern. Ich war noch nicht alt genug für eine Lehrerin, so dass ich noch etwas Schabernack treiben konnte. Leute hereinlegen und sie in Schwierigkeiten bringen konnte. Oder ich habe der Lehrerin in der Klasse bei den Bestrafungen geholfen, denn schließlich waren die Schüler dort, weil sie gezüchtigt werden wollen …

So geht es zu in der Welt der Dominas; die alten Damen, die jetzt in den Fünfzigern sind werden langsam durch jüngere ersetzt, die einfach nicht die gleiche Persönlichkeit und Präsenz haben. Ich frage mich immer, wie ich verbreiten kann, was ich tue und ein breiteres Publikum erreichen kann. Ich weiß, dass es vierzig- oder sechzigjährige Sklavenjungs gibt, die zu Dominas gegangen sind, die sich jetzt zurückziehen. Sie können mit dieser neuen Welle von härteren, weniger traditionellen Dominas nichts anfangen. Das sind Menschen, mit denen ich arbeiten kann, weil ich diese altmodischen Methoden übernommen habe. Ich habe mich mit einigen von ihnen unterhalten und festgestellt, dass das ein dahin schwindender Kundenkreis ist. Sie bekommen ihre Bedürfnisse nirgends mehr befriedigt und so ziehen sie sich langsam aus der BDSM-Welt zurück.

Ich habe eine Kampagne ins Leben gerufen. Ich machte zehn CDs mit Bildern und Geschichten fertig und gab sie verschiedenen Partygästen. Es war ein ziemlicher Aufwand, doch er hat sich gelohnt. Ich will keine aus dem Heer derer sein, die nur prügeln und wichsen lassen und bin fest entschlossen, die Erziehungsmethoden der alten Damen fortzuführen. Eine Domina aus Osteuropa schüttelte mir einmal die Hand und erzählte mir, dass sie den allergrößten Respekt vor mir hätte und dass ich einfach fabelhafte Sachen machte. Ihr gefielen diese kleinen Dinge, dass ich mir zum Beispiel nie selbst eine Zigarette anzünde oder dass alle, die für mich arbeiten, ihren Kopf stets tiefer halten müssen als meinen. Ganz grundsätzliche Liebenswürdigkeiten eben.

Es gibt viele Dinge, die von einer Domina zur nächsten weitergegeben werden, auch ich bringe meinen Damen das bei, was ich selbst einmal gelernt habe. Ich zeige ihnen, wie die Instrumente zu handhaben sind und den Umgang mit Safewörtern, ich vermittle ihnen, was die Sklaven fühlen. Viele Dominas können oder wollen nicht switchen und in die Rolle der Sub schlüpfen, so dass sie es nicht wirklich nachempfinden können. Ich war einmal auf einer Party, der Bossy Brigade, zusammen mit Mistress Alcala, Wolf, Culleen, Scylla und anderen. Das Thema der Party war Zwangs-Bisexualität. Wir hatten ein Vorbereitungstreffen, bei dem wir darüber gesprochen haben, was an dem Abend alles passieren soll und ich fragte, ob irgendeine von ihnen schon einmal geswitcht hätte. Sie sahen mich an als hätte ich sie gefragt, ob sie marsianisch sprechen. Natürlich hatten sie es noch nie getan.

Ich fragte sie, wie sie denn dann wissen können, wie es sich anfühlte, mit dem Stock geschlagen zu werden. Sie sagten, sie wüssten es nicht. Sie schlagen zu, ohne zu wissen, wie es sich anfühlt. Dasselbe, wenn es um Nadeln geht. Keine von ihnen hatte jemals ihre Nippel durchstochen bekommen. Sie verstanden nicht, dass es unterschiedliche Arten von Schmerzen gibt. Ich spürte, dass da ein ganz wesentliches Element in ihrem Leben fehlte. So viele Dominas switchen nie, dabei denke ich, es ist vielleicht das Wichtigste, was eine Mistress machen kann, in die Rolle einer Sub zu schlüpfen. Wenn du weißt, wie sich der Schmerz anfühlt, weißt du auch, wie du ihn zufügen kannst.

Vorstellungsschreiben von Mistress Juan (Paarsession)

Ich habe meinen Sklaven angewiesen, sich Ihnen vorzustellen und darum zu bitten, dass Sie ihn empfangen und ihm weitere Erziehung angedeihen lassen, mit besonderem Augenmerk darauf, wie er Göttinnen wie uns zu behandeln hat. Seit ich ihn gefunden habe, ist er bisweilen widerspenstig und ungehorsam, bestenfalls verschlossen und reaktionslahm, so dass ich das Gefühl habe, ich bräuchte etwas Unterstützung, um ihm beizubringen, wie er sich zu benehmen hat. Ich habe Ihre Arbeit im Fernsehen mit Interesse verfolgt und mag Ihre Herangehensweise, die meine eigene Sehnsucht widerspiegelt, grausam und zugleich fürsorglich sein zu können. Bestrafungen sind gut, doch es ist nicht mein Ziel, Schaden anzurichten.

Mein Sklave hat nur eine körperliche Einschränkung, und zwar hat er einen schwachen Rücken (was nicht damit zu verwechseln ist, dass er kein Rückgrat hat, das hat natürlich keiner von ihnen). Davon abgesehen scheint er sehr stark zu sein und kann mit Peitsche, Stock, Riemen, Haarbürsten etc. eine ganze Menge aushalten (500 softe, 50 harte Schläge).

Er genießt es, Frauenkleider anzuziehen und ist Demütigungen gewöhnt. Ich schicke ihn häufig nach draußen oder begleite ihn, wenn er Frauenunterwäsche unter seiner normalen Kleidung trägt. Ich schicke ihn nicht mit Frauenkleidern auf die Straße, da er darin überhaupt nicht überzeugend wirkt. Ich tue es nur deshalb nicht, damit ich nicht erniedrigt werde, wenn ich mich so mit ihm zusammen zeige, Sie verstehen, was ich meine.

Ich freue mich auf unser Treffen und ich danke Ihnen, dass Sie ihn als Bittsteller und mich selbst als auszubildende Mistress akzeptiert haben.

Wir ließen den Sklaven niederknien und ich fragte Mistress Juan, was sie mit ihm tun wolle und was ihm gefiele. In unserer letzten Session wollte er ein Dienstmädchen sein. Er hatte eine sagenhafte rote Strumpfhose mitgebracht – ich hätte nichts dagegen, selbst solch ein Paar zu besitzen – und wir steckten ihn in Highheels. Dazu trug er eine Perücke. Er stolperte herum. Er war ziemlich groß, hatte ein kantiges Gesicht und breite Schultern. Das Bild passte einfach nicht. Es ging in die richtige Richtung, aber irgendetwas stimmte nicht daran. Ich fragte sie, was sie von seinen wackeligen Schritten hielte und sagte zu ihm: „Du musst ordentlich mit dem Arsch wackeln, wenn du ein Dienstmädchen sein willst.“ Ich ließ ihm von Mistress Juan zeigen, wie er die Hüften bewegen sollte. Ich sagte: „Möchtest du mich gerne gehen sehen?“ und ich veränderte meine Stimme um einen Bruchteil, ließ sie weicher und wärmer werden, denn ich weiß was ihnen gefällt, und zeigte es ihm: „Sieh mal, du musst mit deinem Hintern wackeln und auf deinen Fußballen laufen. Herumschleichen, wie eine Katze auf der Jagd.“

Er dachte, er hätte den Dreh raus. Aber das war zu einfach, also entschuldigte ich mich und sagte, ich müsse noch etwas holen und zog los, um nach einem Tablett zu suchen. Ich füllte es mit Gläsern voll Wasser und er musste mit diesem Tablett herumlaufen und einen Knicks machen. Er war mehr als einen Meter achtzig groß und sollte einen tiefen Knicks machen, und plötzlich war es gar nicht mehr so einfach. Er hat etwas von dem Wasser verschüttet und damit hatte ich eine Ausrede, dem Unsinn mit dem Arschwackeln ein Ende zu setzen, ihn über die Bank zu legen und ihm den Stock zu geben.

Er wollte Analspiele und er sagte, er sei dazu bereit. Und gerade, als ich anfangen wollte, sagte er zu mir: „Mistress, ich habe meine Blase nicht geleert.“ Ich antwortete: „Dummes Mädchen!“ und schickte ihn auf die Toilette. Mit seiner Strumpfhose um die Fußknöchel wackelte er davon, eine wahre Augenweide. Er kam zurück, ich rieb sein Loch mit Gleitcreme ein und wollte gerade einen Butt Plug hinein schieben, als mir ein Gedanke kam. Ich fragte ihn, ob er seit gestern gefastet habe, wie ich es ihm gesagt hatte und er antwortete: „Nein, Mistress."

„Nun, dann wird das ziemlich schwierig, schmerzhaft und schmutzig werden."

Mistress Juan beobachte mich genau, saugte alle Nuancen meines Benehmens auf, kapierte, worauf es ankam und sagte: „Mistress, das ist unzumutbar." Sie verstand, welches Verhalten sie zeigen musste, wie ihre Stimme klingen und wann sie drohen musste. Ich unterwies sie weniger als dass ich sie ermutigte, ihr wahres Gesicht zu zeigen. Wir haben uns gegen ihn verschworen und sie lernte daraus.

Wir versuchten, ihm diesen Butt Plug hinein zu schieben, die kleinste Ausführung, die es im Dungeon gab, aber er ging einfach nicht hinein. Also mehr Gleitmittel. Sie merkte, wie wichtig die Geräusche sind. Das schmatzende Geräusch des Gleitmittels, das Knallen der Latexhandschuhe auf dem Hintern. Er hatte die Augen verbunden und zuckte beim geringsten Geräusch zusammen. Sie lernte es, indem sie einfach mitmachte. Ich zeigte ihr, dass der Butt Plug sich nach unten verbreiterte, um zu verhindern, dass er im Inneren verschwand und dass man nur mit der Handfläche drückt, bis er hinein flutscht. Schließlich ging er doch hinein und ich sagte zu ihr: „Willst du deinen Sklaven ficken?"

Sie hatte offensichtlich schon lange darauf gewartet und stieß ziemlich hart zu, so dass er aufjaulte und ich ihr erklären musste, dass das Rektum keine gerade Röhre ist, dass es jede Menge Kurven gibt und man behutsam sein muss und den Butt Plug oder einen Dildo mit Gefühl einführen muss. Er hat es sehr genossen, obwohl er vorher nicht gefastet hatte. Am Ende haben wir ihn sauber gemacht und ihn dafür bestraft, dass er so dreckig gewesen war. Wir beschlossen, dass es eine angemessene Strafe sei, dass er für uns in seinen Highheels erotisch tanzte. Es gibt kaum etwas Erniedrigenderes als einen erwachsenen Mann in einem Dienstmädchenoutfit, mit schief sitzender Perücke, Highheels und Strumpfhosen. Er drehte sich im Kreis wie jemand, der sich in die Hosen gemacht hat und Mistress Juan erstickte fast vor Lachen. Sie sagte, dass nicht viele Frauen so viel Erfindungsreichtum zeigten.

Sie sagte, dass er gerne über meinen Füßen masturbieren würde. Ich fragte sie, wie lange sie ihn schon unter ihren Fittichen hatte. Sie sagte es mir; nicht, dass es wichtig gewesen wäre, aber es war eine Möglichkeit, ihn zu foppen und ich sagte: „Das klingt annehmbar. Aber ich werde meine Strümpfe ausziehen, ich will nicht, dass er sie mir ruiniert, sie kosten achtzehn Pfund das Paar.“ Dann rollte ich meine Strümpfe runter, bot ihm meine Füße dar und sagte: „Weißt du eigentlich, wie viel Glück du hast, dass du meine nackten Füße sehen darfst, die rot lackierten Zehennägel ...“ Und er bekam natürlich eine Erektion, wie hätte es anders sein können bei diesen wunderschönen kleinen Füßen, mit denen er sich vergnügen konnte?

Er schwitzte, seine Lippenstift war verschmiert, seine Strumpfhose völlig verrutscht und ich sagte ihm, er solle sich ausziehen. Mistress Juan fragte, was ich tun würde, während er sich einen runterholte und ich antwortete, ich würde eine Zigarette rauchen, während das Mädel mit seiner Pussy spielt. Jetzt, nachdem ich ihn vollends zur Frau gemacht hatte, drehte er völlig ab. Wir sahen beide zu, wie er sich selbst zum Orgasmus brachte, meine Füße waren genau vor ihm und ich gewährte ihm einen kurzen Blick zwischen meine geöffneten Beine. Schließlich kam er über meinen Füßen – und denk daran, normaler Weise würde ich das niemals für einen Kunden machen, der zum ersten Mal bei mir ist; sie dürfen auf meinen Stiefeln, aber mehr nicht. Ich brach ein paar Regeln, aber sie waren einfach so nett, dass ich dachte, zum Teufel mit den Regeln. Danach sind wir mit ihm noch in den Klinikraum gegangen und haben ihm einen Golden Shower gegeben. Er musste sich auf den Boden legen, ich winkelte die Beine an und bepisste ihn von oben bis unten. Dann sagte ich: „In Ordnung, ich gehe mich jetzt waschen. Mistress Juan, du bist an der Reihe. Mach ihn fertig.“

Sie ließ ihn sich ganz flach hinlegen. Sie war seit über zwei Stunden nicht zur Toilette gewesen und hat ihn regelrecht überflutet.

Du kannst ihnen nicht wirklich Nachhilfe geben, wenn du keine Ahnung hast, wie sie zu Hause miteinander umgehen. Diesem Paar ging es um sanfte, nicht zu harte Bestrafungen und viel um Erotik mit verbalen und visuellen Demütigungen für ihn.

Rückblick auf die Session von Sklave M:

Uns wurde gezeigt, wo wir uns umziehen können und ich schlüpfte in mein Dienstmädchenoutfit und, wie mich Princess Spider vorher in einer E-Mail angewiesen hatte, in eine hellrote Strumpfhose. Ich half Mistress Juan dabei, ihr blaues Korsett, Strümpfe und die neuen Schuhe anzuziehen. Dann folgte ich meiner Göttin in den Dungeon, in dem wir den weiteren Abend verbrachten. Der Spielraum war wesentlich größer als der letzte, den wir besucht hatten. Ich hatte das Gefühl, in einem weiten Raum und zugleich in einer engen Zelle zu sein. Überall im Raum verstreut standen unzählige Geräte, an die ich gefesselt werden und daran bestraft werden konnte. Die Beleuchtung war dezent, aber hell genug, um die Schönheit der beiden Herrinnen bewundern zu können.

Ich bekam schon bald den Befehl, auf dem Boden vor Princess Spiders Thron nieder zu knien. Sie ließ mich ihre Stiefel mit der Zunge sauber lecken; sie sagte, sie seien bei ihrer Fahrt ins Studio ganz dreckig und staubig geworden. Ich machte mich an die Arbeit und leckte das Leder überall ab, um sicher zu stellen, dass kein Stäubchen mehr übrig blieb. Nach einer Weile räumte Princess Spider den Thron und Mistress Juan nahm ihren Platz ein, so dass ich ihre Schuhe anbeten konnte, gefolgt von ihren Füßen.

Später setzte sich Princess Spider wieder auf den Thron und ich musste einige Passagen aus meinem Tagebuch vorlesen, um die Damen zu erheitern. In verschiedenen E-Mails hatte ich Anweisungen erhalten, die ich vor diesem Treffen auszuführen hatte. Anschließend musste ich Princess Spider huldigen, indem ich ihre Füße küsste und leckte, nachdem ich ihre Stiefel ausgezogen hatte. Danach küsste ich ihre Beine bis nach oben zum Rand ihrer Strümpfe. Als Sklave war es mir nicht gestattet, höher zu gehen oder ich wäre bestraft worden.

Mir wurde von meiner Mistress ein Tablett mit Getränken in die Hand gedrückt, dann musste ich damit durch den Raum gehen, ohne einen Tropfen zu verschütten. Das war schwierig, da ich es nicht gewohnt war, mit Highheels auf so glattem Fußboden zu gehen. Ich denke, ich sollte das öfter üben. Hin und wieder musste ich zu einer Herrin gehen und einen Knicks vor ihr machen, wie es jedes Dienstmädchen können sollte. Nach dieser Aufgabe wurde ich geschlagen, ich musste mich dabei über eine Bank lehnen, nachdem ich sie in die Mitte des Raumes gerückt hatte. Weitere Übungen zu meiner Körperhaltung folgten, bevor ich den Fußboden in einer weit entfernten Ecke des Dungeons reinigen musste. Ich war bald schon wieder auf den Knien, mit Handfeger und Schaufel versuchte ich keinen Schmutz zu übersehen, damit ich nicht wieder bestraft würde.

Während der Session musste ich Princess Spiders Beine und Füße mit einem Massageöl massieren, das wir ihr als Geschenk mitgebracht hatten. Es war sehr freundlich von ihr, mir das zu erlauben. Ich musste das in der Vergangenheit schon oft für Mistress Juan machen.

In der Mitte des Raumes ging eine Metallstange vom Boden bis zur Decke. Ich musste die beiden Damen unterhalten, indem ich an dieser Stange für sie tanzte. Ich versuchte es, aber meine Fähigkeiten auf diesem Gebiet sind nicht sehr gut. Ziemlich schnell fand ich mich in kniender Position wieder, mit ausgestreckter Kehrseite an ein Stück der Dungeonausstattung gefesselt. Princess Spider erklärte Mistress Juan, wie sie mich mit einem Strap-on dominieren konnte. Im ersten Teil ging es darum, mich zu entspannen, das geschah durch ein paar Schläge mit der bloßen Hand, gefolgt von einigen heftigen Stockhieben. Mistress Juan und Princess Spider wechselten sich dabei ab und schlugen mich manchmal auch gemeinsam. Mir wurden die Augen verbunden, Princess Spider zog sich ihre Unterhose aus und stopfte sie in meinen Mund, sehr zum Entzücken von Mistress Juan. Die Bestrafung war hart und ich hatte noch mehr als eine Woche Spuren davon übrig. Mistress Juan hatte die Gelegenheit, verschiedene Schlaginstrumente an mir auszuprobieren. Die Lektion mit dem Strap-on folgte danach.

Anschließend musste ich mich vor den beiden Damen ausziehen. Princess Spider legte sich auf den Fußboden und ich musste vor ihren Füßen nieder knien. Mir wurde befohlen, mich selbst zu reiben und über ihren Füßen zu kommen. Ich tat, wie mir geheißen, während Mistress Juan mich die ganze Zeit über ermunterte. Schließlich kam ich und spritzte über Princess Spiders Füßen und Zehen ab. Und wer musste das alles wieder sauber lecken?

Die Session näherte sich dem Ende, aber Princess Spider beschloss, dass ich noch eine Lektion nötig hätte und im Badezimmer war es dann an mir, mich auf den Fußboden zu legen. Princess Spider stand über mir und gab mir einen Golden Shower, der ewig anzuhalten schien. Ich durfte mich sauber machen, bevor ich mich wieder anziehen musste.

Das war eine gute Session für Mistress Juan und mich und ich hoffe, Princess Spider hat es ebenfalls genossen. Wir freuen uns auf weitere Begegnungen in der Zukunft. Hoffentlich sind die Spuren des Rohrstocks bis dahin verschwunden.

Es gibt ein weiteres nettes Paar, das regelmäßig aus Irland kommt, um sich mit mir zu treffen. Sie genießt es ebenfalls, wenn ich sie darin unterweise, ihren Partner zu dominieren. Lucy sah mich zum ersten Mal in der Zeitschrift Mistress Files. Sie wartete ein oder zwei Jahre darauf, mich treffen zu können. Weder ihr noch mein Zeitplan haben es früher zugelassen. Schließlich haben wir uns im Club Wicked getroffen. Sie kam auf mich zu und gab mir einen dicken Kuss. Erst als sie den Mund aufmachte und etwas sagte, erkannte ich an ihrem irischen Akzent, wen ich vor mir hatte. Jeder dachte, sie wäre eine verlorene und wieder gefundene Freundin.

Sie wollte, dass ich ihren Liebsten strafe. Sie hatte das Geld gleich dabei. Ich ging mit ihr nach draußen, so dass sie mich bezahlen konnte, dann gingen wir wieder hinein und verprügelten ihn. Andernfalls wäre es ein ernsthafter Verstoß gegen die Clubregeln gewesen. In den Clubs ist es nicht gestattet, sich bezahlen zu lassen, es ist wie mit der Prostitution. Ich habe John an das Andreaskreuz gebunden, ihn mit der bloßen Hand aufgewärmt und dann mit der Quirt ausgepeitscht. Lucy unterbrach mich, sie wusste nicht, dass man während einer Session so etwas nie tun sollte, es ist absolut verboten. Damit hatte sie schon bewiesen, dass sie ein paar Anleitungen brauchte. Sie sagte zu mir, dass ich vielleicht etwas sanfter sein sollte. Ich war verblüfft, denn sie hatte mir gesagt, dass er es hart mochte. „Ja", sagte sie, „aber mir war nicht klar, dass du so zuschlagen kannst."

Die beiden sind ein nettes Pärchen. Ich mag sie so gerne, dass es mir nichts ausmacht, wenn sie sich nicht an die Regeln halten und während einer Session trinken. Sie bringen immer was mit und trinken ein paar Gläser während der Session. Ich selbst beschränke mich auf ein Glas. Manchmal spielt Lucy als Mistress neben mir mit und wir dominieren John gemeinsam. Es gefällt ihm, geschlagen zu werden, er verwöhnt gerne Pussys und Hintern und lässt sich gern erniedrigen. Er hat ein großes, dickes Ding und wir erzählen ihm immer, es sei das kleinste Teil, das wir je gesehen hätten. Er hat irgendwas mit Politik oder Diplomatie zu tun und sie reisen ständig durch die ganze Welt. Sie bringen mir fantastische Geschenke und jede Menge Geld mit, wenn sie mich besuchen. Sie sind sehr großzügig. Beim letzten Mal bekam ich tausend Pfund für zwei Sessions an zwei Tagen. Ich musste hundertfünfzig Pfund Miete für das Studio zahlen, habe also einen satten Gewinn gemacht. Sie haben mir auch schon ein Paar großartige Lederstiefel gekauft. Ich sehe sie alle zwei bis drei Monate.

Es macht Spaß mit ihnen, denn ich bekomme einen Anruf von Lucy, ob ich ein Spiel vorbereiten könnte. Klar, kein Problem. Und wo? „Irgendwo. Es ist egal. Wir werden da sein.“ Was immer ich auf die Beine gestellt habe, sie waren noch nie enttäuscht. Ich lege den Ort und den Zeitpunkt und das Szenario fest. Lucy will immer wissen, was für ein Spiel es sein wird. Ich erzähle es ihr nie.

Wenn wir in der Session sind, ist es nicht so förmlich. Wir fluchen über einander und machen Witze und duzen uns. Es ist immer unheimlich lustig. Ich kann alles mit ihnen machen, sie sind mit jeder Art von Session glücklich. Es ist mein Lieblingspärchen. Sie möchte von mir lernen, wie sie bestimmte Dinge machen kann. Sie ist ein richtiger Fan von mir. Ich bekomme zum Beispiel einen Anruf von ihnen vom anderen Ende der Welt als sie gerade spielen. „Ich habe hier einen ungezogenen Jungen“, sagt sie zu mir. „Was soll ich mit ihm machen?“

„Spuck ihn an“, sage ich und lege auf.

Erst vor kurzem rief sie mich an und sagte: „Dieser Kerl ist gerade bei mir.“

„Ach ja? Hat er eine Erektion?“

„Ja. Er will wissen, was für ein Spiel es sein wird.“

„Sag ihm, wir werden Billard spielen. Wir sehen uns dann Freitag.“ Und ich legte auf. Wir haben jede Menge Spaß zusammen.

Aus Daphnes Feminisierung

Früher hieß ich Peter. Ich habe mich mein ganzes Leben lang für einen ganz normalen Mann gehalten, selbst während meines Lebens als Sklave, wenn auch für eine sehr demütigen. Ich hatte all die normalen Gefühle, die die meisten Männer in Bezug auf ihre Sexualität haben. Im Juli 2003 unterschrieb ich dann einen Sklavenvertrag und wurde zum Eigentum von Princess Spider. Sie gab mir den Sklavennamen Daphne. Zu diesem Zeitpunkt hielt ich es für eine Form der Erniedrigung, mir diesen Namen zu geben und dachte nicht weiter darüber nach. In den folgenden Monaten ist mir nie aufgefallen, dass von den ganzen Sklaven, die meiner Prinzessin gehörten, ich der einzige war, dem sie einen weiblichen Namen gegeben hatte.

Die Zeit verging und ich wurde immer mehr zum Eigentum meiner Prinzessin, ihre Kontrolle über mich war vollkommen. Mein Sexleben ist in dieser Zeit immer schwächer geworden, obwohl ich damals noch ziemlich häufig masturbierte. Wenn ich kam, fing ich es in einem Papiertaschentuch auf und warf es anschließend in den Mülleimer. Es war das normalste auf der Welt.

Das ging so bis zum Oktober diesen Jahres, als sich diese Praxis von heute auf morgen änderte. Dieses Mal hatte ich die Soße mit der Hand aufgefangen und ohne darüber nachzudenken leckte ich es auf und schlukkte es herunter. Warum ich das getan habe weiß ich nicht, aber es schien mir ganz natürlich, es so zu machen.

Dann kam der Tag, an dem mein Leben komplett auf den Kopf gestellt wurde. Wenige Tage, bevor ich zu einer Party mit vielen Dominas mitkommen sollte, befahl Princess Spider mir, halterlose Strümpfe und einen Minirock zu kaufen. Ein paar Tage zuvor hatte ich einen Butt Plug erhalten und begonnen, ihn mir selbst einzuführen. All das erschien mir so selbstverständlich, aber der Groschen war immer noch nicht gefallen.

Der Abend der Party war da und ich musste mich umziehen. Ich fühlte mich in Gegenwart der anderen sehr wohl mit meinem Rock und den Strümpfen. Ich wurde in einen Raum geführt und ich musste mich über eine Bank legen, mein Rock wurde in die Höhe geschoben und ich musste meine Beine spreizen. Ich spürte, wie ich mit Gleitcreme eingerieben wurde und dann drang meine Prinzessin mit einem Strap-on in mich ein. Ein anderer Sklave wurde zum Kopfende der Bank geführt und ich musste seinen Schwanz lutschen. Ich stellte fest, dass ich es nicht tat, weil ich dazu gezwungen wurde, sondern weil ich es selbst wollte. Als meine Prinzessin fertig war, nahm eine andere Mistress mit einem längeren Dildo ihren Platz ein und ich musste weiter Schwänze lutschen. Jede Menge. Es war die reinste Ekstase. Und da traf es mich wie ein Keulenschlag. Was ich da so ausgiebig genoss, hatte nichts mit irgendwelchen bisexuellen oder schwulen Anteilen zu tun, es war allein Daphne geschuldet. Ich begriff plötzlich, dass Daphne schon die ganze Zeit da gewesen war und dass meine Prinzessin sie zum Leben erweckt hatte. Meine Prinzessin musste gespürt haben, dass ich eine ungewöhnlich starke weibliche Seite in mir habe und endlich war der Zeitpunkt gekommen, wo dieser Anteil an die Oberfläche kam. Später an jenem Abend bettelte ich als Daphne meine Prinzessin an, mich noch einmal zu nehmen. Ich bettelte als Sklavin.

Die Tage vergingen und bald trug ich rund um die Uhr Strapse, Strümpfe und Höschen und sobald ich zu Hause war auch meinen Minirock. Ich trage den Butt Plug täglich mindestens vier Stunden lang und mehrmals täglich setzte ich Saugnäpfe auf meine Nippel in der Hoffnung, dass sie auf Dauer größer werden. Ich habe auch einen Ring gekauft, den ich wie einen Ehering trage, um zu zeigen, dass ich in festen Händen bin. Ich rasiere meinen gesamten Körper.

Ein Großteil der Verwandlung in eine Frau hat sich in meinem Kopf bereits vollzogen und ich stelle fest, dass ich von mir selbst nur noch als Daphne denke. Ich melke mich immer noch, weil ich den Geschmack mag, aber ich mache es nicht mehr so oft wie früher. Ich spiele häufiger mit meinen Nippeln und befingere den G-Punkt hinter meinen Eiern. Auf meiner Einkaufsliste stehen ein größerer Butt Plug und ein Dildo für das, was ich jetzt meinen „Pussy-Arsch" nenne. Ich träume davon, Männer zu verwöhnen und zu befriedigen, während sie die Hure in Daphne benutzen.

Die mentale Feminisierung war innerhalb kürzester Zeit abgeschlossen. Peter existiert nicht länger. Was wirklich existiert und bleiben wird ist die echte und feminine Sklavin Daphne. Zusätzlich dazu, dass man mich nur noch als Daphne kennt, wünsche ich mir, dass man, egal in wessen Gegenwart ich mich befinde, von mir als ‚sie' statt als ‚er' und ‚ihr' statt ‚ihm' spricht.

Die körperliche Seite der Verwandlung hat gerade erst begonnen. Dazu gehört natürlich meine Garderobe, die inzwischen eine beachtliche Menge Frauenkleider aufweist, ferner Unterricht in der Kunst des Schminkens, Einübung der richtigen Körperhaltung und des korrekten Gangs in Highheels, mit Perücken oder femininer Frisur, Stimmtraining und, wenn es genehmigt wird, eine Hormontherapie.

Ich werde stets ein vollkommener Folter- und Prügelsklave für meine Prinzessin sein, aber ich diene ihr in dieser Rolle nicht mehr als männlicher Sklave. Ich kann meiner Prinzessin nur als Sklavin Daphne ehrlich dienen.

Es gibt nur noch eine letzte Sache, die sich durch strenges Training verbessern muss. Meine Prinzessin, in all den Monaten hast du mir in meiner Rolle als dein Sklave freien Lauf gelassen. Ich habe das Gefühl, dass ich dir unbewusst nicht hundertprozentig gedient habe.

Vielleicht liegt es an der Freiheit, dass ich bisweilen spüre, dass ich etwas selbstgefällig geworden bin, was dazu führt, dass ich nicht immer deine Interessen über meine stelle. Vielleicht ist es an der Zeit, die Zügel straffer zu ziehen, damit die neue Daphne sich der Bedeutung bewusst wird, was es heißt, unter deiner vollkommenen und endgültigen Macht und Kontrolle zu stehen, die alle Bereiche meines Lebens betrifft, insbesondere mein Denken. Ich habe dir gänzlich zur Verfügung zu stehen und noch ein Stück darüber hinaus.

Deine demütige Sklavin Daphne

8.
Der Biss der Spinne

Jeder denkt, eine Domina dürfte höchstens Größe 38 haben, kecke Brüste und einen süßen kleinen Hintern … aber das ist Quatsch, denn die meisten Kerle mögen kurvenreiche Frauen, glaub mir.

Princess Spider

In London tummeln sich eine Menge Herrinnen, die diese Bezeichnung überhaupt nicht verdienen. Von den hundertachtzig Dominas in der Hauptstadt gibt es etwa zwanzig, die an mich heran kommen. Der Rest sind Ladies der Nacht oder Amateurinnen oder Frauen, die von ihren Männern dazu angehalten werden, um schnelles Geld zu machen. Der Trick bei Princess Spider ist, dass ich nicht wie der Rest bin, da ich nicht Mistress Sowieso bin. Ich habe ein bestimmtes Image und ein Markenzeichen.

Als ich beschloss, mich selbst Princess Spider zu nennen, waren plötzlich sehr viele Dinge mit Bezug auf Spinnen angesagt. Es schien fast vorbestimmt zu sein. Wenn im Fernsehen eine Spinne gezeigt wurde, wusste ich, dass meine Sklaven dabei automatisch an mich denken würden. Du musst mit solchen kleinen Tricks arbeiten, damit sie an dich denken, denn die BDSM-Szene wird gegenwärtig von der Club-Szene bedrängt. Im Allgemeinen laufen die Dinge für uns Dominas nicht so gut. Sklaven gehen im Moment nicht mehr zu Professionellen. Und diese ziehen sich immer mehr zurück. Zwölf haben im letzten Jahr aufgehört. Ich denke, es hat mit der Zunahme der Fetischclubs zu tun. Ich glaube, dass es nach und nach ausstirbt und ich weiß mit Sicherheit, dass andere Dominas den gleichen Eindruck haben. Es verschwindet, denn der Rohrstock wurde aus der Schule verbannt, die elterliche Disziplin verschwindet, die Kleidungsvorschriften sind nicht mehr so streng und reglementiert. Männer wollen jetzt andere Dinge.

Früher wollten Männer erzogen und bestraft werden. Sie wollten dir die Macht übergeben. Jetzt fragen mich neue Kunden oft als erstes, ob ich irgendeine Form der körperlichen Annäherung zulasse. Nein, du musst es dir verdienen. Es hat sich eine Menge verändert. Jüngere Männer wollen eine schnelle Nummer schieben und sich gegenüber ihrer Mistress schlecht benehmen können. Sie wollen in ihrer Mittagspause vorbei kommen und masturbieren, während sie dir beim Masturbieren zusehen. Das ist keine Kunst, das kannst du mit jeder machen.

Viele Menschen sitzen dem Missverständnis auf, wir seien nichts anderes als Prostituierte. Ich bestreite das, auch wenn ich keine Bedenken habe, Sexualität zur Unterstützung von BDSM mit einzubinden. Sex wird dazu benutzt, um alles Mögliche zu verkaufen, von Autos bis Shampoo und das scheint akzeptabel zu sein. Warum also nicht beim BDSM? Es hat eine sexy, verlockende, verführerische, oftmals erotische Seite, die, wie ich denke, in gewissem Maße verschwinden würde, wenn BDSM jemals aus dem Verborgenen auftauchen und gesellschaftlich akzeptiert würde. Das Geheimnisvolle, Unbekannte und Anonyme ist es, was es so sexy macht.

Sprecherlaubnis: Captain Zip

Ich habe im Laufe der Jahre mit vielen Professionellen gespielt, sowohl in der dominanten als auch in der submissiven Rolle. Ich hatte einen Keller, aber keine Ausrüstung. Nur ein paar Stahlringe an der Wand. Es war ziemlich gruselig, sehr gut in seiner kargen Art.

Ich lernte Princess Spider im Jahr 2000 bei Fernsehaufnahmen kennen. Es gab da eine Szene in einem Dungeon und sie suchten Freiwillige für die Rolle als ihr Sub. Ich meldete mich. Sie bearbeitete mich mit der Flogger, meinen oberen Rücken. Es war das erste Mal, dass ich so etwas erlebt habe. Sie war gut drauf, hat viel rumgealbert, war aber auch nachdenklich. Manche Dominas interessieren sich nur für sich selbst. Princess Spider achtet auf deine Grenzen. Und sie weiß, wann du eine Pause brauchst.

Danach haben wir uns zufällig ein paar Mal in Clubs getroffen und wir wurden Freunde. Man könnte sagen, dass ich ein Fan von ihr bin. Unsere Wege verlaufen nun schon einige Zeit parallel. Wir haben einen ähnlichen Sinn für Humor. Sie ist voller Überraschungen. Du erwartest nichts Böses und plötzlich hast du einen Eiswürfel in deinem Hintern. Es gibt Momente, da scheint sie acht Hände zu haben …

Eine professionelle Domme ist ein ziemlich kleines Licht in der Geschäftswelt. Wenn du hundert Leute in einem Raum hast, war vielleicht einer schon einmal bei einer Domina. Die Menschen haben merkwürdige Vorstellungen von einer Domina. Im Großen und Ganzen ist es sehr alltäglich und die meisten tun es des Geldes wegen. Ich weiß, dass einige auch sexuelle Wünsche erfüllen, das ist ihre Entscheidung. Einige von ihnen sind Ladies der Nacht und versuchen sich in Dominanz. Und wenn eine auch sexuell zu haben ist, kannst du darauf wetten, dass es sich unter den Sklaven rasend schnell herum spricht. Es nützt nichts, dass wir ziemlich provokante Kleidung tragen. Die Dommes neigen dazu, schwarz zu tragen, und einen Werkzeuggürtel. Das ist eine Uniform, ein Farbcode.

Mit diesem Gerede über Sex bewegen wir uns tatsächlich schon in der Grauzone. Ich war einmal für den Titel Sexarbeiterin des Jahres des Erotic Awards nominiert worden. Ich wusste nicht so richtig, wie ich das auffassen sollte, denn ich habe mich selbst nie als Teil der Sexindustrie gesehen. Vielleicht bin ich es. Wir werben in Magazinen sind auf Webseiten neben Escortservice zu finden. Es macht mir nichts aus, denn ich habe auch schon Begleitservice gemacht – ohne Sex, aber Abendessen, die Leute herum führen und mit ihnen auf Partys gehen. Es sind nicht die Männer der alten Schule, die keine Ahnung haben, Männer von vierzig aufwärts - denn die wissen, was eine Domina ist und worum es bei ihr geht. Es sind die jüngeren Kerle, die sich keine Zeit nehmen, mehr darüber zu erfahren und die uns in eine Schublade mit den Sexarbeiterinnen werfen. Und so wird es niemals als ein seriöses Geschäft angesehen. Es steht immer in dem Ruf, etwas Dreckiges zu sein, weil es bar bezahlt wird, weil keine Fragen gestellt werden und so weiter.

Wir bekommen eine Menge Anfragen nach Sex von jüngeren Männern, die anscheinend nicht zwischen einer Domina und einer Prostituierten unterscheiden können. Es ist ein Jammer, denn es geht überhaupt nicht um Sex, solange du nicht in der glücklichen Lage bist, ein Leibsklave zu sein. Ich denke, es wird darauf hinauslaufen, dass sich diese körperliche Seite immer mehr herauskristallisiert und dass ich BDSM mehr im privaten Rahmen mit meinem Partner genießen werde, anstatt es professionell zu machen. Wir haben ohnehin alle nur eine bestimmte Lebensspanne zur Verfügung. Du bist nur eine gewisse Zeit lang populär. Ich gebe mir vielleicht noch fünf Jahre, dann werde ich mich wahrscheinlich mehr auf das Fernsehen konzentrieren. Andere Dominas arbeiten bereits Teilzeit in Büros, weil sie nicht mehr so viele Kunden haben wie früher. Die ganzen Fetischläden, die SM-Ausstattungen und Kleidung anbieten, haben ebenfalls hart zu kämpfen, denn wenn du erst einmal alles beisammen hast, brauchst du so schnell nichts Neues mehr.

Es gibt nicht mehr so viele loyale Sklaven, weil die Auswahl viel größer ist und der Markt geradezu überschwemmt wird.

Du kannst jede Menge schmutzigen Telefonsex haben und dir gegen Kohle Bilder schicken lassen. Du kannst dir im Internet jede Art von Sexbildern anschauen, die du dir nur vorstellen kannst. Über kurz oder lang wird aus der BDSM-Szene eine auf dem Internet basierende Industrie werden. Das ist eine Tatsache. Die Menschen haben immer weniger Zeit. Der Verkehr wird immer schlimmer. Es gibt weniger Zeit zum Umherreisen. Warum sollst du dich diesem Stress aussetzen, wenn du nur den Computer einschalten musst, um deine Lieblingsmistress zu sehen? Du kannst sie anrufen und mit ihr sprechen. Ich denke, die Mehrheit bekommt heute ihren Kick aus dem Internet. Es gibt eine Menge Bezahlseiten, wo du fünfundzwanzig Pfund zahlst und deine Lieblingsfantasien ansehen kannst, auch wenn du sie nicht erlebst – vielen Leuten reicht schon ein zwei-, dreiminütiger Kick, wenn sie sich dabei einen runterholen können. Aus diesem Grund habe ich weitergedacht und meine eigene Website gestaltet.

Ein Besuch bei einer Domina kostet heute etwa hundertfünfzig Pfund. Früher waren es einmal zweihundertfünfzig. Fünfundzwanzig Pfund im Monat für eine Website lassen sich leichter aufbringen – und du musst nicht körperlich anwesend sein, du kannst anonym bleiben. Manche suchen immer noch das Spiel und die Aufmerksamkeit und ich denke, es wird immer private Sessions geben, doch es gibt heute so viele Fetischclubs, in denen du für wenig Eintritt von zehn prima Dommes verhauen wirst. Du bekommst ziemlich viel für dein Geld. Für uns ist es eine Art Werbung, aber andererseits ruinieren wir uns unser Geschäft damit. Ich habe angefangen, nicht mehr in allzu vielen Clubs aufzutauchen. Es gibt inzwischen mehr als jemals zuvor, doch naheliegender Weise gibt es einige Praktiken, die sich in Clubs nicht durchführen lassen, vor allem die schmutzigen wie Analspiele oder Golden Shower. Das, was ich mir meinen Leibsklaven mache.

Ich bekomme immer noch neue Sklaven, die aufgrund alter Rezensionen, die ich für das Magazin Kane geschrieben habe, Kontakt zu mir suchen. Normalerweise suchen sie Spanking und Schulspiele. Es ist nett, denn normaler Weise stoßen sie in eher konventionellen BDSM-Magazinen oder über meine eigene Website auf mich.

Bei den meisten Sklaven kommt das Verlangen ganz spontan: Sie wollen dich noch am selben Tag um die und die Uhrzeit sehen, weil das am Besten in ihren Terminplan passt. Die meisten Dominas können das nicht bieten. Also gehen sie mal hier hin, mal dort hin, je nachdem welche Mistress gerade dann Zeit hat, wann es ihnen passt, nicht wann es der Mistress passt. Das bedeutet, sie landen bei Dominas mit einem eigenen Studio, nicht bei einer, die die Räume erst anmieten muss, so wie ich. Ich muss die Räume im Voraus buchen. Doch anders als die meisten Dominas, die diese spontanen Anfragen bekommen, melden sich die Kunden bei mir vorher an. Die Leute sparen vorher für einen Besuch bei mir. Doch letztendlich würde ich am liebsten alles von zu Hause aus erledigen. Aber so sehr ich das, was ich tue auch liebe, wir sind alle nur begrenzt haltbar und wer weiß, ob in fünf Jahren nicht eine andere Domme so populär ist wie ich heute? Vielleicht ist dann der Zeitpunkt gekommen, mich zu verabschieden, an der Spitze meines Ruhmes.

Sprecherlaubnis: Sklave Rooster

BDSM findet immer noch im Verborgenen statt, aber es ist inzwischen akzeptierter. Aus der Sicht eines Sklaven kann ich sagen, wenn Sklaven wüssten, wie gut Princess Spider ist, würden sie nicht zögern zu ihr zu kommen. Doch es gibt jede Menge Scheiße da draußen. Es ist schwer, Unterschiede zu sehen, wenn du sie noch nicht erfahren hast. Es gibt vielleicht Leute mit Interesse an der Szene, die eine Mistress erlebt haben und jetzt denken, so ist das also, jedenfalls, was die Qualität angeht. Sie werden entweder bei dieser einen Mistress hängen bleiben oder sich ganz von der Szene abwenden, weil sie von der Session enttäuscht waren und alle Dominas über einen Kamm scheren. Es gibt auch viele Männer, die Interesse haben oder neugierig sind, es aber nicht wagen den letzten Schritt zu tun.

Ihr öffentliches Auftreten ist ein sehr wichtiger Teil des Gesamtbildes. Sie ist eine große Frau und unheimlich präsent. Mit Highheels ist sie knapp einen Meter achtzig. Sie zieht die Aufmerksamkeit auf sich, sobald sie einen Raum betritt. Sie ist gesellig und freundlich, aber unterschwellig geht von ihr immer etwas leicht Bedrohliches aus, die Macht, die sie in sich trägt, die natürlich für jede erfolgreiche Domina von wesentlicher Bedeutung ist. Sie sieht aus, als ob sie es ernst meint. Sie plaudert mit dir vor einer Session um deine Psychologie zu verstehen und etwas über deine Gesundheit und deine Fantasien zu erfahren.

Ich bin dem Ende meiner Karriere heute näher als am Anfang. Ich verbringe ziemlich viel Zeit damit, über mögliche Schlüsselerlebnisse in meiner Kindheit nachzudenken, die diesen ungewöhnlichen Lebensweg verursacht haben könnten. Ich war das älteste Kind, also war ich natürlich ziemlich herrisch. Ich war sehr darauf bedacht, die Beste zu sein. Und ich war schon immer eine Individualistin, eine Einzelgängerin und Einzelkämpferin. Ich habe mein eigenes Ding gemacht, auch wenn alle anderen einem Trend folgten. In der Schule wurde ich schikaniert, wodurch ich gezwungen war, stark und unabhängig zu werden.

Ich war groß und trampelig, als ich klein war und hatte schneeweiße Locken. Ich habe mit zwei kleinen Jungs geredet, die wegen der Schule nervös waren und ihnen Geschichten erzählt, um sie zu beruhigen, weit weg von all den anderen Kindern. Wir hatten eine großartige umgestürzte Eiche auf dem Schulhof und ich saß eine Weile mit ihnen dort und erfand fantastische Orte, zu denen wir für eine Weile flüchten konnten. Wir spielten immer Tiger und Löwe. Mein erster Freund kroch beim Spielen immer über meinen ganzen Körper.

In unserem Garten hatten wir ein provisorisches Zelt. Neben unserem Garten verlief ein öffentlicher Pfad, der bis in die Felder führte. Wir waren immer draußen und haben im Stroh gespielt. Unser Dad hat uns oft Geld gegeben und uns losgeschickt zum Kohl kaufen. Wir gingen auf's Feld, haben den Kohl geklaut und das Geld für Süßigkeiten ausgegeben. Ich hatte schon immer so eine freche und erfinderische Ader. Wir haben auch oft Krieg gespielt. Ich hatte tausende von Spielzeugsoldaten und habe viele Modelle gebaut. Ich hatte für so etwas viel Geduld und ich spiele heute immer noch Kriegsspiele. Das ist auch wieder so etwas Wildes. Die Wurzeln meines Verlangens nach Kontrolle und Macht lassen sich bis in diese Zeit zurückverfolgen und waren schon in dem Verhalten erkennbar, das ich damals an den Tag legte.

Ich war gut in der Schule, besonders im Sport, doch es gab eine Menge Neid, weil mein Dad mir großartige Sportausrüstungen kaufte. Ich glänzte auch in einer Reihe typischer Jungsfächer: Physik, Geografie, Geschichte ... Ich weiß nicht, warum. Doch dann verliebte ich mich in eine Klassenkameradin, in Ivy. Irgendjemand fand einen Zettel von ihr in meiner Tasche und danach musste ich eine horrende Menge an Prügel und Schikane einstecken. Meine Noten verschlechterten sich. Ich hatte keinerlei Unterstützung. Ivy und ich waren die einzigen lesbischen Mädchen auf der Schule und ich rede hier von den frühen Siebziger Jahren, als man von so etwas faktisch noch nie gehört hatte.

Ich glaube, meine erste Einführung in Dominanz erlebte ich mit einem Mädchen namens Helen. Sie war sechzehn, ich siebzehn. Sie war sehr kurvenreich und ihr Haar fiel ihr locker und verführerisch über ein Auge. Dadurch wirkte sie sehr geheimnisvoll. Wir sind nur kurze Zeit miteinander gegangen. Es gefiel ihr, am Boden festgehalten zu werden, was ziemlich nett war. Ich war gerade in meiner Punk- und Skinheadphase und sie war neugierig wegen meiner Ketten und Schnallen und Gürtel. Ich habe Stunden damit zugebracht, Spikes auf einen Second-Hand-Gürtel zu hämmern. Es war immer sehr erotisch mit ihr. In Anbetracht unseres Alters haben wir ziemlich sanfte und harmlose Sachen gemacht. Ich habe sie ausgenutzt, habe sie mit Schwung auf den Rücken gelegt und automatisch die dominante Rolle eingenommen ohne zu wissen, was es bedeutete, dominant zu sein. Sie war wirklich nett. Einmal kamen meine Freunde zu mir herüber und sie alle waren der Meinung, es sei eine schlechte Idee, dass wir zusammen sind. Ich weiß nicht, warum – sie war die beste und geilste Frau mit der ich mich getroffen habe. Ihre Haut war sehr weich, sie hatte Sommersprossen und war ziemlich schön. Wir gingen alle los und zogen durch die Clubs, aber sie bestand darauf, dass ich sie an das Sofa ihres Vaters fesselte. Alle drängten sich hinein und sie saß da, mit einem Knebel im Mund und sah jeden mit diesen gefühlvollen braunen Augen an. Es war so witzig. Die anderen sind vollkommen durchgedreht. An meinem Geburtstag sind wir tanzen gegangen und sie hatte etwas getrunken und Ärger mit ihren Eltern bekommen, weil sie die ganze Nacht unterwegs gewesen war. Wir haben miteinander geschlafen. Mein Dad wusste, was vor sich ging. Er billigte es nicht, aber er drückte beide Augen zu. Es ging zu Ende, weil ich in Birmingham arbeitete und sie gerade die Schule verlassen hatte. Ich war hungrig und wollte mehr erleben und ausprobieren. Es war meine erste Erfahrung darin, ein Mädchen zu fangen und ihre Hände zu fesseln. Es war so etwas wie ein Sprungbrett.

Richtig ernst mit dem Rollenspiel wurde es, als ich ein Mädchen namens Maxine kennen lernte. Sie hatte braunes, lockiges Haar und war unheimlich süß. Ich hatte extrem kurze Haarstoppeln, was sich bei einem Mädchen unattraktiv anhört, aber tatsächlich war es die Zeit, in der ich bei Frauen am erfolgreichsten war. Manchmal hatte ich drei Mädchen in einer Nacht, was eine beachtliche Leistung für eine Siebzehnjährige ist! Wir probierten zusammen verschiedene Charaktere aus. Sie zog sich manchmal ein Rüschenhemd an, malte sich mit Kajal einen Schnurbart auf und tat so, als sei sie der Duke of Monmouth. Wir haben viele solche Spiele gespielt.

Wir hatten sehr leidenschaftichen Sex und wir wechselten zwischen dominant und submissiv hin und her, auch wenn wir zu der Zeit gar nicht recht begriffen, was wir da taten. Es war interessant. Ich war sieben Jahre mit ihr zusammen und habe mich in dieser Zeit nur mit ein paar Männern getroffen. Ich habe sie schließlich verlassen und bin mit einer Frau namens Debra zusammen gekommen. Sie verließ ihren Mann und wir sind zusammen in ein Haus gezogen. Bei ihr nahm ich fast automatisch die dominante Rolle beim Sex ein.

Ihr Mann war Linienrichter und ich habe die beiden kennen gelernt, als ich eine Jugend-Fußballmannschaft trainierte. Nach der Schule sind wir oft noch auf eine Tasse Kaffee zu ihr gegangen, so wie es Mütter immer machen. Eines Tages kam ich zu ihr und sie trug ein enges Kleid mit einem weißen Spitzenbody darunter. Ich saß da und dachte: „Mein Gott, was soll ich bloß machen?“ Ich wusste, was ich gern getan hätte … Kurz bevor ich ging sagte ich zu ihr: „Du kannst von Glück reden, dass du immer noch angezogen bist, obwohl ich in der Nähe bin. Jeder anderen hätte ich die Kleider schon längst vom Leib gerissen.“

Sie lächelte und sagte: „Und warum tust du es nicht?“

Ich hatte bis zu diesem Zeitpunkt nicht gewusst, dass sie von mir träumte. Als ich sie das nächste Mal traf, war ihr Mann bei einem Treffen. Wir haben rumgeschmust und uns befummelt und waren ziemlich geil. Eines Tages war er bei der Arbeit und unsere Kinder waren bei Babysittern. Sie hat was Leckeres gekocht und nach dem Essen lehnten wir uns über den Tisch, um uns zu küssen. Die Teller waren noch nicht weggeräumt und schließlich lag sie höschenlos auf dem Tisch und zeigte mir kurz ihre hübsche kleine Pussy. Sie bat mich, zu ihr zu kommen. Ich mache keine Spielchen, also zog ich sie heftig an mich und vergrub mein Gesicht zwischen ihren Beinen. Die Teller flogen durch die Gegend. Es war ein heilloses Durcheinander, aber sehr leidenschaftlich.

In den nächsten Monaten gab es noch ein paar heikle Situationen, bis sich die Dinge zuspitzten und sie auszog. Sie hatte echt Stil. Sie rief mich an und sagte, sie wolle ein Spiel spielen. Sie würde in die Rolle einer Maklerin schlüpfen, die ein Haus zu verkaufen hätte und ich wäre eine potentielle Käuferin. Sie trug schwarze Highheels, Strümpfe, einen kurzen Rock und eine dazu passende Jacke im Stil der Fünfziger Jahre. Ihre Möpse steckten in einem Spitzen-BH, sie waren riesig, und ihre Haare waren hochgesteckt. Sie hatte orange-roten Lippenstift aufgetragen anstelle des üblichen dunkelroten, um die Illusion zu unterstützen, sie sei jemand anderes. Sie trug ein sinnliches Parfum namens Eden. Sie sah sehr kultiviert aus.

Ich klopfte an die Tür, sie öffnete sie sehr förmlich und mein Kiefer klappte runter. Sie wollte, dass ich wie ein Mann gekleidet erscheinen sollte, also hatte ich Schuhe und Hosen angezogen, dazu ein graues Großvaterhemd mit Nadelstreifen. Mein Haar war zu der Zeit kurz rasiert, mit kleinen Dreadlocks, es war am Beginn meiner Dreadlockphase.

Im Haus wurde ich überall herum geführt und ich sagte ja, sehr nett und sie begann mich zu necken, flirtete mit mir, gewährte mir den einen oder anderen schönen Anblick, wenn sie sich vorbeugte, um mir die Wasserleitungen im Badezimmer zu zeigen oder ähnliches. Sie trug kein Höschen, ihre Pussy war komplett rasiert.

Oben sagte sie zu mir: „Möchten Sie noch etwas sehen?"

Was sollte ich darauf sagen? Ich antwortete: „Ich will alles sehen."

„Wenn Sie alles sehen wollen, müssen Sie auf die Knie gehen." Sie ist der erste Mensch, der mich jemals hat niederknien lassen. Sie setzte sich auf einen Rohrstuhl, stellte die Beine leicht auseinander und ließ mich einen flüchtigen Blick auf das nackte Fleisch ihrer Pussy werfen. Ich konnte sehen, dass sie tropfnass war. Sie hat mich an dieses Spiel herangeführt, wo du das leckere Dessert direkt vor der Nase hast, es aber nicht berühren darfst.

Sie gestattete mir, ihre Schenkel zu küssen, dann hob sie ihre Beine an und schlang sie um meine Schultern. Ich hörte, wie die Absätze klackernd gegeneinander schlugen. Sie sagte zu mir: „Sie dürfen mich einmal küssen."

Ich ziehe diese Nummer heute mit meinen Partnern durch. Es ist eines der geilsten Dinge, die ich je erlebt habe. Ich habe ihr also einen Kuss gegeben, dann befahl sie mir, ihrer Pussy zu sagen, dass ich sie liebe. Es war überwältigend, mit ihrer Pussy reden zu müssen. Überaus erotisch. Es wirkt jetzt vielleicht merkwürdig, aber zu der Zeit war es etwas anderes.

Nach einer halben Ewigkeit ließ sie mich von ihrer verbotenen Frucht kosten, also begann meine Zunge an ihr herum zu spielen und es wurde sehr leidenschaftlich, bis ich schließlich ihren Rock über ihrem Arsch zerriss, sie auf das Bett warf, den Hintern in die Höhe und sie von hinten leckte und küsste. Sie riss mir die Hose und das Hemd vom Leib. Es war unglaublich scharf, unheimlich energiegeladen. In sexueller Hinsicht ist sie wahrscheinlich die aufregendste Frau, mit der ich je zusammen war. Alle Spiele verliefen so ähnlich und wir waren fünf Jahre lang zusammen. Es machte mir viel Spaß, ihr Outfit für die Geschäftsessen auszuwählen, zu denen sie gehen musste. Ich suchte die engsten Sachen aus, in die sie sich dann hinein zwängen musste. Ich ließ sie einen knallengen roten Stringtanga tragen, der sich in ihre nackte, glitzernde Pussy schnitt, sobald sie sich bewegte. Es war wirklich eine Qual für sie. Einmal sagte sie mir, es sei ein Fehler gewesen, sie in diesem Rock und diesem Tanga loszuschicken, denn sie mussten eine Wendeltreppe hinauf steigen und sie hat jedem, der hinter ihr ging, einen großartigen Anblick geboten …

Einmal kam sie mit zwei Kerlen und einer Frau zurück. Die Frau war entzückend, eine dunkelhaarige Spanierin. Sie war überhaupt nicht bi, aber ich kam nicht dahinter, warum diese Kerle dabei waren. Ich vermutete, sie müsse mit einem oder beiden ficken.

Sie saßen im Wohnzimmer und ich bat Debra, in die Küche zu kommen.

Ich schloss die Tür, riss ihr den Slip runter und fickte sie mit dem Finger, an die Tür gepresst, so dass diese zu klappern anfing und jeder hören konnte, was hier vor sich ging. Nachdem sie gekommen war, ließ ich sie meine Finger ablecken und schickte sie in das andere Zimmer zurück mit der Warnung, nie wieder unartig zu sein. Aber natürlich war sie es. Wer wäre es nicht, nach so einer Strafe?

Sie war eine geile Lady und sie war die Erste, bei der meine dominante Persönlichkeit Form anzunehmen begann.

Ich bin in der glücklichen Lage, dass mir die ignorante Vorstellung der Öffentlichkeit, ich sei anders als andere, egal sein kann, denn mit meinem Anders-Sein kann ich meinen Lebensunterhalt verdienen, für meine Familie sorgen und auch noch Spaß dabei haben. Ich habe durch BDSM einige der nettesten, ehrlichsten Menschen kennen gelernt und wenn ich noch einmal die Wahl hätte, würde ich es keinen Deut anders machen. Als Princess Spider besteht nicht die Gefahr, für eine passive Frau gehalten zu werden, als die diese Gesellschaft Frauen immer noch zu gern betrachtet. Meine Unabhängigkeit wirkt auf manche Männer bedrohlich und andere werden dadurch gerade angezogen. Ich passe zur BDSM-Welt und die BDSM-Welt passt zu mir. Wie ein Paar Lederhandschuhe …

Ich mache das jetzt schon seit einiger Zeit. Ich habe im Dungeon Dinge gesehen und gemacht, von denen die meisten Menschen nur lesen oder träumen. Es gibt einige, die nicht akzeptieren können und wollen, dass es diese Dinge überhaupt gibt. Ich habe meine Zeit damit verbracht, die Erfahrungen in mich aufzusaugen und habe die ganze Zeit über immer etwas Neues gelernt – und ich lerne immer noch. Ich versuche, meine Kenntnisse zu erweitern, neue Tricks zu entwickeln oder neue Fantasien umzusetzen. Das Einzige, was mich davon abhalten könnte, immer besser zu werden ist ein Mangel an Vorstellungskraft, bei mir oder meinen Kunden, aber was das angeht sind wir ziemlich kreativ. Es gibt unzählige Spielmöglichkeiten.

Was also macht schlussendlich eine gute Domina aus? Die wichtigste Qualität einer guten Domme ist meiner Meinung nach die Fähigkeit zum Zuhören und die Kunst, all die Informationen zu behalten, die ein möglicher Sklave erzählt oder beichtet. Du musst ihre besonderen Fantasien verstehen, warum sie sich danach sehnen, zu dienen und was ihr Kopfkino in Gang setzt. Du kannst nicht jedes Mal ihre Fantasie komplett umsetzen, doch du kannst Teile ihrer geheimsten Wünsche mit einflechten. Das wirft immer wieder die Frage auf, ob nicht die Sklaven von unten bestimmen, wo es lang geht? Ich denke, dass freundschaftliche Absprachen im Vorfeld einer Session diese Frage überflüssig machen.

Das Leben einer Domina verändert sich. Ich für meinen Teil lebe auch im Privaten meine sehr starke dominante Seite aus. Ich neige dazu, mich mit Männern zu treffen, die eine starke Persönlichkeit haben, denn es befriedigt mich mental und sexuell, sie zu erobern. Bei mir zu Hause zerre ich meine Partner in den Dungeon, um ihnen Unterricht in sinnlichem BDSM-Spiel zu erteilen. Mir wird ganz schwindelig, wenn ein dominanter Mann mich aufs Kreuz legt; das wird mich immer anmachen. Im professionellen Bereich macht es mich die bloße Kontrolle an und das Wissen, dass ich Männer dazu erziehe, Sklaven in meinem Netz zu werden. Die Therapie einer Session hilft ihnen, ihre aufgestauten Spannungen aus ihrem Alltagsleben abzubauen. Zu sehen, wie glücklich und zufrieden sie nach einer Session sind verschafft mir große Befriedigung.

Ich bin Domme mit Leib und Seele. Ich lebe meine Leidenschaft. Ich trage jeden Tag Leder, selbst wenn ich nur kurz etwas einkaufe oder ins Kino nebenan gehe. Als Familienoberhaupt bin ich für viele unterschiedliche Dinge verantwortlich. Ich muss nicht alles kontrollieren; ich bin einfach nur ziemlich gut darin, die Probleme anderer Leute zu lösen. Ich merke, dass mir meine Fähigkeit zuzuhören eigentlich immer hilft. Meine Sklaven rufen oft an oder kommen auf einen Kaffee und ein kurzes Gespräch bei mir vorbei. Ich weiß nicht, ob das gang und gebe ist, aber ich genieße ihre Gesellschaft. Auch dominante Herren kommen zum Mittag- oder Abendessen zu mir, wir albern rum und lassen uns einen guten Wein schmecken. Das führt ausnahmslos zu der Bitte, mich schlagen zu dürfen. Aber das ist eine andere Geschichte.

Ich habe ein reges gesellschaftliches Leben und ich bin oft im Ausland, um Freunde zu besuchen. Wenn ich keine Sklaven beherrsche, schreibe ich über sie, arbeite an neuen Ideen für das Fernsehen oder male mir ein

Szenario für eine Session im Dungeon aus. Ich berate und helfe auch andere Herrinnen und Herren, die mit ihren Ideen zu mir kommen. Die unterschiedlichsten Leute rufen mich jeden Tag an und nicht zwei von ihnen ähneln einander.

9.
Fremde Haut

Ich glaube, dass jeder Mensch zu irgendeinem Zeitpunkt seines Lebens sich gerne beherrschen lässt.

Princess Spider

Sprecherlaubnis: Sklave Rooster

Sie hat drei Haupt-Persönlichkeiten, die ihr innewohnen: Princess Spider, Mutter und Maria. Wenn wir zusammen arbeiten ist sie eine Mutter, die alltägliche, arbeitende Frau. Maria ist etwas ganz anderes. Ich habe sie gesehen und bin mit ihr ausgegangen. Sie ist sehr devot, aber ich sehe sie nicht oft, weil ich nicht sehr dominant bin. Du weißt bei jeder dieser Persönlichkeiten, woran du bist, aber du weißt nie, wann sie von einer zur anderen wechselt. Und ich mache keinen Witz, sie kann mitten im Satz wechseln. Es ist ziemlich unheimlich, weil du nicht darauf vorbereitet bist.

Wie ich schon sagte, bin ich Domme mit Leib und Seele. Wenn du dich mit mir treffen willst, solltest du besser ein gutes Durchhaltevermögen zeigen, denn ich bin 24 Stunden am Tag, 7 Tage in der Woche dominant. Doch selbst ich brauche hin und wieder eine Ruhepause und kann nicht immer nur den Chef rauskehren.

Darf ich dir also Maria vorstellen, mein Alter Ego? Während Princess Spider eine zähe, nüchterne, in Leder gekleidete Schlampe und Göttin ist, ist Maria feminin und gehorsam und spricht mit leiser Stimme zu dir. Eine Über-Sub. Wenn ich mit Master Alex in einem Club spiele, schlägt er mich nur als Princess Spider. Es gibt niemals irgendeinen sexuellen Kontakt, es ist nur ziemlich unanständig und geil und für jeden, der zusieht, ein schöner Anblick. Und du kannst erleben, dass ein großer Master eine große Mistress schlägt oder peitscht – ein wahres Gipfeltreffen starker Persönlichkeiten. Besonders für ihn ist es gut, da ich wahrscheinlich seine bekannteste Schülerin bin. Inzwischen fragt er mich in geschäftlichen Dingen um Rat. Er weiß nichts von Marias Existenz.

Diese Frau ist ein leichter Gegner. Sag ihr, was sie machen soll und sie macht es. Sie ist mein Aus-Schalter. Sie ist mein Blitzableiter. Maria kleidet sich in hellen Kleidern in Pastelltönen und ist unglaublich taktvoll. Sie schnurrt wie ein Kätzchen, wenn du sie an den richtigen Stellen berührst. Maria ist den Männern hörig und so formbar wie Lehm, wenn sie in die richtigen Hände gerät. Fessle sie, gestalte sie, verwandle sie in was du willst. Sie wird alles ohne den geringsten Widerspruch hinnehmen. Maria ist eine Gummi-Puppe mit einem schlagenden Herzen. Hier kommt ein wenig von dem, was sie macht …

Maria zeigt sich nur den Menschen, die mir am nächsten sind: Liebhabern und Partnern. Vor kurzem habe ich auf einer Party mit Master Mark gesprochen; Rooster hatte mich begleitet. Mark wollte, dass ich ihn besuche und ein paar Filmaufnahmen mit ihm mache. Rooster fragte, wen er gerne dabei haben wollte und Mark sagte: „Bring Spider mit.“ Rooster sagte zu ihm, dass es viel interessanter würde, wenn Maria mitkäme und Mark fragte: „Wer ist Maria?“

Ich sagte zu Rooster, er solle Mark alles über Maria erzählen, während ich mir etwas zu trinken holte.

Kurz darauf schaute ich zu den beiden rüber und sah, wie sich Marks Gesicht aufhellte und dann einen schockierten Ausdruck bekam, während Rooster ihm einige Geschichten über Marias Verhalten zum Besten gab. Twin will nicht mehr, dass ich Maria irgendjemandem außer ihm zeige, was verständlich ist, insbesondere, wenn du dir vor Augen hältst, dass sie in der Vergangenheit schon mit drei Männern gleichzeitig gespielt hat. Und das Interessante daran war, dass sie alle Sklaven waren.

Ich habe einmal geswitcht, als ich als Princess Spider abends im Club war. Ich trank langsam ein paar Wodkas und rauchte eine Zigarette an der Bar. Ich spürte, wie sich etwas in mir veränderte, also sagte ich allen, sie sollten abhauen und mich für eine Weile in Ruhe lassen. Ich trug eine schwarze Lederjacke, einen Rock und schwarze Handschuhe wie üblich. Daphne dachte, mit mir sei etwas nicht in Ordnung, doch ich verwandelte mich nur. Ich brauchte einfach nur etwas Zeit für mich, so dass Spider sich in ihre Höhle schleichen konnte und die super-devote Seite in mir Gelegenheit hatte, langsam heraus zu kommen.

Nach drei oder vier Wodkas war ich wieder beisammen und sagte: „Los, Jungs, wir gehen nach Hause."

Im Auto sagten Benson und Rooster zu Daphne, dass er mit Maria spielen würde. Er verstand am Anfang überhaupt nichts, doch dann kapierte er, dass ich diese Maria war.

Als wir zu Hause ankamen, machten sich die Jungs sofort daran, alles vorzubereiten. Einer räumte den Dungeon auf und einer stellte die Heizung an, denn ich spiele nicht gern, wenn es kalt ist. Daphne wühlte im Gefrierschrank herum.

Ich ging nach oben, weil ich noch etwas Ruhe brauchte, bevor es losging und ich suchte mir ein paar enge Sachen aus meinem Kleiderschrank: ein knappes Top und einen kleinen Rock. Meine Strümpfe behielt ich an, ich zog nur die Stiefel aus und schlüpfte in ein hübsches Paar Highheels. Das ist der Stil, in dem Maria sich kleidet: feminin und unaggressiv.

Rooster kam hoch, um nach mir zu sehen und als ich mit ihm herunterkam, verbanden sie mir die Augen, was mir lieber ist, denn ich will überhaupt nicht sehen, wer mich schlägt. Manche Leute sehen ihrem Peiniger gerne in die Augen. Aber das ist nichts für mich, denn in dem Moment werde ich in meinen Gedanken von jemandem beherrscht, der im realen Leben vielleicht gar nicht da ist. Für mich bekommt die Sache dadurch mehr Schwung.

Benson war an der Reihe, an diesem Abend den Master zu spielen. Sie warfen mich kurzerhand über die Bank und einer von ihnen begann mir den Hintern zu versohlen. Als nächstes spürte ich etwas Eiskaltes an meinem Hintern und meine Unterhosen wurden mir herunter gerissen, aber ich wusste nicht, wer was machte oder was dieses kalte Zeugs war. Erst später fand ich heraus, dass es Schokoladeneis gewesen war – sie haben mein verdammt leckeres Schokoeis auf meinem Hintern verplempert! Jemand leckte es von meinem Arsch ab. Danach befahlen sie mir, ihre

Schwänze zu identifizieren. Ich bekam einen Schwanz zu spüren und musste raten, wem er gehörte. Ich wusste, wie sie sich anfühlten, also war es ziemlich einfach, Rooster zu erkennen. Ich bekam trotzdem eine gewischt, denn woher bitte schön weiß Maria, wer Rooster ist? Ich dachte, ich wäre clever gewesen und bin schön damit reingefallen. So etwas passiert Subs immer wieder … meinst du, ich wäre aufgrund meiner Erfahrenheit klüger? Beim nächsten hielt ich den Mund, ich war ziemlich sicher, dass es Daphne war, aber ich sagte keinen Ton. Das ging eine Weile so weiter, sie gaben mir Wein zu trinken und stellten mir Fragen oder wollten, dass ich verschiedene Missetaten gestand. Sie hielten mich die ganze Zeit richtig auf Trab, aber es ist schwierig, logisch zu denken, während du körperlich stimuliert oder misshandelt wirst.

Master Benson packte mich bei den Haaren und zwang mich, seine Schuhe und seinen Schritt zu küssen. Ich erinnere mich daran, dass sie mich wieder über die Strafbank legten, dann hörte ich ein summendes Geräusch und begriff, dass es ein Vibrator sein musste, gerade, als sie ihn mir in den Arsch steckten. Dann landete ein zweiter in meiner Pussy. Und plötzlich wurde auch noch ein Schwanz in meinen Mund geschoben – bis zum heutigen Tag habe ich keine Ahnung, welcher von ihnen das war – denn es ist nun mal so, dass Herren mit ihren Sklavinnen mehr Sex haben als Herrinnen mit ihren Sklaven, es sei denn, es sind Leibsklaven. Manche Sklavinnen lassen sich in einer Session gern schlagen, wenn sie privat dafür bezahlen, aber selbst dann wird der Master wahrscheinlich noch Sex mit ihr haben. In dieser Session würde es also mit einiger Sicherheit ziemlich zur Sache gehen.

Schwänze und Dildos und Vibratoren gingen bei mir ein und aus und ich wusste nicht, wer was machte. Irgendjemand fickte mich und weil ich seine Berührung kenne, war ich mir sicher, dass es Rooster war. Ein anderer packte meine Haare, während ich immer noch diesen Schwanz lutschte – aber ich wusste nicht, ob es Bensons oder Daphnes war. Dann fickte Benson mich; ich war nicht mehr ganz Herrin meiner Sinne, spürte die Peitsche auf meinem Rücken und Daphne sagte: „Maria, du bist eine kleine Schlampe und musst bestraft werden." Und er peitschte mich aus. Er ist seit dreißig Jahren in der Szene, da hat er sich einige Fertigkeiten angeeignet. Er wusste, wie er eine Peitsche zu schwingen hatte, während die anderen beiden nur damit herum tätschelten. Er gab mir das, was ich brauchte. Mein Hintern wurde ordentlich warm, ich entspannte mich und genoss es, die Peitsche zu spüren. Ich muss über eine Stunde lang auf dieser Bank gelegen haben, doch wahrscheinlich dauerte es noch länger, denn insgesamt spielten wir sechs Stunden lang. Ich wurde auch noch am Andreaskreuz ausgepeitscht, musste ein paar schwierige Aufgaben erledigen, meine Nippel wurden gefoltert und irgendwann war ich bis auf die Strümpfe vollkommen nackt.

Doch das Erotischste für mich war eine Schlinge, die sich um meinen Kopf legte und an einem Deckenhaken befestigt wurde. Meine Beine sackten weg, aber nur für einen kurzen Moment. Ich glaubte, ich würde ohnmächtig werden, aber ich wusste, dass ich niemals ernsthaft in Gefahr war, denn ich kannte Benson und obwohl wir zu dem Zeitpunkt schon dabei waren, uns zu trennen, wusste ich, er würde mir nichts antun, zumindest nicht mitten während einer Session. Rooster und ich waren gerade ein Paar geworden und er flippte wegen der Sache mit der Schlinge total aus, es hat ihm wirklich Angst gemacht. Doch es gab keine Feindschaft, sie haben schön zusammen gespielt, aber diesen Teil des Abends habe ich wirklich genossen.

Der Hit für mich ist es, mit der Quirt geschlagen zu werden. Das liebe ich am meisten, doch der Master muss es schon richtig können. Für gewöhnlich endet es damit, dass ich vorschlage, sie könnten doch ihre Position verändern oder etwas kräftiger zuschlagen. Es ist sehr ungehörig für eine Sub, so von unten zu sagen, wo es lang geht, doch es ist die einzige Möglichkeit, wie ich die Quirt so zu spüren bekommen kann, wie ich es brauche. Ich trug keine Maske und so fühlte ich mich vollkommen im Recht, Benson herumzukommandieren, denn so eine Quirt ist eine tödliche Waffe und kann eine Menge Schaden anrichten.

Diese Session war wirklich gut und es war eine typische Session mit Maria. Doch mit Twin ist es jetzt noch geiler.

Bei einer Gelegenheit habe ich die ganze Nacht mit ihm gespielt und er musste früh zur Arbeit, weil er einen Termin hatte. Ich wachte auf, war geil, rief ihn an und sagte: „Oh Master, Maria fühlt sich so unartig, sie möchte, dass du nach Hause kommst."

Er schickte mir eine SMS – wir schicken uns endlos viele SMS – um mir zu sagen, dass ich schlecht bin und eine Schlampe und dass er zur Mittagszeit ohnehin nach Hause kommen würde, da er noch ein Papier für die Arbeit bräuchte. Am Morgen hatte ich eine Session mit Poppy, ich war Nanny Spider. Nach der Session war ich richtig geil - das hatte nichts mit Poppy zu tun, ich dachte einfach nur an die letzte Nacht mit Twin.

Er hatte mir gesagt, dass ich keine Unterhose anziehen dürfte, also trug ich nur eine kurzen Rock und eine Weste als Top und, auf seinen Wunsch, ein paar schwarze Pantoffeln. Außerdem hatte er befohlen, dass ich ihn nicht ansehen dürfte, wenn er die Wohnung betritt.

Es wurde ein Uhr und er kam nicht, also schickte ich ihm eine SMS um zu fragen, ob alles in Ordnung sei. Er antwortete, dass er unterwegs sei und dass er mich ficken würde, doch wenn er die Wohnung betrete, wolle er mich auf dem Sofa knien sehen, mit hoch geschobenem Rock und abgewandtem Gesicht. Ich fragte mich, wann ich mich so drapieren sollte, da ich nicht wusste, wann er auftauchen würde. Also kniete ich mich auf das Sofa und schaltete den Fernseher an und dachte, wenn ich die Tür höre mache ich die Kiste wieder aus; ich wollte hier nicht kniend auf ihn warten, wenn er vielleicht erst in einer halben Stunde käme.

Als die Tür geöffnet wurde, schaltete ich schnell den Fernseher aus, dann kniete ich da und hörte, wie er herein kam und umher ging, hier und da was aufhob, sich ein Glas Wasser einschenkte und ein paar Briefe öffnete. Dann hörte ich unvermittelt dieses kratzende Geräusch und meine Nackenhaare richteten sich auf: es war das Scharren des Rohrstocks, den er gerade vom Boden aufgehoben hatte. Er kam zu mir herüber, verpasste mir acht Hiebe, sagte mir, ich sei eine Schlampe, rauchte eine Zigarette und ging. Und ich zerfloss fast vor Verlangen nach ihm. Ich legte mich auf den Rücken und bettelte ihn an, mich zu ficken, aber er tat es nicht. So ein Bastard! Ich war so geil.

Er schickte mir eine SMS und befahl mir, ein Paar rote Schuhe anzuziehen und es mir auf dem Sofa selbst zu besorgen. Er sagte, ich solle nach Hause gehen, er würde mich später besuchen. Da hatten wir in der Mittagspause eine Stunde Zeit füreinander und er bleibt fünf Minuten und verschwindet wieder. Mein Arsch tat mir richtig weh – er muss ziemlich scharf gewesen sein.

Später erzählte er mir, dass es das Schwierigste war, was er hätte machen können, mich zu schlagen, zu wissen, wie geil ich bin und mich einfach allein zu lassen. Er hatte den ganzen Nachmittag über eine Erektion. Es war klasse, wenn auch frustrierend.

Rooster kam etwas später an dem Tag vorbei um mich abzuholen und er sah, dass irgendetwas passiert war. Er fragte: „Was ist los mit dir? Du siehst aus, als wärst du ordentlich durchgevögelt worden.“

Und ich sagte: „Nichts mit durchgevögelt. Reine Handarbeit.“

Sie ist Princesss Spiders B-Seite. Spider mag Regeln, hasst es, wenn jemand zu spät kommt und so weiter. Sie ist eine richtige Pedantin. Maria dagegen bricht jede Regel und probiert alles Mögliche aus. Ich habe im Laufe der Zeit wirklich schon viel ausprobiert. Doch ich glaube, dass Maria sich noch weiter entwickelt hat, seit sie mit Twin zusammen ist. Bei Benson war sie anders. Es ging ihr mehr um die körperliche Seite und sie sehnte sich nach Schlägen. Ich weiß nicht, ob es daran liegt, dass Twin sie auf andere Weise quält, aber Maria hat sich in eine andere Art von Wesen mit anderen Bedürfnissen verwandelt – es ist das Spiel mit der Lust und dem Verlangen. Ich kann kurz vor einem Orgasmus stehen und er hört einfach auf. Es ist das Frustrierendste, was es gibt, aber es ist auch schön, denn zwischendurch quält er mich mit Wachs oder massiert mich oder kratzt oder schlägt mich. Und dann macht er weiter, bringt mich wieder bis an den Rand des Orgasmus und lässt mich erneut hängen.

Im alltäglichen Leben bin ich immer für irgendetwas verantwortlich; ich muss mich um meine Wohnung und um die meiner Partner kümmern, meine Firma beaufsichtigen, Katzen oder Kinder oder Sklaven versorgen. Maria ist meine Art, mich zurückzuziehen und Energie zu tanken. Es hat tatsächlich eine therapeutische Wirkung. Ich kann stundenlang spielen. Einmal traf ich mich mit Twin und war nicht in der Stimmung dafür, aber zwei Stunden später war ich es. Er sagte mir, ich solle masturbieren und ich tat es; ich bat ihn, die Peitsche zu holen und mich währenddessen ein bisschen zu schlagen. Doch eins führte zum anderen und er vergaß es. Ich kam, aber es war nicht dasselbe und er bemerkte es. Er fragte mich, was falsch gelaufen sei und ich erklärte ihm, dass ich mir wirklich gewünscht hatte, er würde mich peitschen. Er entschuldigte sich, aber es kommt eben immer darauf an, was du brauchst. Es ist eine Flucht vor der Kontrolle, so wie er es braucht dominiert zu werden. Es tut mir gut, denn wenn ich etwas als Maria erlebe und ein Sklave genau das Gleiche möchte, dann weiß ich genau, wie ich es machen muss, weil ich weiß, wie es sich anfühlt. An der Art, wie sie seufzen oder sich bewegen kannst du erkennen, ob du jemanden an dem Punkt hast, an dem du ihn haben wolltest. Es selbst schon einmal erlebt zu haben kann dir dabei eine unschätzbare Hilfe sein. Manche der besten Dominas spielen von Zeit zu Zeit unten.

Aus Marias Tagebuch:

30. September

Ich erinnere mich an diesen Tag als den wahren Beginn meiner vollkommenen Unterwerfung unter meinen Herrn. Ich hatte schon lange von einem Herrn geträumt und nun habe ich den wahren Herrn gefunden, einen, dem ich dienen und gehorchen werde. Ich habe mich nach seiner Grausamkeit gesehnt und jetzt meine letzte Karte ausgespielt. Mein Halsband ist das Zeichen, dass ich sein Eigentum bin. Das Anlegen des Halsbandes war eine Überraschung und nun muss ich vor meinem wahren und einzigen Herrn niederknien, ihm gehorchen und dienen.

Meine Vergehen sind zahlreich und meine Bestrafung wird bald beginnen. Ich knie in Strümpfen, Lederrock und Lederhandschuhen auf dem Boden. Unterwäsche ist mir nicht gestattet. Meine Beine haben weit gespreizt und meine Lippen geöffnet zu sein, so dass mein Herr mich jeder Zeit inspizieren kann. Mein Gesicht wird auf den Boden gedrückt. Parfum und Lippenstift sind mir gestattet.

Ich muss die Instrumente meiner Bestrafung aussuchen, bevor ich meine vollkommene Unterwerfung unter Beweis stelle. Mein Herr legte mir das Halsband an und zwingt mich, seinen Penis zu lutschen und seine Lederstiefel zu lecken.

Meine Vergehen des heutigen Tages:
Ungehorsam: 24 Stockhiebe
Widerrede: 24 Schläge mit der bloßen Hand
Aufmüpfigkeit: 36 Schläge mit der Quirt
Befehlsverweigerung: 12 Schläge mit der Reitgerte

Twin mag meine Strümpfe nicht besonders, ihm gefallen meine nackten Beine besser. Er steckt mich gern in rote Highheels mit Plexiglassohle und –absatz, sie sind zehn Zentimeter hoch und sehr eng. Ich fühle mich ziemlich sexy darin, weil man damit auf eine ganz bestimmte Weise gehen muss. Dein ganzer Körper schaukelt, du wackelst hin und her, dein Arsch hat genau den richtigen Schwung und es ist ziemlich geil. Es ist großartig, darin auf seinem Fußboden zu laufen, weil es total gefährlich ist, sehr glattes und poliertes Holz, so dass ich sehr langsam und vorsichtig gehen muss. Mit einer Augenbinde, nur leicht bekleidet – so wie Twin es mag - oft nur mit einem marokkanischen Wickeltuch um meiner Hüfte, so dass vorn oder an der Seite ein Schlitz klafft; je nachdem, was ihm gerade gefällt. Er verbindet mir nicht immer die Augen, aber ich bestehe darauf. Er sieht mir gern in die Augen, aber ich sehe nicht gern zu, wie er etwas mit mir anstellt. Wenn ich ihn sehen will, nehme ich die Augenbinde selbst ab.

Er sitzt auf einem Stuhl und ich komme herein. Meine Lippen sind knallrot und die Fingernägel pink, denn roten Nagellack, wie ich ihn gewöhnlich trage, assoziiere ich damit, eine Mistress zu sein. Es ist eine sehr dominante Farbe. Ich trage ein purpurfarbenes Katzenhalsband mit bunten Steinen darauf. Manchmal gibt mir Twin auch seine eigenen Sklavenketten, was eine nette romantische Geste ist. Ich knie nieder. Den meisten Sklavinnen muss man erzählen, was sie während einer Session zu tun haben, aber ich weiß, was von mir erwartet wird, also beuge ich mich tief hinunter und küsse ihm die Füße. Es ist ziemlich weit, bis nach unten, denn ich bin in diesen Schuhen mehr als einen Meter achtzig groß. Manchmal hat er Mitleid mit mir und wirft mir ein Kissen zu, auf das ich mich knien darf. Manchmal, wenn seine Füße den ganzen Tag in Turnschuhen gesteckt haben, sage ich zu ihm: „Oh Herr, deine Füße haben heute Abend so ein wunderbares Aroma, wie köstlich!“ Dafür bekomme ich dann einen Klaps.

Er lässt mich weiter knien und legt seine Füße hoch, während er eine Zigarette raucht. Es gefällt ihm, wenn ich gar nichts tue, während er raucht. Manchmal raucht er und masturbiert über mir, während ich einfach nur da liege. Ich weißt nie, was geschehen wird. Es ist immer eine andere Quälerei. Er sagt vielleicht, ich soll aufstehen, dann zieht er mir meine Kleider aus und wickelt mich in rotes Seil ein. Er bindet es locker, und das ist gut, denn wenn er mich herum kriechen lässt, reibt das Seil an meiner Haut und erzeugt neue Muster. Oder er schlingt das Seil um meine Brüste und zieht sie in verschiedene Richtungen. Oder er führt es zwischen meinen Schenkeln hindurch, so dass es mich langsam wund scheuert. Es ist sehr erotisch. Es ist schön, wenn ich die Augen verbunden habe und spüren kann, dass das Seil an der Stelle liegt, an der es unbequem werden könnte. Und wenn ich weiß, was für einen schönen Anblick ich biete. Er steckt mich auch oft in ein paar Strumpfhosen und zerreißt diese dann, so dass man, wenn ich damit herum krieche, die nackte Haut durch die Laufmaschen und Löcher sieht und alles sich verzerrt und verdreht. Er schneidet Löcher für meine Nippel in das Gewebe. Nach und nach verschafft er sich freien Zugang zu allen interessanten Stellen.

Ich habe sie Maria genannt, weil das mein zweiter Vorname ist, aber auch, weil ich alles liebe, was mit Spanien zu tun hat. Ich möchte eines Tages dort leben. Das Klima, das Essen, die Musik … es bringt eine ganz schlichte und romantische Seite in mir zum Schwingen. Ich sage immer, wenn ich nach Spanien gehe, werde ich Maria sein und auf keinen anderen Namen mehr reagieren. Maria ist eine Forscherin, mehr als alles andere. Sie ist eine Ausrede, um unanständig zu sein. Nicht unanständig in kriminellen Sinn, sondern in sexuellem.

Es gibt in Spanien auch eine ziemlich aktive SM-Szene. Ich habe fantastische Sachen erlebt, als ich das erste Mal dort war und mir ein Studio dort angeschaut habe.

Es hatte mit einer Fernsehsendung zu tun, bei der ich mitmachte. Ich gab „Fetisch“ und „Spanien“ als Suchbegriffe im Internet ein. Ich fand Pain in Spain und es klang spannend, so dass ich Kontakt mit ihnen aufnahm und fragte, ob sie Interesse daran hätten, gefilmt zu werden. Sie luden uns ein, ihr Studio kennen zu lernen und so flog ich für ein Wochenende hinunter. Das Studio war in einem alten spanischen Stadthaus untergebracht. Kein Komfort, nichts Englisches. Alles war ganz leer und schlicht. Wunderbar. Es gab ein Wohnzimmer im ersten Stock, von dem man aus zu den Badezimmern gelangte, und die Bodega, die in ein Spielzimmer verwandelt worden war. Es gab eine riesige Tür und nach unten führende Stufen. Es hatte Ähnlichkeiten mit einem Weinkeller, doch links gab es einen frisch eingerichteten Raum für Golden Shower-Spiele mit einem speziellen, sehr voyeuristischen Sitz. Der Sklave muss den Kopf auf den Boden legen und du kannst dich oben drauf setzen, während alle zusehen können, was passiert. Die Ausstattung bestand aus Ketten, Peitschen, Schlössern und Fesseln, aber sie hatten auch altes Zeugs da, das aussah, als hätten sie es aus einem Antiquitätengeschäft. Große, schwere Kreuze und schwarze Lederthrone. Mir gefielen all die Nischen und Ecken. Überall gab es riesige steinerne Bögen, deren Kurven einen schönen Kontrast zu den geraden Linien der Bänke, Tische und Stühle bildeten. Es war ein wirklich kraftvoller Raum. Es gab einen vergitterten Bereich mit einer Eisentür. Dahinter verbarg sich eine Zelle, die sich auch als Klassenzimmer nutzen ließ. Es war faszinierend, so etwas hier vorzufinden, komplett mit Tafel. Kaum zu glauben, dass es funktionieren sollte, aber das tat es.

Unsere Studios in UK sind sehr schick. Die meisten von ihnen haben Teppiche und Heizungen, denn es sind ganz normale Räume, die umgebaut worden sind und sie liegen nicht unbedingt im Keller, obwohl wir sie Folterkeller nennen. Die meisten Sklaven mögen es nicht, wenn ihnen die Knie wehtun, also brauchst du irgendeine Art von Teppich. Das ist Mist mit den Highheels, denn auf Teppich kannst du nicht ordentlich laufen und auch das viel- sagende Klackern entfällt. Es war nett, dass der Boden in Spanien so glatt und hart war, gerade so, wie es in einem Dungeon sein sollte. Der Klang der Highheels darauf war einfach klasse. Es gab keine Dekoration, nur nackte Steinwände. Es war kalt, aber trocken. Du hast es in deinen Knochen gespürt, dass es der richtige Platz ist; ich bekam eindeutig eine Gänsehaut, als ich dort hinein ging.

Das Paar, dem das Haus gehörte, lebte BDSM mit Leib und Seele. Sie hatte in einer Bank gearbeitet, er war ein Ex-Polizist. Sie begann, als professionelle Domina zu arbeiten, doch zuvor haben sie es schon als Paar gelebt und viel zusammen ausprobiert.

Sie erzählten mir, dass sie zu einem Kreis von Briten gehörten, die von Xavier bis Andalusien an der Küste verstreut lebten und alle in der Szene waren. Es waren alles Paare und sie trafen sich jedes zweite Wochenende zu einer privaten Fetischparty. Sie hatten eine eigene Yahoo!-Group im Internet namens Spain Pain. Die Fetischpartys fanden bei allen statt, aber dieses Paar war das einzige mit einem eigenen Dungeon. Wir hatten Glück und waren genau an dem Wochenende dort, an dem eine Party stattfinden sollte. Es kamen wirklich nette Leute. Ein paar Deutsche: ein großer Typ namens Klaus, der eine Töpferei in La Manga hatte, war zusammen mit seiner Frau Sigi da. Colin und Jan, er war Bauunternehmer und sie suchte hier unten nach einer Arbeit. Und dann waren da noch Babs und Simon. Er war Architekt und sie verkaufte Oliven auf dem Markt. Wir haben uns alle ziemlich gut verstanden. Die große Frage, an die ich mich im Zusammenhang mit dieser Party erinnern kann, war, ob meine Möpse echt oder falsch waren, so dass ich beweisen musste, dass sie echt waren. Den ganzen Abend über wurde viel im Dungeon gespielt. Ich landete schließlich bei Babs. Ich habe sie zum Spielen überredet, indem ich sie lockte: „Es ist großartig, geschlagen zu werden. Wenn du erst richtig warm bist, merkst du, wie sexy das ist und dann macht es dich erst richtig an. Männer können davon eine Erektion bekommen, Frauen werden nass und geil." Die Mädels genossen es und Sigi saß mit offenem Mund da und konnte es kaum glauben. Ich glaube, Jan war ziemlich prüde für einen Dom. Egal, ich stachelte Babs an, sagte, sie solle es einfach mal ausprobieren und sie willigte ein. Es gab da einen großen Esstisch aus rotem Holz, gedeckt mit großen Schalen mit Früchten und einem Kerzenleuchter. Ich ließ sie sich über diesen Tisch beugen. Ich habe den Ruf, mit Tricks zu arbeiten und liebe es, die Regeln umzudeuten und zu brechen. Ich verschwand kurz in der Küche, holte mir einen Eiswürfel aus dem großen Eimer und versteckte ihn in meiner Tasche. Ich neckte Babs, hob ihren Rock an und präsentierte ihre Arschbacken dem Publikum, was das eine oder andere Lächeln hervor rief. Gleichzeitig zeigte ich jedem im Raum, dass ich etwas Eis in der Hand hielt. Babs konnte es nicht sehen. Ich zwinkerte allen noch einmal zu, dann begann ich Babs zu schlagen, zunächst mit der bloßen Hand, dann zog ich einen Handschuh an. Sobald sie sich umdrehte und sich unter meinem Griff wand, schob ich den Eiswürfel in die Pussy und stieß ihn mit meinen Fingern tief hinein. Sie heulte auf und wirbelte zu mir herum, während ich in ihr herum- wühlte und versuchte, ihren G-Punkt zu finden. Sie ist echt darauf abgefahren, ist fast auf den Tisch geklettert und war nahe dran, die Obstschalen und den Leuchter mit den brennenden Kerzen umzustoßen. Ihr Haar war nass geschwitzt, ebenso wie meines und sie warf sich herum wie eine wütende Schlange.

Jemand nahm den Kerzenleuchter vom Tisch, ehe ihre Haare Feuer fingen. Der Tisch wackelte und die Früchte rollten durch die Gegend. Sie war mitten in einem Orgasmus, versuchte, von mir fort zu kriechen, rammte aber gleichzeitig ihre Hüften immer wieder gegen meine Finger. Es war höchst erotisch. Jeder war höchst erregt und zu allem bereit. Erst nachdem sich die ganze Aufregung gelegt hatte erfuhr ich, dass so etwas noch nie auf einer ihrer Partys passiert war. Sie spielten, aber sie bezogen Sex bei ihren Fetischspielen nicht mit ein. Sie kannten meinen Ruf und dass ich oft in Clubs arbeitete und Vorführungen gab, aber nichts davon hatte sie auf diese kleine Episode vorbereitet. Babs nahm mich hinterher beiseite, küsste mich und sagte, so etwas hätte sie noch nie in ihrem Leben erlebt. Und dann trat Klaus auf mich zu und bat mich, mit seiner Frau zu spielen. „Oh Princess Spider", sagte sie mit ihrem starken deutschen Akzent, „sehr gut. Sehr, sehr gut."

Später, vielleicht ein Jahr später, erfuhr ich, dass diese Gruppe munter die Partner unter- einander tauschte. Als ich noch einmal zu einer Party bei ihnen ging, ließ ich den ehemaligen Polizisten nach meinen Anweisungen meine Pussy verwöhnen, während Babs eifrig den Schwanz ihres Kerls leckte. Rooster massierte mir die Füße. Ich hatte alles unter Kontrolle, während ich auf dem Bett lag und verwöhnt wurde, während um mich herum die reine Verderbtheit wütete. Ich befahl verschiedenen Leuten, die Partner zu tauschen und zu wechseln. Ich habe das oft in Clubs gemacht, wenn es dort ein privates Schlafzimmer gab, in dem nicht alle sehen können, wen du sexuell bevorzugst oder zum Spielen oder wie auch immer du es nennen magst. Es war alles in Ordnung, bis die Frau des Ex-

Polizisten auftauchte und sagte: „Das solltest du nicht tun!" Sie zerrte ihren Mann weg, tadelte ihn und nahm ihn mit, um ihm eine Tracht Prügel zu geben.

Das Schönste bei dem ersten Treffen war, dass sie sich alle so von den Gestalten unterschieden, die ich gewöhnlich treffe. Auf der zweiten Party waren viele Leute aus UK, die auch in den Club Wicked gingen, so dass ich einige bekannte Gesichter sah, doch beim ersten Mal war es gut. Es waren Individualisten mit den unterschiedlichsten Geschichten, die die Liebe zur Fetisch-Szene zusammen gebracht hatte. Sie waren alle BDSMler und aus ganz Spanien kamen die Sklaven zu ihren Feten. Doch der wahre Grund, warum es mir so gefallen hat, war der Dungeon. Das war endlich mal etwas Anderes.

Als wir den Film drehten, legte ich meinen Gürtel an und ging die Stufen hinunter. Ich machte keine kleinen Schritte, sondern holte kräftig aus, folgte der Treppe nach unten und um die Kurve. Ich fühlte mich sehr mächtig, als ich so hinab stieg. Ich hatte das Gefühl, als würde ich mit jeder Stufe, die ich nahm, mehr Kontrolle und Einfluss bekommen. Für den Film trug ich eine Polizeiuniform, was etwas frech war, da einer der Mitspieler doch Ex-Polizist war. Es hat ihn echt umgehauen. Mit zurückgebundenen Dreadlocks gab ich eine ziemlich überzeugende Polizistin ab, ich entsprach diesem Bild perfekt. Vielleicht ein wenig gemein mit meinen Handschellen und dem Gummiknüppel, aber es passte einfach dazu!

Den authentischsten Dungeon überhaupt habe ich bei Filmaufnahmen in Barcelona bei Lady Carla gesehen. Du hättest ihn nie in dieser einfachen Häuserreihe vermutet. Man tritt durch das Tor, geht ein paar Stufen hinunter und öffnet die Tür. Es ist sehr dunkel und geheimnisvoll. Es gibt eine kleine Bar mit jeder Menge Wappen und Ritterrüstungen. Es ist merkwürdig, dort hinein zu gehen und diese Bar vorzufinden, aber abends wird es zu einem Club für Sklaven oder für private Partys. Es gibt einen verfallen aussehenden Bereich, mit grauen, feuchten, merkwürdig riechenden Ziegeln wie in einem echten Folterkeller. Es muss schon immer ein Keller gewesen sein, denn es sieht nicht so aus, als wäre dort irgendetwas daran verändert worden. Die Wände waren tropfnass und grau. Hohe Decken. Sehr karg eingerichtet. Man geht durch dieses Tor und sieht eine

Reihe von Masken und Geräten. Es gibt ein Gestell und eine Strafbank neben einem Folterrad, auf das man einen Sklaven fesseln und ihn dann drehen kann. Die ganze Aufmachung war äußerst spartanisch. In Großbritannien neigen wir dazu, unsere Dungeons voll zu stopfen, was optisch sehr stimulierend wirkt. In Spanien gilt, weniger ist mehr. Ein Dungeon wird mit dem Allernötigsten ausgestattet und das bringt deine Nerven zum Vibrieren, denn alles, worauf dein Blick fällt, sind endlose, nackte Wände. Es ist ein bisschen, als wäre man in einem echten Kerker eingesperrt. In einem anderen Bereich gibt es Andreaskreuze und all die großen, massigen Teile. Ein Schlafzimmer, das offensichtlich für ihre Leibsklaven gedacht war, enthielt ein großes, eisernes Bett und war mit einem weiteren kalten, feuchten und leeren Raum verbunden. Wenn man dort in der Dunkelheit herumkriecht, gewinnt man schnell den Eindruck, in einem Burgverlies gefangen zu sein. Ich fragte mich, was sie wohl denken, wenn sie nach Großbritannien kommen. Wir haben in der BDSM-Welt den Ruf, die Härtesten zu sein. Doch wenn man durch den spanischen Dungeon geht, denkt man, die Briten seien die reinsten Weicheier.

Dein Dungeon, dein Spielzimmer, dein Folterkeller kann letztendlich so hübsch oder so grausig sein, wie es dir gefällt. Neben dem Äußeren kommt es vor allem auf das Können der Domme an. Ich kann jemanden auf einer Fläche von zwei mal zwei Metern in seinem Wohnzimmer beherrschen. Alles kann zu einem Dungeon werden, wenn du es nur genug willst.

Als ich in Spanien war, habe ich bei einer Session mit Lady Carla zugeschaut. Sie ist nicht so subtil wie ich, sie ist sehr bestimmt. Ich habe sie nicht ein einziges Mal den Sklaven fragen hören, ob alles in Ordnung sei oder ob er etwas Wasser brauche. Ich glaube, das hat etwas damit zu tun, dass wir in UK immer etwas Angst haben, verhaftet zu werden. Also machen wir alles genau nach Vorschrift.

Sie sah umwerfend aus in ihrem schwarzen, vorn geschnürten Latexcatsuit und den hohen, ebenfalls geschnürten Stiefeln. Dazu trug sie ein Paar Latexhandschuhe, glänzend und schimmernd wie der Catsuit – es sah fantastisch aus. Sie hatte lange, blonde Haare und sprach Spanisch.

Die Session dauerte etwa eine Stunde. Es gefiel mir sehr, dass sie ihren Sklaven niederknien ließ, während sie sich eine Zigarette anzündete, ich hatte so etwas noch nie zuvor gesehen. Sie strich mit der Zigarette vorsichtig über seine Haut, dann mit ihren Fingernägeln, immer abwechselnd. Es war sehr erotisch, weil der Mann sehr stark behaart war. Doch er rührte sich keinen Millimeter. Alles, was sie sagte, klang in diesem gefühlvollen Spanisch noch viel reizvoller.

Die Dominas in Europa sehen, allgemein gesprochen, wesentlich härter aus als wir in UK. Sie investieren ihr Geld in kluger Weise und haben fantastische Klamotten. Zum Beispiel Mistress Madienne. In ihrer Online-Anzeige ist sie vollkommen in schwarzes Latex gekleidet in einem Badezimmer zu sehen – alles, was du sehen kannst, sind ihre Augen und ihr Mund – und ein kompliziertes Netz aus Gummischläuchen ist an diesen erstaunlichen Catsuit angearbeitet. Die Dominas neigen dazu, verrückte und bedrohlich wirkende Sachen zu tragen. Und die Sklaven, mit denen ich darüber gesprochen habe, finden es wirklich faszinierend – womit du als Domina schon zur Hälfte gewonnen hast, wenn du versuchst, Kunden zu bekommen. Wenn du Deutsche bist oder deutsch sprichst, hörst du dich immer bedrohlich an, ebenso wenn du laut auf Spanisch schreist.

Was den Grad des Könnens angeht, ist es anders. Ich habe ein Paar kennen gelernt, das weit gereist ist und viele Dominas besucht hat. Und obwohl einige von ihnen seit 25, 30 Jahren im Geschäft sind, bin ich laut Aussage der beiden besser als irgendeine andere, die sie jemals kennen gelernt haben. Ich habe sie vor einigen Monaten zu Maitresse Claudette in Paris geschickt, weil sie gerade dort waren und nach einer ehrbaren Domina suchten. Also machte ich sie miteinander bekannt und bat sie, mich wissen zu lassen, wie es ihnen gefallen habe. Sie riefen mich an um mir zu sagen, dass sie nichts tauge und dass ich tausendmal besser sei. Natürlich sind das alles subjektive Eindrücke, doch ich denke, es ist gerechtfertigt zu sagen, dass die Dominas in Großbrittannien erfahrener und härter sind als ihre Kolleginnen auf dem Kontinent.

Manchmal arbeite ich wie im Delirium, meine Identität wächst und fällt wieder in sich zusammen. Ich muss erst herausfinden, wer ich bin und was ich tue.

Einmal bin ich als Pricess Spider ausgegangen und habe Benson im Dungeon zurückgelassen, mit gefesselten Händen, einer Maske und einer Schüssel für seine Notdurft. Seine Beine waren ebenfalls gefesselt, aber er konnte sich noch etwas bewegen. Ich trug ein cremefarbenes Kleid mit einem Muster aus orangenen und braunen Blumen. Rooster begleitete mich zu Vanilla-Ice, einem Fetisch-Club in dem man spielen, zuschauen oder auch einfach nur reden kann.

Ich spielte mit ein paar Kerlen herum, unterrichtete sie, schlug sie, aber weil ich ein Kleid anhatte fühlte ich mich nicht wie Princess Spider. Ich steckte ein wenig in der Klemme und fragte mich selbst: Wer bin ich? Was bin ich? Und ich spürte, dass die Nacht immer unanständiger wurde. Niemand in dem Club verwöhnte meine Pussy oder so, aber ich erinnere mich, dass Rooster mir auf dem Heimweg sagte, ich solle mich an den Maschendrahtzaun stellen – das ist eine meiner Fantasien - dann zerrte er meinen Rock in die Höhe, so dass mein Arsch, mein Höschen und meine Strumpfbänder zu sehen waren. Ich nickte ihm zu. In diesem Moment war ich eindeutig Maria. Rooster fickte mich an diesem Zaun, aber er geriet etwas in Panik, es so in aller Öffentlichkeit zu treiben, also zerrte er mich einen Parkweg entlang und nahm mich im Schatten einer Mauer. Anschließend ging er nach Hause.

Ich stand einen Moment lang da, spürte, wie meine Haut sich mit der Nacht verband und fühlte, wie ich mich noch einmal verwandelte. Ich streifte meine Handschuhe über, ging nach Hause, schnappte mir meinen Rohrstock und ging hinunter in den Dungeon.

Benson lag immer noch so da, wie ich ihn zurückgelassen hatte. Ich zog mein Höschen aus und fickte ihn auf dem Fußboden. Und ich erzählte ihm, dass er an diesem Abend nicht mein erster Mann sei.

Sprecherlaubnis: Sklave Rooster

Wenn es etwas gibt, was ich in unserer Beziehung gelernt habe, dann ist es Spontaneität. Bevor ich sie kennen gelernt habe, war ich nicht halb so entspannt wie jetzt. Ich komme aus einem ziemlich durchstrukturierten Umfeld und sie hat geholfen, das ein wenig aufzubrechen. Sie neckt dich ständig und macht sich über dich lustig. Sie brachte eine sehr spielerische Seite in mir zum Vorschein, die ich heute immer noch auslebe.

Es hat mir eine Ahnung von Dingen gegeben, die ich vorher überhaupt nicht kannte. Sie gestattete mir einen flüchtigen Blick auf etwas, auf eine Art von Sexualität, die ich wahrscheinlich nie wieder bekommen werde. Selbst kleine Details, wie der Körpergeruch, sind für sie wichtig. Sie benutzt ein Parfum namens Noa, das einfach köstlich ist, wenn es sich mit dem natürlichen Duft ihres Körpers vermischt. Sie weiß dass dein Geruchssinn stärker wird, wenn du die Augen verbundenen hast oder eine Maske trägst. Wenn sie zu dir kommt und dir etwas ins Ohr flüstert, nimmst du diesen Duft wahr und du wirst fast wahnsinnig. Es macht einen großen Teil ihrer Macht aus.

Ich habe im Laufe der Zeit viele interessante Frauen kennen gelernt, aber keine war wie sie. Sie ist die außergewöhnlichste Frau, die mir je begegnet ist und wahrscheinlich je begegnen wird.

Es gibt da noch jemanden. Sie ist für jeden außer Twin ein Geheimnis. Sie ist sein Geschöpf. Helga. Es ist sein Name für Maria, wenn sie richtig ungezogen ist. Und ich meine: richtig ungezogen. Er schiebt mir Holzlöffel rein und lässt mich lächerliche rote Highheels und sonst nichts tragen. Er lässt mich in seiner Wohnung umher schwanken und die niedersten Aufgaben erledigen. Mir macht es nichts aus, nackt in Highheels zu sein, aber ich schätze es kommt gut, wenn man auf mich steht.

Helga muss den Boden schrubben. Ich bekomme eine kleine blaue Schüssel und einen gelben Lappen und muss in Unmengen von Schmierseife herum kriechen und den Boden schrubben. Je mehr ich poliere und den Boden nass mache, desto schwieriger ist es, die Balance zu halten. Er erzählt mir, dass ich bei dieser Arbeit einen schönen Anblick biete und das ist ziemlich demütigend. Es gibt immer Kerzenlicht oder Schummerlicht und klassische Musik im Hintergrund. Wir mögen beide klassische Musik. Es ist schön, sich von der Melodie tragen zu lassen und nicht durch die Liedtexte abgelenkt zu werden.

Wenn ich fertig bin, sagt er zu mir: „Helga, ich glaube, du brauchst eine Rasur." Und er verfrachtet mich auf ein Handtuch aufs Sofa ohne mir die Möglichkeit zu geben, mich vorher zu waschen, so dass ich immer noch mit Seifenschaum und Gott weiß noch alles beschmiert bin. Er spreizt meine Beine so weit wie möglich, reibt mich mit Babyöl ein und beginnt mich zu rasieren. Er nimmt alles weg oder verpasst mir je nach Lust und Laune einen Designerschnitt. Während er mich rasiert, zwingt er mich, ihm einen zu blasen.

Manchmal tut er so, als würde ihn das alles gar nicht interessieren. Er raucht dann vielleicht eine Zigarette oder liest die Zeitung, während ich putze, als würde es ihn einen Dreck interessieren, was ich tue. Oder er befiehlt mir zu masturbieren und geht dann weg, um sich ein Brot zu schmieren. Er wirft mir vielleicht hin und wieder einen verstohlenen Blick zu, aber er hat nicht das Verlangen, mich die ganze Zeit zu beobachten. Ich bekomme die Füße geküsst, aber Helga hat auf ihre Bestrafung zu warten.

Sie muss auf der Fußmatte knien und manchmal muss ich mich so drehen, dass ich ihm meinen Hintern zuwende, und er kommt vielleicht herüber und macht etwas damit. Einmal hat er mich mit irgendetwas gestreichelt, es war fantastisch, überall an meinem Hintern und der Spalte und dem Rücken. Ich wusste nicht, was es war, bis ich sah, wie er es in seiner Tasche verschwinden ließ. Es war einer seiner Malpinsel aus Zobelhaar. Es war so erotisch. Als er mich damit berührte fühlte es sich an, als würde ich bemalt. Oder er legt mich auf den Tisch, alle Viere weit von mir gestreckt, die Augen verbunden. Und so habe ich dann zu warten, bis er etwas mit mir macht. Manchmal lässt er mich eine Ewigkeit so liegen. Ich kann es ziemlich gut genießen, weil es so eine gemächliche, sich in die Länge ziehende Strafe ist. Obwohl es nicht wirklich eine Strafe ist. Die Strafe besteht wie immer darin nicht bestraft zu werden.

Später zerrte er mich auf den Boden, zog mich an den Haaren, beförderte mich auf das Sofa, wo er sich über mich beugte, mir ein mit Poppers getränktes Taschentuch unter die Nase hielt und mich wie ein Verrückter fickte.

Niemand sonst weiß von Helga. Es ist Twins kleines Vergnügen, das niemanden sonst etwas angeht. Mir gefällt es, für mich ist es eine weitere Art zu spielen. Es stört mich nicht. Er kann mit mir machen, was er will. Ich fühle mich niemals bedroht, nur erregt. Ich fühle mich nicht als Objekt.

Als ich ihn das erste Mal bat, mich zu dominieren, war er ziemlich eingeschüchtert, weil er sich mit einer berühmten Mistress traf, die ihn jetzt darum bat, sie zu schlagen. Doch sobald wir dieses kleine Problem hinter uns gelassen hatten, lief alles prima. Ich wusste, dass er schon eine Menge gesehen und erlebt hat und wollte, dass er mich an einigen seiner Erfahrungen und an seinem Wissen teilhaben ließ. Und so lasse ich ihm freie Hand, wenn ich mich in Helga verwandele. Ich bin sein Spielzeug.

Ich habe noch andere Identitäten, die ich mir je nach Situation zulege. Es ist wichtig, eine Auswahl an verschiedenen Persönlichkeiten zur Verfügung zu haben; schließlich spielen wir häufiger eine Rolle als dass wir wir selbst sind. Unser Erfolg bei anderen hängt davon ab, ob wir die Rolle spielen, die das Publikum von uns erwartet.

Manche Leute wollen eine Kliniksession haben und bei diesen Gelegenheiten werde ich zu Schwester Payne. Mops kommt zu mir, um sich medizinisch untersuchen zu lassen. Also kontrolliere ich, ob sein Schwanz und seine Eier ordentlich rasiert sind. Wenn es ein Leibsklave ist, rasiere ich ihn komplett bis zur Mitte seines Hinterns, so dass Haut an Haut stößt ohne diesen Puffer aus Haaren. Zusammen mit einem engen Slip fühlt es sich offensichtlich nett an, zumindest, bis die Haare wieder nachzuwachsen beginnen.

Schwester Payne, prächtig anzuschauen in ihrer blauen Schwesterntracht und der Gaze-Maske, den Handschuhen und kniehohen Stiefeln, rasiert sie alle, wenn sie es nicht schon selbst getan haben. Und dann rückt sie mit der Pinzette jedem verirrten Haar zu Leibe. Du darfst auf keinen Fall die Brust und Nippel vergessen. Selbst wenn sie auf den ersten Blick glatt rasiert zu sein scheinen, gibt es immer noch ein paar vereinzelte Haare, auf die du achten musst. Auch die Ohren und die Nase müssen unter Umständen getrimmt werden. Die Patienten müssen während dieser Behandlung vielleicht auf dem Untersuchungsstuhl oder der Bank festgeschnallt werden. Wenn du den Nippel etwas hochziehst, ist es ziemlich einfach, eine Nadel hindurch zu stechen. Dann kannst du sie drehen und ein wenig hin- und herschieben, um unterschiedliche Empfindungen hervorzurufen.

Dann gibt es da noch die Eier und natürlich den Penis – überall können Nadeln hinein gestochen werden, du musst nur dafür sorgen, dass die

Nadeln steril sind und dass die Hautstellen vorher desinfiziert werden. Nadeln sind großartig, denn du kannst sie überall setzen, kannst Muster damit machen und sie sogar mit Fäden verbinden und bizarre Effekte erzeugen, als wäre der Rücken oder die Brust geschnürt wie mit einem Korsett. Wenn es gut gemacht ist, ist es sehr ästhetisch.

Auch in einer Kliniksession kommt es zu Bestrafungen, zum Beispiel, wenn die Patienten Klammern oder Nadeln an den Nippeln verabreicht bekommen. Meistens schlage ich sie auch leicht mit der Flogger in diesen Bereichen, um Schmerzen oder Unbehagen hervorzurufen. Oder ich schnüre ihnen den Schwanz mit einem Riemen ab und lege ihnen eine Hülle mit Metalldornen um. Die Dornen tun umso stärker weh, je mehr der Penis anschwillt. Und dann gibt es da noch diesen genialen Nadelroller, den man an jeder Stelle des Körpers verwenden kann.

Ich setze ihnen ein Paar Kopfhörer auf, so dass sie eine meiner erotischen Geschichten hören können, während ich sie mit den Nadeln foltere. Vielleicht baue ich auch den Elektrostimulator mit ein, berühre sie mit dem Elektrostab überall unterhalb der Hüfte.

Es ist vollkommen anders als eine normale Session. Der ganze Rahmen ist viel steriler, kälter und klinischer. Die Geräte aus Edelstahl schimmern glänzend, all diese unheimlichen und wunderbaren Werkzeuge mit Klingen und Spitzen und Zähnen, die man auf dem Fleisch benutzen kann. Helle Lichter. Der Geruch von Äther und Krankenhaus. In solch einer Situation betteln die Sklaven nicht – nun, vielleicht gegen Ende – sie kommen einfach herein und setzen sich, als wäre es ein Zahnarztstuhl. Ich trage gerne einen Leder- und einen Gummihandschuh, während sie die Augen verbunden haben, so dass sie denken, verschiedene Personen berührten sie. Vielleicht denken sie, eine weitere Person habe den Operationssaal betreten und es ist ganz gut, wenn sie das tun. Es gibt ihnen noch etwas, worüber sie nachdenken können und was sie nervös macht.

Man kann diese großen Klammern an den Nippeln ansetzen, die eigentlich dafür gedacht sind, während einer Operation einzelne Blutgefäße abzuklemmen. Es ist ein großartiger Anblick, wenn diese riesigen glitzernden Dinger an den Brustwarzen hängen. Manche Dominas gehen noch weiter und legen Katheter und machen Einläufe, aber mich hat noch nie jemand darum gebeten, also mache ich es auch nicht. Manche Männer wollen sogar ihren Hoden mit Kochsalzlösung aufgespritzt bekommen. Du nimmst dazu sterile Lösung und sterile Kanülen und injizierst die Lösung, bis ihre Eier riesengroß geworden sind. Auch das mache ich nicht, wegen der damit verbundenen Risiken. Manche Dominas sind ausgebildete Krankenschwestern und narkotisieren ihre Kunden. Auch das ist mir viel zu riskant.

Es ist eine Erweiterung der Studioszene. Im Idealfall sind sie nicht nur darauf fixiert und wir können Verhörszenen, Schulunterricht und Fußerotik mit einfließen lassen. Doch Kliniksessions sind etwas Besonderes, weil es so viele Spielmöglichkeiten gibt und man gut mit ihren Gedanken und Vorstellungen spielen kann. Sie haben die ganzen Geräte gesehen, bevor sie die Augen verbunden bekamen, also stell dir vor, was es für ein Gefühl sein muss, da zu liegen, sich nicht rühren zu können und das Schnalzen des Latexhandschuhs zu hören, oder das Klappern des Skalpells in einer Nierenschale aus Edelstahl, oder das Zischen des Gases aus einem Beatmungsgerät.

All meine verschiedenen Gesichter sind für alle sichtbar, die sie sehen wollen: Liebhaber oder Sklave, Kunde oder Vertrauter. Doch was immer bleibt, trotz der verschiedenen Facetten meines Lebens, ist mein Gefühl für die Menschen, die mir am nächsten sind. Ich liebe meine Sklaven. Wenn ich mit ihnen zusammen bin, aber wir nicht in einer Session sind – vielleicht sind wir gerade in einem Club oder ich habe für sie gekocht oder sie haben für mich etwas im oder am Haus gemacht – fühle ich mich vollkommen wohl mit ihnen und gehe ganz natürlich mit ihnen um. Ich habe das Glück, manche von ihnen meine Freunde nennen zu können. Ich habe nie das Gefühl, mich hinter Princess Spider oder jemand anderem verstecken zu müssen, wenn ich mit ihnen zusammen bin.

Sklave Daphne hat mich krank erlebt; ich hatte Probleme mit meinem Rücken und den Beinen. Er hat mich an meinem Tiefpunkt erlebt. Jeder von ihnen weiß, dass es mir von Zeit zu Zeit nicht so gut geht. Sie sehen meine verletzliche Seite, aber sie alle lieben mich auf unterschiedlichste Weise, eben weil sie sehen, dass ich ein ganz normaler Mensch bin. Was auch immer ‚normal' bedeutet …

Eine Sache solltest du dir merken, insbesondere, wenn du neugierig bist oder in Versuchung gerätst: In der dritten Woche des Monats spiele ich nicht, weil ich kurz vor meiner Menstruation leicht über die Stränge schlagen und jemanden böse verletzen könnte! Ich habe dann oft schlechte Laune und würde liebend gern jemanden windelweich prügeln.

Denk daran, dass die ersten beiden Wochen in meinem Zyklus die beste Zeit ist, um sich einen Termin bei mir geben zu lassen …

Es wird dunkel. In der Stadt vor ihrem Fenster leuchten immer mehr Straßenlaternen und Fenster auf wie schimmernde Juwelen. Autos bahnen sich ihren Weg in die ausgedehnte Stadt hinein und aus ihr heraus. Denke nur eine Minute lang an all diejenigen auf den Straßen, die voran gehen und an die, die ihnen folgen. Irgendwo gibt jemand Befehle und ein anderer nimmt sie entgegen. Die Mächtigen und die Demütigen drängen sich in Bars und an Bushaltestellen Schulter an Schulter. In jeder Familie, jedem Büro, in jedem Winkel dieser großartigen alten Stadt gibt es Herrschende und Beherrschte. In Studios überall in London, überall auf der Welt, knien Männer vor ihren Herrinnen, spannen ihren Rücken an in Erwartung der beißenden Hiebe, die auf sie niederprasseln werden.

Aber nicht mit der Prinzessin. Nicht heute Nacht. Ihre Arme brennen von der Anstrengung der letzten Session; ihre Stimme ist kratzig von dem Herumgeschreie, den Kommandos und den vernichtenden Schmähungen. Die Prinzessin hat sich lange in einem heißen Bad gerekelt und ein gutes Glas Wein genossen. Jetzt liegt sie in dem Bett mit dem Kopfteil aus Samt, geschmückt mit den Haken, Ketten und Riemen ihrer Teufelin. Sie ignoriert die SMS und die Anrufe der Sklaven. Dies ist ihre Zeit. Eine Zeit, um sich zu erholen und ihre Energie wieder aufzuladen. Die Nacht zerrt an ihr, wie eine alte Freundin, aber sie widersteht der Versuchung. Es wäre so einfach, in ihr Leder zu schlüpfen, die Sonnenbrille aufzusetzen und ihren Gürtel anzulegen. Es wäre kein Problem, ein Minicar zu einem Club oder eine Party zu nehmen. Die Freunde wären dort, die Leibsklaven, die Fans. Man würde ihr diverse Hinterteile präsentieren in der Hoffnung, dass die Prinzessin ihnen eine Reihe von Schlägen zukommen lässt. Doch selbst die Spinne braucht manchmal ihre Ruhe.

All das Blut, den Schweiß und die Tränen, die ihre Quälereien hervorrufen, all die Freude, das Lachen und die Ekstase, alles ist jetzt vergessen, zumindest für eine kleine Weile. Der Schlaf senkt sich über die Prinzessin und entführt sie in die Welt der Schatten.

Wer bin ich? Was bin ich?

Erfinderisch, tückisch, sinnlich, fürsorglich, anregend. Gefährlich, wenn sie provoziert wird. Die tödliche, weibliche Vertreterin ihrer Spezies. Bittersüß drohend. Die Spinne, die sich anfühlt wie Samt. Begehre sie, fürchte sie; aber du kannst sie niemals ignorieren.

Sie schläft und das Netz ihrer Träume zittert mit jedem Atemzug, während ihre Opfer sich nähern, unfähig zu widerstehen.

Morgen wird sie sich neu geboren erheben. Eine weitere gespenstische Wiederkehr …

Sklavenvertrag

Ich, zukünftig nur noch Sklave .... genannt,

verzichte hiermit auf mein Recht auf Freiheit und werde freiwillig und ohne Vorbehalte das Eigentum von

Princess Spider

Ich verstehe und akzeptiere in vollem Umfang die folgenden Bedingungen meiner zukünftigen Existenz als Sklave meiner Herrin:

- Ich bin Eigentum meiner Herrin, sowohl mein Körper als auch mein Geist.
- Ich werde meiner Herrin jederzeit ohne zu zögern oder Fragen zu stellen gehorchen.
- Ich akzeptiere, dass meine Gefühle, Meinungen und Wünsche bedeutungslos und irrelevant sind.
- Ich werde nur sprechen, wenn das Wort an mich gerichtet wird.

- Ich werde meiner Herrin zur Begrüßung die Schuhe, Stiefel oder Füße küssen, wo und wann ich sie auch treffen werde.
- In Gegenwart meiner Herrin werde ich stets nackt sein oder mich für einen Auftritt vor Publikum ihren Anweisungen gemäß kleiden.
- Ich werde alle Pflichten erlernen, die ich als Sklave meiner Herrin zu erfüllen habe.
- Ich habe angemessene Strafen für jedes einem niederen Sklaven nicht zustehende Betragen zu akzeptieren.
- Ich akzeptiere, dass der einzige Wert meines Körpers in dem Vergnügen liegt, den er meiner Herrin bereiten kann.
- Ich werde jeder Folter, Bestrafung oder Demütigung annehmen, die meine Herrin für mich auswählt.
- Ich werde ihr vollkommen ehrlich von meinen Fantasien und Sehnsüchten erzählen.
- Ich werde jedes Ungehorsam und jeden Fehler beichten und um Bestrafung dafür bitten.
- Ich akzeptiere, dass ich bei einer Bestrafung Spuren davon tragen kann, und dass ich für jede Bestrafung, die ich erhalte, die alleinige Verantwortung trage.

Unterschrift (Herrin) ....
Unterschrift (Sklave) ....
Zeuge .. ..   Zeuge ....
Datum ....

Ein typischer Sklavenvertrag. Erstmalig erstellt von Mistress Sidonoa von Bork.

Biografie

Princess Spider aus London ist eine der bekanntesten und geachtetsten Dominas in Großbritannien und Europa. Sie schreibt für verschiedene Zeitschriften und Websites.

2004 startete sie mit der erfolgreichen und originellen TV-Serie ‚Dominatrix Reloaded'. Sie schrieb das Drehbuch, stand selbst vor der Kamera und war die Co-Produzentin. Sie hat eine eigene Film- und Fernsehproduktionsfirma, Spifilm Ltd.

Ihre persönliche Website ist unter www.princess-spider.com zu finden, worüber auch ihr monatlich erscheinender Newsletter zu beziehen ist. Princess Spider bietet darüber hinaus Filme, CDs, Telefonservice und Fetisch-Musik an.

www.passion-publishing.de